Corinna Kohfink

Schokokuss trifft Mauerblümchen

Schokokuss trifft Mauerblümchen

Friederike ist sechsunddreißig und Schon-immer-Single. Nicht, dass sie das stören würde. Im Gegenteil. Nach aufreibenden Jahren als Mobbing-Opfer in der Schule genießt sie heute ihren zurückgezogenen Alltag und hat ihr Dasein unter Kontrolle. Die kleinen Töchter ihrer Schwester lieben sie, sie hat ein behagliches Zuhause mit einem Wohlfühlgarten und ihren großväterlichen Freund Gottfried, mit dem sie sich gern über das Einsiedler-Leben austauscht.

Als im Nachbarhaus Dennis einzieht, wird ihre beschauliche Welt durcheinandergewirbelt. Cool, selbstsicher, kommunikativ und obendrein mit schokokussbraunen Augen gesegnet, repräsentiert er alles, was ihr fremd ist. Sie beschließt, ihm auszuweichen. Allerdings hat sie die Rechnung ohne ihre Nichten gemacht. In Windeseile freunden sich die beiden ausgerechnet mit ihm und seiner Hündin Maisie an.

Erst als Friederike merkt, dass auch Dennis schwere Rucksäcke mit sich herumträgt, begibt sie sich in winzigen Schritten aus der Deckung. Doch wie weit traut sie sich zu gehen?

Corinna Kohfink, geboren 1966 in Esslingen am Neckar, ist – seit sie denken kann – ein Bücherwurm. Mittlerweile erfüllt sie sich ihren großen Lebenstraum und verbringt einen bedeutenden Teil ihrer Zeit mit dem Schriftstellern. »Schokokuss trifft Mauerblümchen« ist ihr achter Roman.

Wenn sie nicht gerade Geschichten kreiert, coacht sie Unternehmen und Privatpersonen. Menschen zu bewegen ist ihre Lebensmission, der sie mit beiden Standbeinen folgt.

Privat lebt sie mit ihrem ebenfalls schreibenden Mann in Pliezhausen im Großraum Stuttgart. Sie hat zwei erwachsene Söhne und zwei Zusatzsöhne. Lange Spaziergänge in der Natur, Tanzen und Musik hören, vor allem von deutschen Singer-Songwritern, sind neben dem Lesen ihre liebsten Freizeitaktivitäten.

CORINNA
KOHFINK

Schokokuss trifft Mauerblümchen

ISBN: 9798839751477
Imprint: Independently published

Erste Auflage

Verfasserin: Corinna Kohfink
Uhlandstraße 7, 72124 Pliezhausen
Kontakt: corinna.kohfink@sinnfee.de, www.sinnfee.de
Covergestaltung: Constanze Kramer, www.coverboutique.de
Bildnachweise:
©Iakov Kalinin, ©Naoki Kim, ©DoraZett, ©Unclesam, ©ikostudio, ©Harald Biebel, ©Kateina, ©zzzdim, ©izzzy71, ©mizar_21984, ©thawats, ©Swetlana Wall – stock.adobe.com
©Elenamiv, ©Suthin _Saenontad, ©Tatyana Domnicheva, ©Oliver Hoffmann, ©Anastasiia Malinich - shutterstock.com
©Lana_M, ©rozum - envatoelements.com
unsplash.com

Für Ulrike mit den blonden Zöpfen und den selbstgestrickten Norweger-Pullis.

Auch wenn Du schon lange woanders bist, habe ich Dich nie vergessen. Wir alle waren nicht in der Lage, zu erkennen, wer Du warst: ein einzigartiges Unikat!

Raus aus der Höhle

Ich hätte es vorher wissen können, dass ich diesen Ausflug bereits nach wenigen Minuten bereuen würde. Aber manchmal muss selbst ich raus aus meiner Höhle, um nicht vollkommen wahnsinnig zu werden. Neulich habe ich gelesen, dass als Folge der Corona-Ära viele Leute am Cave-Syndrom leiden – also an der Angst, ihr Zuhause wieder zu verlassen, anderen zu begegnen und sich sozusagen der feindlichen Welt zu stellen. Nun, ich brauche keine Pandemie, kein Erdbeben, keinen Hurrikan, kein Kriegsgeschehen oder sonstige dramatische Ereignisse, um in diesen Zustand zu geraten. Das Cave-Syndrom und ich, wir sind beste Freunde. Schon immer, beziehungsweise seit der Kindheit, könnte man sagen. Es ist nicht so, dass ich Menschen nicht mag, aber sie machen mir Angst, weil ich nicht gerade schöne Erinnerungen mit ihnen verknüpfe. Deswegen ziehe ich es vor, ihnen aus dem Weg zu gehen.

Zum Glück wurde mir ein besonderes Talent in die Wiege gelegt. Ein Talent, das es mir ermöglicht, zuhause zu arbeiten und in meiner Höhle zu bleiben. Meine Höhle ist präziser formuliert ein hübsches, verwunschenes Häuschen aus den Sechzigerjahren mit charmanten weinroten Fensterläden, das ich umfassend renovieren ließ, bevor ich einzog. Doch nicht nur das. Es ist umgeben von einem zauberhaften Garten, der sich am treffendsten mit einem Wort beschreiben lässt, das zugleich perfekt zu mir passt: Er ist unvollkommen. Die Rasenfläche ist eher eine Wiese, auf der sich Löwenzahn, Gänseblümchen und Co. tummeln. Die uralten Bäume zeigen ein knorriges Gesicht, das von abgestorbenen Ästen und Astlöchern durchzogen ist. Die Einfriedung hat nicht alle Latten am Zaun. Auch wie ich. Dafür wachsen zwischen den Mäuerchen, die den Zaun mancherorts ergänzen, Mauerblümchen, was ich ebenfalls als erschreckend stimmig empfinde. Ja, mein Garten ist tatsächlich unvollkommen. Unvollkommen und wunderschön. Bloß in Letzterem unterscheidet er sich von mir.

»Das ist jetzt nicht dein Ernst«, kommt es empört von der Leiter und ich schrecke aus meinen Gedanken auf. Anita wirft mir einen Blick von oben herab zu. Nein, in dem Fall meine ich das wirklich nur wörtlich. Anita ist im Gegensatz zu den meisten anderen Menschen immer nett zu mir. Nett und gleichzeitig nervig. Sie ist die einzige Beinahe-Freundin, die ich habe. Natürlich sage ich ihr nicht, dass ich sie für eine Beinahe-Freundin halte. Vermutlich würde sie das verletzen. Aber mal ehrlich: Was sollte sie sonst sein? Mehr ist nicht drin. Das liegt nicht an ihr, sondern an mir. Ich bin schlicht und ergreifend der Meinung, es nicht wert zu sein, irgendjemandes Freundin zu sein.

»Erde an Friederike! Hast du mich gehört?«

»Äh, ja. Sorry, ich war in Gedanken. Worüber hatten wir gerade gesprochen?«

Anita schnauft gequält auf, stellt das letzte Buch aus der Kiste ins oberste Regal und klettert die Leiter wieder hinunter. Mit einem Sprung stößt sie sich von der untersten Stufe ab und landet direkt neben mir.

»Hallo«, sagt sie und betont das »o« so, dass es wesentlich länger klingt und sich zudem ein »h« dazwischen drängelt. »Wir waren bei ›Ein Loch in der Mauer‹, wo denn sonst? Ich kann es nicht fassen, dass du die Kritiken noch nicht gelesen hast. Die Presse überschlägt sich förmlich. Es sei dein bester Roman, sagen sie.«

»Hm, und wenn schon. Mal überschlagen sie sich und im nächsten Moment zerreißen sie dich in der Luft. Du weißt ganz genau, dass ich nur das lese, was durch den Filter meines Verlags gelaufen ist.«

Jetzt schnaubt Anita wie ein Pferd, das sich auf der Weide schüttelt. »Friederike, diesen verdammten Filter brauchst du gar nicht. Und selbst wenn sie sich die Mäuler zerreißen würden, lass sie doch! Du hast Millionenauflagen, bist eine der erfolgreichsten Romanautorinnen im deutschsprachigen Raum. Was kümmert dich das?«

»Ich habe einfach keine Lust darauf. Das ist alles.«

»Es ist völlig okay, dass du keine Lust darauf hast, aber der Grund dahinter ist nicht okay. Ich sehe einen himmelweiten Unterschied zwischen einer bewussten Entscheidung, sich davon nicht herunterziehen zu lassen, und einem ängstlichen Vermeidungsmanöver. Wir beide wissen, dass es bei dir Letzteres ist. Das kann nicht gesund sein. Lass endlich die Schulzeit hinter dir!«

»Leichter gesagt als getan«, murmele ich leise. Und etwas lauter füge ich hinzu: »Meine Aufnahmefähigkeit, was Abwertungen angeht, ist erschöpft, mehr passt nicht in mich rein. Deswegen gehe ich ihnen aus dem Weg.«

»Mensch, Friederike, das ist doch keine Dauerlösung. Du könntest eine gefeierte Bestsellerautorin sein, bei der jeder sieht, wie brillant sie ist. Stattdessen versteckst du dich hinter einem Pseudonym. All die idiotischen Kids aus der Schule könnten heute erfahren, was aus dir geworden ist. Und niemand, ich sage dir, NIEMAND von uns kann dagegen anstinken. Du hast es überhaupt nicht nötig, dich in deinem Schneckenhaus zu verkriechen.«

»Ich will es einfach so, wie es ist«, stöhne ich. »Lass es gut sein, Anita.«

Ich zucke ratlos mit den Achseln. Jedes Mal, wenn ich Anita in ihrer Buchhandlung in Pfullingen besuche, führen wir diese Diskussion. Sie verbeißt sich in das Thema wie eine besessene Bulldogge. Und mir fehlen die Möglichkeiten, ihr das Ganze zu erklären. Wie denn auch? Wie soll Anita – jemand, der immer dazugehört hat – kapieren, was in mir für Programme ablaufen? Ja, sie war oft für mich da, hat die anderen in ihre Schranken verwiesen, mich in Schutz genommen. Dennoch weiß sie nicht, wie es ist, der allgemeine Spottmagnet zu sein. Sie wird nie begreifen (können), dass mich nicht einmal eine Millionenauflage und überschwängliche Presseberichte davon abhalten, mich nutzlos und minderwertig zu fühlen. Und weil das so ist, ziehe ich mich am liebsten in mich selbst zurück. Es ist zwar nicht so, dass mich dann niemand mehr abwerten würde, denn eine Person bleibt immer bei mir, egal, wohin ich gehe, und die bin ich. Trotzdem ist das leichter zu ertragen, als wenn noch weitere dazukommen.

Mir ist klar, dass mich Anita nicht so schnell von der Angel lassen wird, und ich bin kein bisschen erstaunt, als sie mich erneut aus meinen Gedanken holt. »Mensch, spinn das doch mal zu Ende. Du könntest hier Bücher signieren, Interviews geben, vielleicht sogar im Fernsehen auftreten. Und jeder, wirklich jeder«, dieses Wort betont sie, als hinge mein Leben davon ab, »könnte sehen, was Friederike Bartholdy für eine geniale Person ist. Alle würden erfahren, wer diese fantastischen, poetischen Romane voller Freundschaft und Wärme zu schreiben imstande ist. Stattdessen versteckst du dich hinter dem Pseudonym Larissa Green.«

Ich weiß, Anita meint es gut mit mir. Bloß hat sie keine Ahnung, dass sie mich mit diesen Argumenten nicht erreichen kann. Kein Erfolg dieser Welt – also das, was in unserer Gesellschaft gemeinhin als Erfolg definiert wird – ist in der Lage, mein eigenes Bild von mir zu verändern. Für mich bin ich einfach Friederike Bartholdy, die Looserin, und das werde ich vermutlich immer bleiben. Nicht nur das. An dieser Stelle bekommt mein geliebtes Cave-Syndrom Begleitung vom nicht ganz so geliebten Hochstapler-Syndrom. Wüssten die Leute, wer Larissa Green ist, würden sie merken, dass sie Romane schreibt über Dinge, von denen sie selbst keine Ahnung hat. Sie ist bloß eine Hochstaplerin, die vorgibt, etwas über die Menschen zu wissen, und die sich die Welt gestaltet, wie sie sie gern hätte – ohne jeden Bezug zu ihrer persönlichen Realität. Nein, nein, Larissa Green ist gut beraten, sich den Tarnumhang der Anonymität überzuwerfen.

Ihren Namen hat sie übrigens meiner Liebe zur Natur zu verdanken und dem Umstand, dass, na ja, grün nun mal die Farbe der Hoffnung ist. Vielleicht, nur ein kleines Fitzelchen eines Vielleicht, habe ich davon in einem weit entlegenen Winkel meines Herzens ein Fünkchen bewahrt.

»Denk noch mal darüber nach«, insistiert Anita.

»Schluss jetzt! Ich komme bald gar nicht mehr zu dir, wenn wir ständig diese leidige Diskussion führen müssen. Du bekommst weiterhin exklusiv die handsignierten Ausgaben von Larissa Green, aber ich schwöre dir: Solltest du je irgendwem erzählen, wer sich hinter ihr verbirgt, hetze ich sämtliche Verlagsanwälte gleichzeitig auf dich.«

»Na gut«, seufzt sie. »Ich sehe schon, das bringt alles nichts. Komm, lass uns einen Tee trinken und über andere Dinge plaudern.«

Göttlicher Friede

Bereits als ich in die geschotterte Einfahrt meines Häuschens rolle, atme ich erleichtert auf. Wer schon einmal in Pfullingen, der Kleinstadt direkt neben Reutlingen, gewesen ist, weiß, dass sich rundherum die Höhenzüge der Schwäbischen Alb gruppieren. Auf einem davon lebe ich. Jedes Mal, wenn ich die kurvige Straße bergauf fahre, empfinde ich ein Gefühl von Freiheit. Der Blick über die bewaldeten Hügelketten und mitunter auch rauen Felsen ist atemberaubend. Die Ausläufer der Landeshauptstadt sind nur in der Ferne zu erahnen, und selbst Reutlingen scheint plötzlich weit, weit weg. Von Natur umgeben zu sein, das ist meine Welt, die Erweiterung meiner Höhle sozusagen.

Beschwingt springe ich aus dem Auto und eile zur Haustür, in der Hoffnung, dass mir niemand begegnet, mit dem ich mich der Höflichkeit halber unterhalten muss. Ich habe Glück und schließe rasch die massive Holztür hinter mir, die mir Schutz vor allen Anfeindungen bietet.

Lächelnd betrete ich die Gästetoilette, um mir die Hände zu waschen. Dieses Ritual ist mir wichtig. Nach einem Kontakt mit der Außenwelt brauche ich das Gefühl, mich wieder von ihr zu reinigen. Ich bin zwar nicht so zwanghaft, dass ich mir minutenlang die Hände schrubben würde, aber ein kurzes Abspritzen gibt mir die Sicherheit, geborgen und in meinem Reich zu sein.

Nachdenklich betrachte ich mich in dem kleinen Allibert, der in dem winzigen Zimmer für Stauraum sorgt. Das Gespräch mit Anita hat mich genug aufgewühlt, um genauer hinzusehen als sonst. Eine komische Persönlichkeit, diese Frau im Spiegel da! Mir wird bewusst, dass das, was mir der Spiegel wirklich zeigt, und das, was ich darin erkenne, zwei völlig unterschiedliche Figuren sind. Ich sehe ein dreizehnjähriges Mädchen, das in den selbstgestrickten Pullis seiner Mutter steckt und dessen Haare durch zwei starr geflochtene Zöpfe gebändigt werden. Die junge Friederike trägt eine Brille und eine Zahnspange, die ihren erheblichen Überbiss korrigieren soll. Außerdem bringt sie eindeutig viel zu viele Kilos auf die Waage, was sie kugelig und tumb erscheinen lässt. Sie ist prädestiniert zum Opfer, weil ihre Passung mit dem Mainstream, mit dem, was als angesagt oder cool gilt, gegen null geht. Ihr ganzes Erscheinungsbild scheint »Verspottet mich!« zu rufen. Und ja, dieser stillen Aufforderung sind sie nur zu gern nachgekommen, die Klassenkameraden.

Könnte hingegen der Spiegel sprechen, würde er das Bild, das er zeigt, vermutlich so beschreiben: Ich präsentiere euch eine sechsunddreißigjährige Frau, die regelmäßig Sport treibt und sich mit Begeisterung im Freien aufhält, was an der schlanken Statur und der natürlich gebräunten Gesichtshaut deutlich zu erkennen ist. Sie hat schmale, feingeschnittene Gesichtszüge, die von großen grünen Augen dominiert werden (eine weitere Sache, die das Pseudonym Larissa Green stimmig macht). Diese Augen betrachten die Welt mit einer interessierten und ein wenig ratlosen Neugier. Wenn die Frau lacht, funkeln und blitzen sie. Sie wirken wach und intelligent, so als hätten sie schon einiges gesehen und vieles noch nicht gesehen. Das lange blonde Haar fällt ihr in weichen Wellen über die Schultern und den Rücken. Vielleicht würde der Spiegel sogar behaupten, dass sie eine ganz eigene Attraktivität ausstrahlt, aber so weit reicht meine Fantasie nicht.

Meine Blicke wandern zum Mund der Frau, während ich vorsichtig meine Lippen berühre – die üppigen, geschwungenen Lippen, die noch nie geküsst wurden. Nur beinahe. Zu Beginn der achten Klasse hatte sich Sven, der Mädchenschwarm der Mittelstufe, vor mir aufgebaut und mit lustvoller Stimme gefragt: »Darf ich dich küssen?« Ich erinnere mich genau, wie unglaubliche Blutmassen meine Wangen fluteten und das Herz wie verrückt losstolperte. Ich konnte mein Glück kaum fassen. Zu mehr als einem Nicken war ich nicht in der Lage. Ich schürzte die Lippen und schloss die Augen, in Erwartung dessen, was gleich Spektakuläres geschehen würde. Doch es geschah ... nichts. Nach ein paar Sekunden öffnete ich irritiert die Lider. Sven stand feixend vor mir und grinste mir hämisch entgegen: »Der Junge, der eine hässliche, fette, bezopfte Brillenschlange wie dich küssen will, muss erst erfunden werden.« Mit lautem Gelächter verschwand er und ließ mich stehen.

Ich zucke zusammen, als die Gedanken am Ende der Erinnerung anlangen. Es ist eine. Nur eine von vielen, aber eine eindringliche. Sie ist eine würdige Stellvertreterin für das, was ich in der Schulzeit erdulden musste, von Jungs und Mädchen gleichermaßen. Kommentare wie »Hat den Pulli schon deine Oma getragen?«, »Passt du überhaupt durch den Türrahmen?« oder »Verzieh dich, du blöde Brillenschlange, du gehörst nicht dazu!« waren an der Tagesordnung. Und dieser Begriff trifft es nicht sonderlich gut. An der Stundenordnung oder an der Minutenordnung wäre treffender.

Bei all dem konnte ich am Ende froh sein, dass die Smartphones zu der Zeit noch nicht die Welt erobert hatten. Bei der Vorstellung, all das wäre dokumentiert und in die Weiten des Internets geladen worden, wird mir schlecht.

Diese Erlebnisse hatten zur Folge, dass ich mich irgendwann entschied, *mein* Ding zu machen. Wenn ich schon nicht dazugehören durfte, würde ich mich auch nicht mehr darum bemühen. Ich zog mich zurück in mein Schneckenhaus, schirmte mich ab, reagierte nicht auf Kommentare, lernte, sie überhaupt nicht mehr wahrzunehmen. Nicht einmal, als ich anfing, Sport zu treiben und mich äußerlich zu verändern, wich ich von diesem Verhalten ab. Während des Germanistik-Studiums versuchte ich gar nicht erst, Bekanntschaften zu knüpfen. Alle Versuche einer Kontaktaufnahme von anderen parierte ich mit höflichem Desinteresse. Und als mein Debütroman nach ein paar Jahren der Arbeit im Verlagslektorat vollkommen unerwartet einen monatelangen

Bestsellerstatus mit atemberaubenden Tantiemen einbrachte, kaufte ich mein heutiges Zuhause. Aus dem Schneckenhaus wurde eine richtige Höhle mit riesigem Außenbereich.

Ich schüttele mich, um mich von der Reise in die Vergangenheit wieder in die Gegenwart zurückzubringen. Abrupt löse ich mich vom Spiegelbild, greife nach einem Haargummi und binde mir einen lockeren Dutt. Zeit, in den Garten zu gehen. An diesem herrlichen Maitag wäre es eine Sünde, das Wetter nicht zu nutzen, um in den verschiedensten Winkeln das Chaos noch ein wenig bunter zu machen. Danach eine Tasse Tee und mit dem Notebook mitten rein ins Grüne, um die nächste Manuskript-Idee auszuarbeiten. Klingt nach einem Plan!

Ich öffne die breite Terrassenschiebetür und betrete das Holzdeck, das so groß ist, dass dort eine Fußballmannschaft Platz finden würde. Doch mir gefällt es auch, nur für mich so viel Raum zu haben. Dann schlüpfe ich in die Gartenclogs und schnappe mir Eimer und Schere, um das Blütenmeer noch schöner in Szene zu setzen.

Als ich nach links in Richtung Nachbargrundstück laufe, sehe ich, dass Gottfried ebenfalls am Werkeln ist.

»Hallo, Gottfried«, rufe ich und winke ihm zu. Gottfried ist mein bester und einziger Beinahe-Freund.

»Friederike, Schätzle«, ruft er zurück und bringt mich damit zum Grinsen. Er richtet sich ein wenig mühselig auf und schiebt den obligatorischen Strohhut, ohne den er nie außer Haus geht, ein Stück nach hinten.

Nur wenn er sich nachdenklich über seinen kahlen Schädel kratzt, lüftet er ihn kurz.

Gottfried ist mehr als doppelt so alt wie ich, Ende siebzig, und es hat nicht lange gedauert, bis ich ihn als ungefährlich eingestuft habe. Ausschließlich er darf mich »Schätzle« nennen. In seinem Urschwäbisch kommt das derart charmant daher, dass ich niemals auf die Idee käme, ihm diese Anrede zu verübeln. Er ist der Inbegriff dessen, wie sich alle Welt einen Schwaben vorstellt: abgeklärt, ruhig, mit einer gemütlichen Sprechweise, bodenständig und ehrlich. Damit wird er zum perfekten Repräsentanten seines Namens: »göttlicher Friede«. Und entsprechend fühle ich mich in seiner Nähe – friedlich, geborgen, in Sicherheit.

Es gibt nichts, was ich mir mehr wünsche, als dass mir Gottfried lange erhalten bleiben möge. Er wirkt zwar topfit, doch im Hinblick auf sein Lebensalter kann man nie wissen ... Er ist mein einziger Nachbar, denn das Haus zur Rechten steht wohl schon seit Jahren leer. Die Frau, die früher darin wohnte, ist verstorben, und wenn die Gerüchteküche stimmt, sind sich die Erben uneinig, wie es mit der Immobilie weitergehen soll. Nicht, dass ich hier jemanden kennen würde, dessen Gerüchteküche ich lauschen könnte, aber im Gegensatz zu mir ist Gottfried immer bestens informiert.

»Es gibt Neuigkeiten«, reißt er mich aus meinen Gedanken, und ich bin gespannt, was er mir diesmal zu berichten hat. In aller Regel kreisen seine Geschichten um Menschen, denen ich nie begegnet bin. Spannend finde ich sie trotzdem. Einmal kam mir dabei sogar die Buchidee, die ich als Nächstes ausarbeiten möchte.

Aufgeregt winkt er mich herbei. Nanu, so aufgekratzt kenne ich ihn gar nicht! Sonst bringt ihn nichts so leicht aus der Ruhe. »Du bekommst neue Nachbarn«, stößt er temperamentvoll hervor, als ich den Lattenzaun erreicht habe, der unsere Grundstücke trennt.

Ich werde bleich und starre ihn entsetzt an. »Das ist nicht dein Ernst, Gottfried! Sag bloß, du hast dem Drängen deiner Kinder nachgegeben und dich für das Altenheim entschieden.«

»Papperlapapp«, entgegnet er. »Nicht so lange ich noch auf meinen beiden Beinen laufen kann«, setzt er mich ins Bild. »Nein, Henriettes Haus ist jetzt doch verkauft worden«, erklärt er mit bedeutungsschwerer Miene.

»Henriettes Haus?« Selbst wenn ich sie nicht mehr kennengelernt habe, weiß ich natürlich, dass sie die Bewohnerin des leerstehenden Nachbarhauses war.

»Ja. Mein alter Schulfreund Heinrich hat mir das erzählt. Sein Sohn kennt den Cousin des neuen Eigentümers. Ach, ist ja auch egal. Auf jeden Fall bekommst du bald Nachbarschaft auf der anderen Seite.«

»Oje«, stöhne ich und schiebe mir entsetzt ein paar Haarsträhnen aus dem Gesicht. Das klingt nicht gut, gar nicht gut. Ich hasse es, mich an unbekannte Menschen gewöhnen zu müssen. Und hier, in diesem dörflichen Umfeld, ist es verdammt schwer, sich die engsten Nachbarn vom Leib zu halten. »Weißt du, wer da einzieht? Eine einzelne Person, ein Ehepaar oder eine ganze Familie?«

»So genau habe ich das nicht ausgekundschaftet«, stellt er bekümmert fest und schiebt sich den Strohhut ein Stück weiter aus der Stirn. »Ich war so überrascht von den Neuigkeiten, dass ich nicht nachgehakt habe.«

»Hm, hoffentlich keine Familie. Dann ist es mit der Ruhe vorbei. Am liebsten wäre mir ein Ehepaar, das mit sich beschäftigt ist.«

Gottfried lacht amüsiert. »Hey, Mädle, du bist zu jung für so ein Einsiedler-Dasein. Wär doch schön, wenn du außer mir altem Kerl noch jemanden um dich hättest.«

»Du bist kein alter Kerl«, widerspreche ich empört. »Außerdem bin ich keine Einsiedlerin. Du weißt ja: Zwei mal Einsiedler gibt Zweisiedler.« Das ist so ein Running Gag zwischen uns. Wir lachen oft darüber, dass wir zusammen zweisiedeln. Gottfried ist zwar hervorragend vernetzt in diesem idyllischen Dorf, aber genau wie ich liebt er den Rückzug in seine häusliche Welt. Er honoriert den Kommentar mit einem Schmunzeln.

Wir unterhalten uns eine Weile über die anstehenden Maßnahmen im Garten und gehen dann wieder unserer Wege. Doch so sehr ich mich auch bemühe, die Blumenpracht um mich herum wahrzunehmen – es will mir nicht gelingen. Zu beängstigend fühlt sich der Gedanke an, dass bald Menschen ins Haus nebenan ziehen werden. Meine Komfortzone schmilzt, und das mag ich überhaupt nicht.

Beobachtungsposten

An diesem Abend beschließe ich, mir zur Entspannung, und um mich von den drohenden Veränderungen abzulenken, einen schönen Film zu gönnen. Es ist absolut erstaunlich, wie sehr ich in die Welten eintauchen kann, in denen sich »normale« Menschen tummeln. Okay, falsche Formulierung. Was ist schon normal? Also sagen wir lieber: sozialverträgliche Menschen. Und ich schätze sogar besonders die Filme, die unsere Spezies in den Vordergrund stellen, in denen es nicht um Action geht, sondern um persönliche Entwicklungen, um Aufbrüche, Krisen, Neuanfänge, also um Dinge, um die auch meine Romane kreisen. Ich würde meine Geschichten nicht als Liebesromane bezeichnen, weil die Liebe nicht das ist, was im Mittelpunkt steht. Aber zumindest kommt sie in manchen meiner Bücher vor. Und in Filmen fiebere ich dem Augenblick entgegen, in dem sich zwei Liebende nach Überwindung sämtlicher Hürden in die Arme sinken. Überhaupt zelebriere ich Happy Ends. Selbst wenn mir klar ist – oder vielleicht gerade, weil mir klar ist –, dass es für mich nie eines geben wird, jedenfalls nicht im klassischen Sinne.

Wenn ich es unkonventionell betrachte, finde ich durchaus, dass ich mir mein Happy End erkämpft habe. Ich bin finanziell unabhängig, besitze dieses geliebte Häuschen mit dem Wohlfühlgarten und habe es im zufriedenen Gestalten des Alleinseins bis zur Perfektion gebracht. In den meisten Momenten des Lebens fehlt mir nichts. Nur manchmal frage ich mich, ob nicht auch ich einmal das wagen sollte, worüber ich so gern schreibe: einen Neuanfang.

Ob ich nicht doch versuchen sollte, mich zumindest handverlesenen Menschen gegenüber zu öffnen, sie näher an mich heranzulassen, aus den Beinahe-Freunden echte Freunde zu machen.

Und ob es nicht an der Zeit sein könnte, das Spiegelbild der bezopften, unförmigen Friederike loszulassen und durch das der sportlichen und gleichzeitig sensiblen erwachsenen Frau zu ersetzen ...

Ich zucke mit den Achseln und kämpfe die leise Stimme der Veränderungslust in mir nieder, um der vertrauten Stimme der Gewohnheit den Raum zu geben, den sie üblicherweise einnimmt. Dann widme ich mich dem Streaming-Portal und entscheide mich für einen Klassiker: »My Fair Lady«. Wie immer folge ich gebannt der Handlung, obwohl ich sie in- und auswendig kenne. Im Gegensatz zu sonst übermannt mich dieses Mal ein Kichern, als plötzlich die Frage in mir hochkommt, ob man mir wohl »Menschisch« beibringen könnte, so wie Eliza Doolittle Englisch.

Am nächsten Morgen ist das prachtvolle Maiwetter leider Geschichte. Der Himmel ist wolkenverhangen und schwer. Die Grautöne verweben sich ineinander, als wollten sie eine wabernde Düsternis kreieren, die jedem Weltuntergangsfilm Ehre machen würde. Es regnet zwar nicht, trotzdem ist es unangenehm kühl. Lustlos sehe ich aus dem Fenster. Schade! Das bedeutet, meinen Schreib-Arbeitsplatz für heute ins Büro verlegen zu müssen. Auch da herrscht eine gemütliche, farbenfrohe Atmosphäre, die ich mit vielfältigen Deko-Elementen kreiert habe. Doch sie ist kein Vergleich zu der im Garten, wo mich das Gezwitscher der Vögel, die Blumenpracht und die raschen Flügelschläge der Schmetterlinge, deren Anblick ich schon immer geliebt habe, geradezu mit Inspirationen fluten.

Nachdenklich schaue ich Richtung Straße, die ich vom Schlafzimmerfenster aus seitlich einsehen kann. Und plötzlich erkenne ich etwas, das dort definitiv nicht hingehört – besser gesagt: jemanden. Ein Mann steht mit einer Schere bewaffnet vor dem unbewohnten Nachbarhaus. Er ist in eine schwarze Lederkluft gekleidet, was sich dadurch erklären lässt, dass am Straßenrand eine ehrfurchtgebietende Maschine parkt. Ich kenne mich kein bisschen mit Motorrädern aus, aber für mich sieht dieses Teil ziemlich monströs aus, was vermutlich daran liegt, dass der Kerl ein Hüne ist. Von hier oben kann ich es schlecht schätzen, doch ich würde mal tippen, dass er mindestens einsneunzig, wenn nicht gar zwei Meter groß ist. Sein Gesicht kann ich nicht erkennen, denn er steht vornübergebeugt und widmet sich den Zweigen, die überall durch den Lattenzaun hindurch Richtung Straße ragen. Neben ihm hat sich bereits ein beträchtlicher Berg an Schnittgut gebildet. Ist das etwa einer meiner neuen Nachbarn oder ein Gärtner?

Gebannt halte ich inne, um die Szene ausgiebiger zu betrachten. Eine junge Frau mit Kinderwagen kommt vorbei. Als er sie bemerkt, richtet er sich auf und tritt zur Seite, sodass er mir den Rücken zuwendet. Die Frau bleibt stehen und beginnt eine Unterhaltung mit ihm. Sie lacht und wirft amüsiert ihren Kopf nach hinten. Aha, anscheinend kennen sich die beiden gut. Sie scheint aber nicht seine Frau zu sein. Dazu ist der Abstand zwischen ihnen zu groß. Nach ein paar Minuten geht sie weiter und der Motorradmann wendet sich erneut seiner Arbeit zu.

Ich möchte mich lösen, ins Bad verschwinden und meinen eigenen Tag beginnen, doch ich kann es nicht, weil mich der Tag dieses Unbekannten aus unerfindlichen Gründen fesselt. Nun kreuzt ein älterer Herr den Weg. Auch er bleibt stehen, um ein Schwätzchen zu halten. Es wirkt, als wolle er gar nicht mehr weitergehen. Er redet und redet, scheint sich sichtlich wohl zu fühlen. Schon wieder ein Bekannter? Möglicherweise ist der Motorradmann hier aus dem Flecken und kennt Gott und die Welt. Im Gegensatz zu mir. Ich kenne nicht einmal Gott – er mich erst recht nicht, vermute ich.

Mit einem entschlossenen Kopfschütteln trete ich zurück, mache mich im Bad frisch, um dann ein weiteres Mal ins Schlafzimmer zurückzukehren. Ich richte mein Bett, ohne es richtig zu lüften, weil ich befürchte, die Aufmerksamkeit des immer noch schnippelnden Mannes auf mich zu ziehen, wenn ich jetzt die Fenster öffne. Erneut bleibe ich hinter dem Vorhang stehen und betrachte die Szenerie. Ich sehe Gottfried herbeischlurfen, der ebenfalls einen ausgiebigen Stopp vor Henriettes Haus einlegt. Okay, er kennt den Fremden nicht, vermute ich zumindest, doch auch er scheint Freude an dem Gespräch zu finden, denn er hält es erstaunlich lange dort aus. Das ist ungewöhnlich. Normalerweise zwickt sein Rücken, wenn er für eine Weile an einer Stelle steht. Na ja, immerhin wird er mir später oder in den nächsten Tagen berichten können, was es mit dem Typen auf sich hat.

Kurze Zeit danach sitze ich am Schreibtisch, um mich auf mein aktuelles Projekt zu konzentrieren. Allerdings will mir das nicht gelingen. Zu sehr beschäftigt mich die Tatsache, dass sich hier etwas ändern wird, dass die geliebte Gewohnheit von einer Bedrohung von außen durchbrochen wird. Und allein dadurch, dass hier ein Fremder durch die Gegend schleicht, fühle ich mich beobachtet, was völlig irrwitzig ist, da ich diejenige bin, die ihn beobachtet. Das Paradoxe daran bestätige ich mir selbst, indem ich wenige Augenblicke später meinen Arbeitsplatz schon wieder verlasse und erneut hinter dem Fenster Position beziehe. Der Mann schneidet nach wie vor die Büsche, mit ruhigen Handgriffen und vollkommen vertieft in seine Arbeit. Als er an der Traubenkirsche ankommt, die ich so mag, weil sie jetzt in der Blütezeit einen betörenden Duft aussendet, hält er inne, streicht versonnen über die Zweige und steckt seine Nase genießerisch in die weiße Pracht.

Ich zucke zusammen, als ich eine Bewegung zu seiner Linken wahrnehme. Oh nein, bitte nicht. Nicht auch noch das! Verzweifelt stöhne ich auf und verberge mein Gesicht in den Händen. Ich wage kaum, wieder aufzusehen und mir anzuschauen, was sich gleich für ein Schauspiel entfalten wird. Die junge Frau, die ich gerade entdeckt habe, hat den Motorradmann erreicht und spricht ihn an – natürlich! Er unterbricht ein weiteres Mal seine Tätigkeit und wendet sich ihr zu. Sie plappert drauflos. Obwohl ich ihre Stimme nicht höre, habe ich eine ziemlich präzise Vorstellung davon, was sie von sich gibt.

»Hallo, ich bin Kathrin. Ziehst du hier ein?« Selbstverständlich duzt sie ihn. Ihre Arme bewegen sich stürmisch zu den Worten, die ihren Mund verlassen. Alles an ihr ist lebendig: der Gesichtsausdruck, die Sprechweise, die Körpersprache, das Lachen. Sie ist sozusagen das Gegenkonzept zu mir. »Nein, nein, ich wohne nicht hier. Ich lebe in Reutlingen. Ich brauche das Stadtleben.« Garantiert lässt sie an der Stelle ihr unwiderstehliches glockenhelles Lachen erklingen. »Doch meine Schwester, die ist ein richtiges Landei. Je einsamer, desto besser. Sie verlässt Haus und Garten nur, wenn es unvermeidlich ist, aber das wirst du ja als ihr Nachbar selbst merken.« So oder so ähnlich wird das Gespräch ablaufen, sofern er tatsächlich ihre Einstiegsfrage bejaht haben sollte. Ach, und fraglos kommt dann noch mit schräggelegtem Kopf und einem charmanten Lächeln: »Ziehst du allein hier ein?«

Ich werde folglich nicht auf die nächste Begegnung mit Gottfried warten müssen, um mit Informationen versorgt zu werden. Das wird *sie* schon für mich erledigen. Es wäre natürlich eine Möglichkeit, mich totzustellen und einfach nicht die Tür zu öffnen, wenn sie gleich klingelt. Doch das würde nichts bringen, weil sie in dem Fall den Schlüssel benutzt. Ja, ich hätte ihn ihr nicht geben müssen. Im Hinblick auf die Tatsache, dass ich keine weiteren Verwandten habe und sonst bloß Beinahe-Freunde, empfand ich es jedoch als sinnvoll, wenigstens einer Person die Gelegenheit zu verschaffen, im Notfall in mein Haus zu gelangen. Das, was sie als Notfall interpretiert, umfasst allerdings eine beträchtliche Bandbreite ...

Keine Ahnung, was unsere Eltern mit uns angestellt haben. Ich bin zwar nur zwei Jahre älter als Kathrin, aber unsere Erziehung hätte nicht unterschiedlicher verlaufen können. Mutter war bereits vierzig, als ich geboren wurde, das langersehnte Wunschkind, Vater fünfzig. Während ich überbehütet und in Watte gepackt wurde, lief meine kleine Schwester irgendwie unbeschwert mit. Wo ich mit Verhaltensmaßregeln überschüttet wurde, hieß es bei ihr: »Lass sie doch!« Wenn ich gegen ein Kleidungsstück aufbegehrte, wurde ich mit geschickter Manipulation dazu gebracht, es dennoch zu tragen, während bei Kathrin ein trotziges Aufstampfen genügte, um sie ihren Willen bekommen zu lassen. Und das hatte Folgen. Ich wurde zur Außenseiterin, zur Witzfigur der Schule, und Kathrin zum angesagten Mädchen, das sich mühelos in jede Clique einfügte. Müßig zu erwähnen, dass sie verheiratet und Mutter von zwei entzückenden Töchtern ist.

Ich stöhne und füge mich in das Unvermeidliche. Spätestens in ein paar Minuten wird meine Türklingel stürmisch läuten. Die Wahrscheinlichkeit, dass sie rücksichtsvoll genug ist, nicht mit dem Motorradmann im Schlepptau zu erscheinen, ist zwar hoch, aber hundertprozentig sicher bin ich mir nicht. Wäre ich nicht Friederike, sondern eine andere Person, würde sie ihn dazu nötigen, Hallo zu sagen. Doch normalerweise kann ich mich darauf verlassen, dass sie meine Eigenart, mein Haus als Höhle zu betrachten, deren Eingang ich für fast alle blockiere, respektiert. Ich steige die Treppe nach unten, setze mich auf die unterste Stufe, schließe die Augen und warte auf ihr Eintreffen.

Gräben zwischen Schwestern

Als die Türglocke ertönt, zucke ich dennoch zusammen. Mühsam quäle ich mich in den Stand und stapfe mit schleppenden Schritten zur Haustür. Ein Blick durch den digitalen Türspion, den ich habe einbauen lassen, bringt mich zum Aufatmen. Ein Glück, sie hat den Motorradmann tatsächlich nicht mitgebracht! Ein wenig mit dem Tag versöhnt, öffne ich und trete beiseite. Schwungvoll stürmt sie ins Innere meiner Höhle und strahlt mich an.

»Hi, Schwesterchen, ich komme gerade von einem Kundentermin. Schön, dich zu sehen!«, ruft sie mir freudig entgegen, als hätten wir uns jahrelang nicht getroffen. Dabei war sie zuletzt vor drei Tagen mit Mia und Emma, ihren sechs- und vierjährigen Töchtern, bei mir. Wir haben im Garten Kaffee getrunken und mit den Mädchen gespielt.

Ja, ich weiß, dass das kaum zu glauben ist, aber ich liebe die beiden abgöttisch – und sie mich. Es ist das Größte für sie, wenn sie bei mir übernachten dürfen. Dann tun wir all das, was ich als Kind nie getan habe. Wir bauen riesige Höhlen aus Stühlen, Decken und Teppichen, die wir mit Lichtergirlanden verzieren. Wir backen Plätzchen, die wir kunterbunt garnieren. Im Sommer veranstalten wir Farborgien im Garten, malen mit Fingerfarbe auf großflächige Plakate, spielen Verstecken, vollführen Wasserschlachten oder lassen uns unter einem der knorrigen Bäume nieder, um

Geschichten zu lesen. Dafür setze ich mir meinen Märchentante-Hut auf und wir bereisen fremde Welten. Wenn sie da sind, bin ich schlagartig die kleine Friederike, die ich gern gewesen wäre, aber niemals sein durfte. Und ich frage mich oft heimlich, ob die gemeinsamen Stunden ihnen besser tun oder mir. Diese zwei Miniaturmenschen sind meine Therapie und zeigen mir ein glückliches Atom der Menschenwelt, die ich sonst so sehr meide. Seit es sie gibt, bricht etwas in mir auf. Ich spüre es, versuche es zu verhindern, merke jedoch, dass es mir immer weniger gelingt.

Nicht einmal Anita weiß, dass ich »Ein Loch in der Mauer« geschrieben habe, weil mich meine Nichten dazu inspiriert haben. Der Roman handelt von einer Einsiedlerin – gut, sie ist bereits dreiundsechzig –, dennoch trägt die Geschichte autobiografische Züge. Meine Protagonistin, die für alle nur die böse Alte ist, mit der sich niemand abgeben will, wird durch ein fünfjähriges Mädchen, das im Haus nebenan einzieht, durcheinandergebracht. Die Kleine schleicht sich in ihr verhärtetes Herz und klopft es weich. Mein Herz ist zwar noch nicht so sehr versteinert wie das der Romanfigur, doch auch bei mir buddeln die Töchter meiner Schwester überall winzige Löcher in die Mauer.

»Friederike, träumst du?« Kathrin wedelt wild mit den Armen vor meinem Gesicht herum.

Ich zucke zusammen und kehre in die Realität zurück. »Entschuldige. Ja, tatsächlich. Ich habe gerade an deine zwei Mäuse gedacht.«

Ein liebevolles Lächeln zieht über Kathrins Miene. »In dem Fall verzeihe ich dir«, lacht sie und ihre Augen sprühen dabei Funken. »Aber sag mal, wie cool ist das denn? Du bekommst einen neuen Nachbarn.«

Mein Herz plumpst drei Etagen tiefer. »Also ist der Typ da draußen wirklich mein neuer Nachbar?«, hake ich nach und merke, wie mir Angst die Kehle zuschnürt.

»Ja, genau«, plappert sie bestens gelaunt weiter. »Oh, mein Gott, ich beneide dich ein wenig um ihn. Der ist ja so nett.« Ihr Gesicht wird schwärmerisch und das »so« dehnt sie in die Länge, als sei sie immer noch das begeisterungsfähige achtjährige Mädchen, das ich lebhaft in Erinnerung habe.

»Ist er das?«, erwidere ich lustlos. Eine rhetorische Frage, denn eigentlich interessiert es mich nicht die Bohne. Hauptsache, er lässt mich in Ruhe. Außerdem kenne ich Kathrins Antwort ohnehin schon.

Entschlossen marschiere ich Richtung Esszimmer und lasse mich am Tisch nieder. Im Sitzen fühle ich mich besser gewappnet für diese Diskussion, von der ich bereits jetzt weiß, dass sie den Boden unter meinen Füßen zum Wackeln bringen wird. Kathrin folgt mir und setzt sich mir gegenüber, immer noch in einem Zustand der Begeisterung.

»Aber so was von. Dennis heißt er. Ein total warmherziger, freundlicher Mann. Und er zieht allein ein. Vielleicht freundet ihr euch ja an.«

Ein sarkastisches Lachen entfährt mir. »Na klar. Ein total warmherziger, freundlicher Mann wünscht sich nichts sehnlicher, als mit der uncoolen, einsiedlerischen Außenseiterin Friederike Bartholdy befreundet zu sein. Und morgen landen Aliens und übernehmen die Weltherrschaft.«

Kathrin zieht die Augenbrauen zusammen, wie immer, wenn ein Sturm in ihrem Inneren heraufzieht. »Friederike!« So nennt sie mich jedes Mal, wenn sie wirklich sauer ist, sonst bin ich für sie (ausschließlich für sie!) Ricky oder natürlich Schwesterchen. »Was redest du da für einen Blödsinn? Du bist bloß eine Außenseiterin, weil du eine sein willst. Du könntest jederzeit ein ganz normales Leben führen – als eine Frau, die überall dazugehört, wo sie aufkreuzt. Guckst du eigentlich ab und zu mal in den Spiegel?«

»Täglich«, gebe ich trocken zurück, »und erst gestern ausgiebiger.«

Sie schüttelt den Kopf und wedelt mit den Händen, um mich zum Schweigen zu bringen. »Du siehst bildhübsch aus, du hast dir ein traumhaft schönes Zuhause geschaffen und du bist ein besonders netter Mensch. Wann fängst du endlich an, dich zu sehen wie du bist und nicht so, wie dich die ganzen Hohlköpfe vor unglaublich vielen Jahren sehen wollten? Das ist doch kalter Kaffee. Mann, Ricky, mach eine Therapie! Mir ist eine tolle Psychologin empfohlen worden, und ich könnte dir über Connections einen schnellen Termin beschaffen. Höchste Zeit, mit dem Leben zu beginnen!«

»Was denkst du denn, was ich tue?«, ziehe ich ihre Worte mit Ironie ins Lächerliche. »Ich bin kein Zombie.

Und ich mache garantiert keine Therapie. Es geht mir gut. Bloß, weil ich ein anderes Leben lebe als du, heißt das noch lange nicht, dass es schlechter ist. Ich bin glücklich mit meinem Dasein.«

Skeptisch betrachtet sie mich. »Allein schon dein Job als Lektorin. Früher hast du davon geträumt, Romane zu schreiben. Jetzt liest du die von anderen.«

Ja, mir ist bewusst, wie das klingt, und das ist ein Punkt, für den ich mich wirklich schäme. Nicht einmal meine Schwester weiß, dass Larissa Green ein verborgener Teil von mir ist. Anita ist die einzige Eingeweihte und das auch nur, weil sie den Kontakt zum Verlag hergestellt hat – über Beziehungen zu einem Verlagsvertreter. Um nicht aktiv lügen zu müssen, schweige ich.

»Außerdem ist nicht zu übersehen, wie sehr du Mia und Emma liebst. Du könntest eigene Kinder haben.«

Ich lache spöttisch auf. »Na klar, ich wäre der Traum einer Mutter. Meine Kinder fänden in mir ein sensationell tolles Vorbild, wenn es um Sozialkompetenz geht. Sie könnten von mir lernen, wie man Smalltalk betreibt, wie man Freunde findet, und all die Dinge, die ich nicht im Entferntesten draufhabe. Am Ende wären sie weitere kleine Wesen, die wie vom anderen Stern über diesen Planeten wandeln und von ihren Mitschülern gemobbt werden. Lass es gut sein, Kathrin! Ich liebe deine zwei, ja, und ich bin gern ab und zu die Wochenendtante, da kann ich keinen allzu großen Schaden anrichten. Aber wenn ich mir vorstelle, ich müsste es aushalten, wie meine Kinder von wem auch immer gequält werden, ohne dem etwas Wirkungsvolles entgegensetzen zu können, wird mir schlecht. Du und Marcel, ihr könnt damit umgehen, eure Töchter stärken, weil ihr selbst stark und resilient seid. Ich kann es nicht.«

»Blödsinn. Du wärst eine wundervolle Mutter, und du vergisst bei deinen Argumenten, dass du weißt, was es zu beachten gilt, um Kinder *nicht* zu Außenseitern zu machen. Du bräuchtest nur einen Mann an der Seite, der euch allen Sicherheit gibt.«

»Kathrin, ich will dieses Gespräch nicht führen. Noch mal, ich bin glücklich. Ich bin angekommen. Hier in diesem Haus. Und ich bin gern die Tante, mit der man Spaß haben kann. Allein das Zusammensein mit deinen Mädels ist schon Balsam für die Seele, und ich habe Gottfried, den garantiert besten Nachbarn der Welt.«

»Apropos Nachbar, du hast geschickt vom Thema abgelenkt.«

»Habe ich gar nicht. Du hast damit begonnen, mir Vorträge zu halten.«

Wieder winkt sie mit der Hand ab. »Das ist doch jetzt völlig egal. Dieser Dennis will in zwei Wochen einziehen. Du musst ihn unbedingt kennenlernen. Hast du ihn bereits gesehen?«

»Nur vom Fenster aus.«

»Dann komm einfach mit mir raus. Ich stelle euch einander vor.«

»Bestimmt nicht.«

»Wie kann man bloß so stur sein? Ich bin mir sicher, dir ginge es besser, wenn du wüsstest, wie er ist. Von seiner Seite droht keine Gefahr, glaub mir. Er ist zwar ein riesiger Hüne, strahlt aber eine unglaubliche Sanftheit aus. Er hat eine weiche, samtige Stimme, wirkt ruhig und geerdet und hat wunderschöne schokoladenbraune Augen, die Wärme verströmen. Und er ist allein wie du. Außerdem kennt er hier noch niemanden.«

»Jetzt geht deine Fantasie mit dir durch. Jeder, der hier vorbeiläuft, unterhält sich mit ihm, als wäre er ein guter Bekannter. Folglich kann das wohl kaum sein.«

»Hm, na ja, dann ist er eben kommunikativ. Jedenfalls hat er mir erzählt, dass er aus Stuttgart kommt und hier niemanden kennt.«

Die Szenen, die ich von meinem Schlafzimmerfenster aus beobachtet habe, tauchen erneut vor meinem inneren Auge auf. Unbemerkt entschlüpft mir ein Seufzen. Er kannte also wirklich die Passanten nicht, kam mir nichts dir nichts mit ihnen ins Plaudern, entlockte ihnen Lächeln und Gesprächigkeit. Es ist mir ein Rätsel, wie man das können kann.

»Es wird sich nicht vermeiden lassen, ihn kennenzulernen – irgendwann«, erkläre ich. »Aber ich werde ganz sicher nicht den Kontakt zu ihm suchen. Und er wird schnell merken, dass mit mir nichts anzufangen ist. Dann lässt er mich in Ruhe, und wir sind einfach Nachbarn, die desinteressiert nebeneinander her leben.«

»Dir ist nicht zu helfen«, stöhnt Kathrin. »Bitte versprich mir eines: Gib ihm wenigstens eine Chance! Ich mache mir genug Sorgen um dich. Es wäre ein schönes Gefühl, zu wissen, dass hier jemand auf dich aufpasst.«

»Nicht nötig, Schwesterchen. Ich passe selbst auf mich auf. Und Gottfried ist ja auch noch da.«

»Klar, ein Mann, der stark auf die achtzig zugeht. Das beruhigt mich ungemein. Bitte, Ricky, vergraul Dennis nicht gleich. Er ist wirklich nett.«

Ich nicke, nur damit Kathrin endlich Ruhe gibt. Und die Sache mit diesem Dennis-Motorradmann wird sich ganz von allein regeln. Spätestens nach dem Kennenlernen will er garantiert nichts mehr mit mir zu tun haben.

Erstkontakt

In den nächsten Tagen beobachte ich rege Aktivitäten im Nachbarhaus. Der Transporter eines Malerbetriebs steht tagelang auf der Straße und es wird mit Leitern und Farbeimern hantiert. Henriettes Haus, das ja nun Dennis' Haus ist, wurde wohl schon vor etlichen Jahren grundsaniert, sodass es nicht viel mehr als einen frischen Innenanstrich zu brauchen scheint. Ich verkrieche mich tagsüber drinnen und krabbele erst am Abend, wenn alle verschwunden sind, aus meiner Höhle hervor. Nach eineinhalb Wochen bemerke ich erleichtert, dass der Trupp abrückt und zu einer früheren Tageszeit als sonst Stille einkehrt. Das gibt mir die Gelegenheit, entlang des Gartenzauns klar Schiff zu machen. Besser, ich erledige das, bevor der zukünftige Nachbar auftaucht und ich in die Gefahr eines zu führenden Gesprächs gerate. Entschlossen greife ich zu Schaufel, Eimer und Schere und begebe mich ans Werk, um die Blumen vor der Invasion des Unkrauts zu retten. Ich grinse, als mir durch den Kopf schießt, dass es mir genauso geht wie meinen Pflanzen. Auch ich fühle mich wie kurz vor einer Invasion, vor der es sich zu schützen gilt.

Ich bin vollkommen in die Arbeit versunken, als plötzlich, wie aus dem Nichts, eine tiefe Stimme neben mir erklingt. »Hallo, Frau Nachbarin, ich bin Dennis, der neue Besitzer dieses Hauses.«

Erschrocken fahre ich hoch. Mir wird für einen Moment schwindlig, weil ich zu schnell aufgestanden bin. Der Motorradmann lehnt, wieder in Lederkluft, lässig auf seiner Seite des Gartenzauns, als wäre es das Selbstverständlichste auf der Welt, sich miteinander bekanntzumachen. Ist es ja auch. Also, für alle Menschen, außer für mich. Sprachlos und vollkommen überfordert starre ich ihn an, während sich seine Statur bedrohlich viel zu dicht vor mir erhebt. Meine Güte, der Mann ist ja noch größer, als er vom Fenster aus wirkte. Knapp über zwei Meter, würde ich schätzen. Seine Stimme ist so, wie Kathrin sie beschrieben hat. Tief, samtig, vertrauenerweckend. Zumindest wäre sie es, wenn ich nicht ich wäre. Um *mein* Vertrauen zu erwecken, braucht es wesentlich mehr ... Und die Augen sind tatsächlich schokoladenbraun. Spontan erinnern sie mich mit ihrem leichten Glanz an glasierte Vollmilch-Schokoküsse. Ich stehe und starre – unfähig, ein Wort hervorzubringen. Je länger dieser Augenblick dauert, desto heftiger zittern meine Knie, und ich merke, dass eine Panikattacke nahe ist. Sie lauert bereits hinter mir, wartet nur darauf, erbarmungslos zuzuschlagen.

Doch da spricht der Mann weiter. »Es tut mir leid, dass ich Sie erschreckt habe. Kein guter Start. Können wir noch mal von vorn anfangen? Hallo, ich bin Dennis Bahnmüller, der neue Nachbar, und ziehe in Kürze hier ein.« Seine Augen vertiefen sich freundlich in meine. Freundlich, nicht bedrohlich. Alles, was er aussendet, ist Ruhe. Die Panikattacke ist vorerst zurückgeschlagen.

»Friederike«, stammele ich und fühle mich derart überfordert, dass ich nicht einmal in der Lage bin, meinen Nachnamen zu nennen.

»Das freut mich sehr, Friederike. Ihre Schwester habe ich bereits kennengelernt.«

Ich rechne es ihm hoch an, dass er mich siezt. Das hilft mir, eine schützende Distanz zu bewahren. Und es grenzt mich ab von dem gequälten Kind, das in mir lebt.

»Wohnen Sie schon lange hier?«, fragt er höflich.

»Seit drei Jahren«, gebe ich steif zurück.

Seine Hände ruhen jetzt auf den Latten des Zauns. Ein eindeutiger Übergriff. Damit missachtet er mein Territorium, und ich merke wie Nervosität und eine ordentliche Portion Wut zurückkehren. Außerdem fällt mir sein Ehering auf.

»Sie leben allein hier?«, erkundigt er sich.

So, das ist zu viel.

Definitiv.

Erst übertritt er die Grenze zu meiner abgeschirmten Welt, und nun stellt er obendrein eine Frage, die ihn nichts, rein gar nichts angeht. Ich bekomme kaum noch Luft, fühle mich in größter Bedrängnis, weil der Schutz meiner Höhle in sich zusammenfällt.

»Und Sie? Hat Ihre Frau Sie rausgeschmissen?«, platzt es aus mir heraus, während ich mit den Augen auf seinen Ring deute.

Erschrocken zuckt er zusammen. Für einen Moment taucht Verletztheit in seiner Miene auf, danach mustert er mich – eindringlich, als wolle er mir auf den Grund meiner Seele schauen. Dieser Blick ist fast nicht auszuhalten. Er schluckt und räuspert sich. »Ich sehe, dass ich Sie gerade aufhalte. Vielleicht sollte ich Sie besser wieder Ihrer Arbeit überlassen. Ich wünsche Ihnen noch einen schönen Tag.«

Damit dreht er sich um und verschwindet. Ich spüre Erleichterung. Erleichterung und Beklommenheit. Ich habe einen Menschen verletzt. Absichtlich. Friederike Bartholdy, das ewige Opfer, ist zur Täterin geworden und hat jemandem vorsätzlich wehgetan. Obwohl ich genau weiß, wie es ist, so behandelt zu werden. Ich schäme mich. Abgrundtief. Gleichzeitig mischt sich ein Gefühl der Befreiung in die Scham. Ich habe ihn verjagt.

Mit etwas Glück dauerhaft.

Das war ja einfach!

In den nächsten Tagen merke ich, wie sich die Erleichterung zunehmend abschwächt, weil eine scheußliche Stimmung meine Gedanken dominiert. Die Scham ist nach wie vor da und ich gehe hart mit mir ins Gericht wegen meines Benehmens. Doch es ist eine weitere Facette hinzugekommen. Ich habe Angst, ihm zu begegnen, und zwar nicht nur, weil ich prinzipiell nicht gern Leute um mich habe, sondern weil ich das Gefühl habe, ihm nicht mehr in die Augen sehen zu können. Was ich getan habe, ist unverzeihlich. In einem überforderten Moment habe ich wie ein Troll wild mit der Keule um mich geschlagen – ohne Rücksicht auf Verluste. Und damit habe ich genau dem Menschentyp entsprochen, den ich sonst zutiefst ablehne. Wenn ich eine andere wäre, die den Umgang mit der eigenen Spezies gewöhnt ist, würde ich zum Nachbarhaus stapfen und mich in aller Form entschuldigen. Aber ich bin nun mal ich und weiß beim besten Willen nicht, wie ich die Sache klären soll. Deswegen ist meine Höhle plötzlich nicht mehr mein Wohlfühlort, sondern ein Platz, an dem ich mich so unbehaglich fühle wie nie zuvor.

Irgendwann beschließe ich, mir von dieser Befindlichkeit nicht länger den Tagesablauf diktieren zu lassen, und setze meine Unkrautaktion fort. Ich halte den Kopf die ganze Zeit gesenkt und hoffe wie ein kleines Kind, dadurch auch von anderen nicht gesehen werden zu können. Selbst ich finde es nicht wirklich verwunderlich, dass der Plan nicht aufgeht.

Diesmal zucke ich nicht zusammen, als aus einiger Entfernung eine Stimme erklingt. »Hallo, Friederike.« Und ja, ich erkenne sofort, zu wem sie gehört.

Ich rappele mich auf und hebe vorsichtig den Blick. »Hallo, Dennis.«

Dieses Mal steht er nicht am Gartenzaun, sondern hält ungefähr drei Meter Abstand. Besser so. Viel besser! Er betrachtet mich ruhig, ohne besondere Aktivitäten seiner Gesichtsmuskeln. Seine Mimik wirkt neutral. Ich suche nach Zeichen der Ablehnung, der Verletztheit oder – weil das für mich am natürlichsten ist – der Abwertung, doch ich kann nichts dergleichen entdecken. Er mustert mich freundlich-distanziert, als wolle er es mir überlassen, wie das Gespräch weitergeht.

Tja, falsche Strategie. Da ich als kommunikativer Analphabet im echten Leben *nie* weiß, wie ein Gespräch weitergeht (nur in meinen Büchern ist das anders), stehen wir uns stumm gegenüber. Als er realisiert, dass er von mir nichts zu erwarten hat, räuspert er sich und äußert: »Sie haben einen traumhaften Garten.«

»Hm.«

Theoretisch war sein Statement eine gute Smalltalk-Eröffnung. Neutrales Gelände, einige höfliche Worte. Doch er überschätzt mich deutlich, wenn er glaubt, darauf eine Antwort von mir zu erhalten. Ein paar Sekunden steht er da, betrachtet mich nachdenklich. Dann räuspert er sich ein weiteres Mal und sagt mit ruhiger Stimme: »Noch einen angenehmen Nachmittag!«

Zu meiner Verwunderung wachse ich über mich hinaus und entgegne: »Danke, Ihnen auch.«

Er nickt mir zu, dreht sich um und verschwindet Richtung Haus. Ich bleibe aufgewühlt zurück und frage mich verzweifelt, wie ich zukünftig mit der veränderten Situation zurechtkommen soll.

*

Um vier Uhr nachts fahre ich aus dem Schlaf hoch und kämpfe mich stöhnend in die Senkrechte. Was für ein Albtraum! Mein neuer Nachbar hat mich bis dorthin verfolgt. Er stand mir plötzlich gegenüber – mit blonden Zöpfen, Brille und einem gewaltigen Leibesumfang, aber immer noch in Motorradkluft und mit schokokussbraunen Augen. Ich stemmte die Hände in die Hüften, musterte ihn und schleuderte ihm entgegen: »Ich will keine bezopfte Brillenschlange als Nachbarn. Verschwinden Sie!« Daraufhin sah er mich mit einem Ausdruck an, der sowohl die Verletztheit widerspiegelte, mit der er mich neulich betrachtet hatte, als auch die, die ich stets empfunden hatte, wenn mich meine Mitschüler triezten.

Mein Herz klopft wie wild und ich kann mich kaum beruhigen. So darf das nicht weitergehen, befinde ich und quäle mich mühsam aus dem Bett. Ich schlurfe ins Arbeitszimmer, greife nach einem Block und nehme einen Stift in die Hand. Gedankenverloren kaue ich an dessen Ende herum, dann lasse ich ihn entschlossen über das Papier tanzen.

Hallo Dennis,
bitte entschuldigen Sie meine unmögliche Äußerung über Ihre Frau bei unserer ersten Begegnung. Ich wollte Sie nicht verletzen. Das war nichts Persönliches. Ich lebe vollkommen zurückgezogen. Deswegen bin ich – von wenigen Ausnahmen abgesehen – den Umgang mit Menschen nicht gewöhnt. Und ich möchte gern, dass das so bleibt. Bitte akzeptieren Sie, dass ich nicht an nachbarschaftlichen Beziehungen interessiert bin. Ich habe keinen Zweifel daran, dass Sie in der Umgebung mühelos Anschluss finden können. Vielen Dank für Ihr Verständnis.
Freundliche Grüße, Friederike Bartholdy

Plötzlich habe ich das Gefühl, wieder freier durchatmen zu können. Mir erscheint die Idee genial, die Sache auf diesem Weg ein für alle Mal zu klären. Ein Befreiungsschlag im doppelten Sinne: Ich werde das nagende schlechte Gewissen los, und ich schaffe mir Dennis vom Hals. Die Karten liegen auf dem Tisch. Er weiß, woran er bei mir ist und kann seine nachbarschaftlichen Fühler in vielversprechendere Richtungen ausstrecken.

Bevor mich der Mut verlässt, schlüpfe ich in einen Jogginganzug, greife nach dem Hausschlüssel und schleiche durch die Dunkelheit zum Nachbarhaus. Einmal hole ich tief Luft, so als müsste ich Anlauf nehmen. Dann versenke ich den Zettel im Briefkasten des nur noch für kurze Zeit unbewohnten Hauses und schließe die Klappe vorsichtig, um niemanden in der Umgebung auf mich aufmerksam zu machen.

Mission erfolgreich erledigt, lobe ich mich innerlich selbst.

Meistens kommt es anders ...

Nach der nächtlichen Aktion bin ich wieder eingeschlafen und wache erst auf, als mich der Wecker um acht Uhr auf den Beginn des neuen Tages hinweist. Schlagartig bin ich hellwach, denn mir wird sofort bewusst, warum ich ihn überhaupt gestellt habe. In einer Stunde wird Kathrin Mia und Emma vorbeibringen. Meine Schwester möchte sich mit einer Freundin in Ulm treffen. Da das die Öffnungszeiten des Kindergartens sprengen könnte, schwänzen die Mädchen und kommen zu meinem großen Vergnügen zu mir. Mit einem freudigen Lächeln auf den Lippen eile ich ins Bad und rüste mich für die Invasion der angenehmen Art.

Vergnügt hüpfe ich die Treppe nach unten, fühle mich für einen Moment frei und unbeschwert, als würde bereits der Gedanke an meine Nichten das glückliche Kind in mir zurückbringen. Ich richte ein Frühstück, das ich mit einem zufriedenen Seufzen auf dem Holzdeck mit Blick auf den Garten einnehme. Obwohl wir noch Mai haben, sind die Temperaturen sommerlich. Schon zu dieser frühen Stunde ist es warm genug, um es draußen in einem dünnen Wolljäckchen aushalten zu können. Ich betrachte die Farbenpracht um mich herum und höre den Vögeln zu, deren Tirilieren eine unbändige Lebenslust in mir weckt. Immer wieder schwebt ein Tiefflieger mit atemberaubender Akrobatik vorbei. Einmal kommt mir einer so nahe, dass ich herzhaft auflache. Es ist ein perfekter Augenblick, in dem ich mein Dasein preise – genau so wie es ist.

Als sich die Zeiger der Armbanduhr auf die Neun-Uhr-Marke zubewegen, eile ich nach drinnen, räume die Küche auf und lausche auf das Geräusch eines vorfahrenden Autos. Schon in dem Moment, in dem ich die ersten leisen Vorboten davon höre, laufe ich zur Tür. Im geöffneten Türrahmen bleibe ich stehen und beobachte die Szenerie mit einem Schmunzeln. Eine bestens gelaunte Kathrin steigt aus und winkt mir zu. Auch Mia hüpft bereits selbstständig aus dem Auto. Nur die vierjährige Emma braucht noch Unterstützung, um sich aus dem Gurtsystem ihres Kindersitzes zu befreien. In der Zwischenzeit springt mir ihre Schwester entgegen, tanzt einmal um mich herum, bevor sie mich mit ihren Armen umschlingt und sich dicht an meine Beine drängt.

»Hey, meine Süße«, begrüße ich sie. »Wie geht es dir?«

»Gut«, antwortet sie dermaßen langgezogen, dass in diesem einen Wort ein ganzer Satz Platz finden könnte. Tut er ja auch, denn darin steckt eine gewaltige Liebeserklärung – die schönste, die ich je bekommen habe.

»Freust du dich auf den Tag?«

»Ja.« In dieser knappen Antwort schwingt ebenfalls so viel Begeisterung mit, dass es meine Akkus für den stundenlangen Gebrauch auflädt.

Inzwischen hat es auch Emma geschafft, die mir auf deutlich kürzeren Beinchen genauso schwungvoll entgegenrennt.

»Tante Ricky«, brüllt sie und spätestens jetzt sind sämtliche Nachbarn der Umgebung wach. Auf einmal habe ich zwei Kinder an meinen Schenkeln hängen.

Eine lachende Kathrin kommt näher. »Ihr zwei, passt auf, dass ihr Tante Ricky nicht von den Beinen reißt. Das sieht gefährlich aus.« Doch die beiden Mädchen kichern nur und umklammern mich noch ein wenig fester.

»Na, Kathrin, und bei dir geht's weiter nach Ulm? Was habt ihr denn vor?«

»Och, nichts Spezielles. Quatschen, shoppen, alles, was Mädels gern machen.« Mit einem Grinsen zwinkert sie mir zu. *Alles, was Mädels gern machen*. Tja, ich mache nichts davon gern.

»Klingt gut.« *Tut es das?* »Dann wünsche ich dir viel Spaß. Und wir drei unternehmen hier auch etwas, was Mädels gern machen. Stimmt's, ihr zwei?«

Dieses Mal ernte ich ein zweifaches Ja, das so überschwänglich daher kommt, dass ich einfach laut loslachen muss.

Eine halbe Stunde später sitzen wir am Esstisch und basteln Bienenkostüme mit Königinnen-Kronen. Meine Nichten haben es sich in den Kopf gesetzt, am Nachmittag als Bienen verkleidet draußen herum zu schweben und sich alle Blumen anzugucken. Damit konnte ich sie darüber hinwegtrösten, dass jetzt erst einmal Drinnen-Spielen angesagt ist, weil der Morgentau im Garten noch für ordentlich Feuchtigkeit sorgt. Schließlich will ich nicht schuld sein, wenn sich die beiden erkälten.

Zum Mittagessen bereite ich Pfannkuchen mit Apfelmus zu, und als besonderes Schmankerl gibt es auch jeweils einen mit Schokoaufstrich. Für einen winzigen Moment denke ich an die Augen meines Nachbarn, doch sofort rufe ich mich mit einer innerlichen Rüge wieder zur Ordnung. Nach der Mahlzeit kuscheln wir uns zu dritt auf die breite Liege auf dem Holzdeck, die ich oft zum Schreiben oder Korrekturlesen nutze. Aktuell bin ich hingegen die Vorleserin. Die Mädchen haben sich ein Buch aus ihrer Lieblingsreihe von Klaus Frosch ausgesucht, in der zwei Kobolde, Feodora und Fritzchen, Kindern bei der Bewältigung von allerlei Herausforderungen helfen. Eine Stunde später macht meine Stimme langsam schlapp, und ich beschließe, dass die Natur nun trocken genug ist, um zwei kleinen Bienchen eine Spielwiese zu bieten. Ich schmiere sie dick mit Sonnenmilch ein und sie schweben davon.

Da der Garten komplett eingezäunt ist und sich sämtliche gefährlichen Gerätschaften in einem abgeschlossenen Schuppen befinden, entspanne ich mich und döse tatsächlich für ein Weilchen ein.

Als ich plötzlich lautes Gelächter höre, schrecke ich auf und wende mich irritiert der Quelle des Lärms zu. Mia und Emma halten den Gartenzaun umklammert und unterhalten sich mit Dennis, der ein paar Meter entfernt auf seinem Grundstück steht und dabei ist, eine Schaukel an einem der mächtigen Bäume aufzuhängen.

»Darf ich nachher schaukeln?«, kreischt Emma mit einer Stimme, die keinen Widerspruch zulässt.

»Ich auch«, bittet Mia ein bisschen leiser.

Dennis sieht in meine Richtung. Er wirkt unentschlossen, wie er darauf reagieren soll. Verdammt, so war das nicht geplant! Was soll ich jetzt machen? Natürlich möchte ich *nicht*, dass die Mädchen bei ihm schaukeln, doch wie kann ich ihnen das klarmachen? Und hatte ich nicht entschieden, Dennis zu ignorieren und mich nicht mehr mit ihm zu unterhalten? In irgendeiner Form muss ich handeln. Schließlich bin ich gerade für die Betreuung meiner Nichten verantwortlich.

Mittlerweile schauen die Kleinen ebenfalls zu mir. »Tante Ricky«, brüllt Emma, »komm mal!«

Noch einmal: verdammt, verdammt, verdammt! Genau das wollte ich vermeiden. Auf einen Schlag erscheint mir der Brief, den ich heute Nacht im Briefkasten meines Nachbarn deponiert habe, vollkommen lächerlich. Wie soll ich ihm nun bloß gegenübertreten? Schlafend stellen kann ich mich nicht mehr. Ich habe bereits den Kopf gehoben, und er konnte eindeutig erkennen, dass ich wach bin.

Inzwischen stürmt Emma auf mich zu. Als sie mich erreicht hat, zerrt sie an meiner Hand. »Tante Ricky, komm schnell«, fordert sie und ihr zartes Stimmchen überschlägt sich vor Aufregung. »Der Mann da hängt eine Schaukel auf und wir wollen darauf schaukeln.«

Meine Optionen schwinden. Nein, sie schwinden nicht, sie sind schon längst nicht mehr existent. Mühsam quäle ich mich von der Liege hoch und stakse mit bleischweren Schritten in Dennis' Richtung. Erneut fühle ich mich wie ein Troll, der seine Körpermasse fast nicht manövrieren kann. Nur dass es bei mir nicht die Körpermasse ist, die mich bremst, sondern das Ausmaß der Seelenqualen.

Emma zieht und zerrt. »Tante Ricky, warum bist du so langsam? Komm endlich!«

Schneller, als mir lieb ist, erreichen wir Mia, die ihre Ärmchen immer noch durch die Latten geschoben hat.

»Hallo, Friederike«, begrüßt mich Dennis mit einem offenen Gesichtsausdruck. Ich wage es kaum, ihm in die Augen zu schauen, aber letzten Endes bleibt mir nichts anderes übrig. Er sieht mich direkt an – ruhig und gelassen. Da flackert nichts in seinem Blick. Ich entdecke keine Nervosität, keine Amüsiertheit, keine Geringschätzung. Nur eine wohlwollende Entspanntheit, die nicht wertet. Ich habe mich schon häufig mit Meditation beschäftigt und praktiziere sie hin und wieder. Sein Auftreten erinnert mich an die innere Haltung, die ich beim Meditieren einzunehmen versuche (viel zu oft erfolglos): Wahrnehmen, nicht bewerten. Irgendwie wirkt er wie ein Zen-Meister. Ungewöhnlich.

Ein kurzes Lächeln legt sich über meine Lippen, weil ich mich an eine Geschichte erinnere, die gern erzählt wird, wenn es um die Schwierigkeit des Meditierens geht ...

Ein Zen-Schüler will von seinem Meister wissen: »Was unterscheidet den Zen-Meister von einem Zen-Schüler?« Der Zen-Meister antwortet: »Wenn ich gehe, dann gehe ich. Wenn ich esse, dann esse ich. Wenn ich schlafe, dann schlafe ich.« Der Schüler erwidert: »Das mache ich genauso«, woraufhin sein Meister entgegnet: »Wenn du gehst, denkst du ans Essen, und wenn du isst, dann denkst du ans Schlafen. Wenn du schlafen sollst, denkst du an alles Mögliche. Das ist der Unterschied.«

Merkwürdig, dass mir das gerade durch den Kopf geht, doch in diesem Moment erscheint mir Dennis tatsächlich wie ein Zen-Meister. Und noch merkwürdiger, dass mich plötzlich eine Entspanntheit überkommt, die ich so nicht bei mir kenne. Innerlich ruhig antworte ich: »Hallo, Dennis.«

Er quittiert das mit einem freundlichen Lächeln. »Dass diese zwei flotten Bienchen deine Nichten sind, habe ich ja schon mitbekommen. Nun ist die Frage, ob sie bei mir im Garten schaukeln dürfen.«

Schlagartig kehrt meine Unsicherheit zurück. Eine zuverlässige Menschenkenntnis besitze ich nicht, und Dennis könnte alles Mögliche sein: ein Spanner, ein Straftäter, ein Kinderschänder.

»Bitte, bitte, Tante Ricky«, bettelt Emma und auch Mia fällt in den Singsang ein.

Unentschlossen trete ich von einem Bein auf das andere.

»Du kannst gern mit rüber kommen«, bietet Dennis an. »Dann musst du die zwei nicht allein in meine Obhut geben.«

Sieht man mir meine Gedanken an?

»Ja, komm mit, Tante Ricky«, übernimmt nun Mia die Initiative.

Mit einem Mal kommt mir meine nächtliche Botschaft noch etwas lächerlicher vor. Wie konnte ich bloß so dumm sein, mir einzubilden, dass mein Vorhaben gelingen könnte?

Inzwischen zerren beide Mädchen an meinen Händen, als wäre ich ein Wunschbaum, an dem sie nur lange genug rütteln müssen, damit ihre Träume erfüllt werden. Ich glaube kaum selbst, was ich da tue, als mein Kopf zu nicken beginnt. Fassungslos betrachte ich Dennis, der auf meine Körpersprache mit einem strahlenden Lächeln reagiert.

Er sieht nett aus, wenn er lächelt, denke ich. *Sehr nett.*

Am liebsten würde ich mich ohrfeigen, um mich für diesen unangemessenen Gedanken zu bestrafen – genau wie Dobby, der Hauself aus Harry Potter, wenn er etwas Verbotenes ausgeplaudert hat.

Und erst jetzt merke ich, dass mich Dennis eben geduzt hat, ohne dass es mir aufgefallen oder ich dagegen angegangen wäre.

Ein zerstörtes Paradies

Ich bin restlos erschöpft, nachdem Kathrin ihre Mädchen unter Protest abgeholt und ins Auto verfrachtet hat. Ihr Blick, als sie uns in Nachbars Garten entdeckt hatte, sprach Bände. Am liebsten hätte ich ihn ihr aus dem Gesicht geschüttelt. Während ich meine Wut in den Griff zu bekommen versuchte, landeten Dennis und sie sofort in einem lockeren Gespräch. Bräuchte ich Anschauungsunterricht, wie man einen unkomplizierten Kontakt zu seinen Mitmenschen aufbaut, wäre er mir hier geliefert worden. Doch ich wollte ihn nicht, weswegen ich die Unterhaltung der beiden bestmöglich ignorierte. Stattdessen beschäftigte ich mich damit, meine Nichten zu beruhigen, weil ihr Besuch bei mir zu ihrem lautstark bekundeten Missfallen ein Ende nahm.

Und jetzt, als sie nach unzähligen Beteuerungen, dass sie bald erneut kommen dürfen, im Auto sitzen, fällt mir eine Last vom Herzen. Ich brauche dringend Zeit für mich, um zu sortieren, welche ungewöhnliche Veränderung der Tag im Gepäck hatte, und ich muss eine Strategie ersinnen, um deren Auswirkungen auf mein Leben zu reduzieren.

Auch zwei Stunden später renne ich noch wie ein kopfloses Huhn durch das Haus, bin aufgebracht und durcheinander. Eigentlich hat Dennis wieder alles richtig gemacht. Er hat sich im Hintergrund gehalten und mich in keine Unterhaltung gezwungen. Nur, wenn die Mädchen lautstark danach verlangten, er solle sie anschucken, hat er sich uns genähert. Ansonsten saß er auf der Terrasse, die bereits vollständig möbliert ist, und tippte etwas in sein Notebook. So sehr ich mich bemühte, nicht hinüber zu sehen, wurde mein Blick doch magisch von ihm angezogen. Es war mitten am Tag. Musste er nicht arbeiten? Und es verwirrte mich zutiefst, dass er mir mit keiner Geste, keinem Zucken seiner Mimik das Gefühl vermittelte, komisch zu sein. Angesichts meiner peinlichen nächtlichen Zettel-in-den-Briefkasten-Aktion, die dank meiner Nichten noch dazu vollkommen wirkungslos geblieben war, erscheint mir dieser Umstand geradezu unwirklich – als hätte ich mich in einem Wunderland verlaufen, das nichts mit der Realität zu tun hat. Statt mich abfällig zu behandeln, verhält er sich bei jeder Begegnung so, als wäre ich normal, als gäbe es nichts Absonderliches in meinem Wesen.

Meine Gedanken bewegen sich in abenteuerlichen Endlosschleifen. Auch wenn ich Dennis als Person eigentlich (wer kann das schon sicher wissen?) nicht als bedrohlich empfinde, erschüttert mich die Veränderung, die seine Anwesenheit auslöst. Immer, wenn mich Mia und Emma zukünftig besuchen werden, wird es sie in seinen Garten ziehen. Und ich werde nicht umhinkommen, sie dorthin zu begleiten. Ich habe keine Chance, meinen neuen Nachbarn zu ignorieren, weil die zwei kleinen Diven das niemals zulassen werden. Was wird dann aus meiner Ruhe, meiner Abgeschiedenheit, der so wichtigen Möglichkeit, mich von den Menschen zurückzuziehen? Und wieso um alles in der Welt hat er überhaupt eine Schaukel aufgehängt? Er zieht doch angeblich allein ein. Hat er Kinder? Und was ist mit seiner Frau? Für einen Moment schießt mir das Bild des Rattenfängers von Hameln durch den Kopf. Was, wenn diese unsägliche Schaukel für ihn das ist, was die Flöte für die Sagengestalt war? Ist womöglich etwas Wahres an der Hypothese vom Spanner oder Pädophilen?

Ich schüttele mich heftig, als mir bewusst wird, dass dieser Fremde meine komplette Gedankenwelt gekapert hat. *Schluss jetzt!*, befehle ich mir. Aber mein Gehirn will einfach keine Ruhe finden. Wütend schlüpfe ich in Joggingklamotten und renne davon, als ob der Teufel hinter mir her wäre. Vielleicht ist er das ja auch ...

Am nächsten Morgen wird schon früh klar, dass sich die Schlinge noch enger um meinen Hals zieht. Bereits um sieben Uhr rumpelt der erste Umzugslaster daher und spuckt das Hab und Gut meines neuen Nachbarn aus. Den ganzen Tag über tobt ein Tohuwabohu. Flüche schallen durch die Gegend, Scherben klirren, zwischendurch aufgehellt durch Gelächter der beteiligten Personen. Ich verkrieche mich im Haus, meide den Garten und nehme die dunkle Bedrohung wahr, die die Nachbarschaft von nun an bereithalten wird. Unaufhaltsam ist meine heile, abgeschiedene Welt zu einem Ort geworden, der für mich nicht beherrschbar ist. Ich spüre die Teenie-Friederike derart heftig in mir wie schon seit

Jahren nicht mehr. Alte, grob verpflasterte Wunden reißen auf, und die sichere Höhle hört auf, mir Deckung zu bieten.

Erst am Abend, als die Laster verschwunden sind, traue ich mich wieder nach draußen. Ich werfe einen skeptischen Blick nach nebenan. Dennis ist nicht zu sehen. Wahrscheinlich beschäftigen ihn die unzähligen Kartons, die während all der Stunden nach drinnen gewandert sind, noch eine ganze Weile. Doch was, wenn er ein Päuschen auf seiner Terrasse einlegt? Ab sofort kann das jederzeit passieren. Und ich weiß nicht einmal, ob er überhaupt zum Arbeiten das Haus verlässt oder ob er ständig vor Ort sein wird. Ein gequältes Stöhnen entweicht meiner Kehle.

Aus der Ferne betrachte ich nachdenklich den lockeren Lattenzaun. Vielleicht sollte ich ihn ersetzen – entweder durch eine blickdichte Hecke oder durch hoch aufragende Sichtschutzzäune. Würde das die gefühlte Bedrohung mindern? Ratlos zucke ich mit den Achseln. Wenigstens ist ein Teil meines Freisitzes durch einen Mauervorsprung uneinsehbar. Dorthin verziehe ich mich, um mir ein Abendessen zu gönnen. Doch ich verspüre eine unglaubliche Nervosität in mir – kein Vergleich mehr zu den ruhigen Genussabenden, die ich sonst so gern zelebriert habe. Ich brauche dringend eine Lösung, weiß nur nicht welche.

Als die Dunkelheit einbricht, wage ich mich aus der Deckung und gieße entlang der Grundstücksgrenze die Pflanzen, die nach dem für die Jahreszeit viel zu heißen

Tag nach Wasser dürsten. Geschützt durch die Dämmerung riskiere ich einen vorsichtigen Blick über den Zaun hinweg. Auf der Terrasse hat sich nichts geändert, die sah ja auch schon am Vortag fertig aus, doch auf der anderen Seite des Gartens steht mittlerweile ein Holzhäuschen. Details kann ich nicht mehr erkennen, aber die Umrisse sehen aus wie ein Kinderspielhaus. Mir wird noch ein wenig beklommener zumute. Rüstet er etwa sein Kinderparadies weiter auf? Nur, zu welchem Zweck? Ich beschließe, das Ganze morgen genauer in Augenschein zu nehmen. Wenn alle Stricke reißen, halte ich mich eben zukünftig mit Mia und Emma im Haus auf. Kaum ist der Gedanke da, schüttele ich bereits den Kopf. Das wird nicht funktionieren. Erstens kann ich den beiden keinen Wunsch abschlagen, zweitens will ich meine bescheuerten Ängste nie, nie, nie auf sie übertragen. Dass das unverantwortlich wäre, ist mir sehr wohl bewusst. Ich seufze. Mir wird schon noch etwas einfallen.

Hoffentlich.

Ungewöhnliche Geräusche holen mich am folgenden Morgen aus dem Schlaf. Ich brauche eine Weile, um sie einordnen zu können. Für einen Moment bin ich mir nicht sicher, ob ich durch das Reich der Träume reise oder bereits in der Realität gelandet bin. Ich kämpfe mich aus dem dichten Nebel des Aufwachens hervor und erkenne, dass es ein Hund ist, der mit den verschiedensten Lauten auf sich aufmerksam macht. Ich höre ein begeistertes Gebell, freudiges Jaulen und das typische spielerische Knurren, das entsteht, wenn man ihm einen Stock zu entwinden versucht. Jedenfalls ist das Spektakel ungewohnt, denn niemand in der Nachbarschaft hat einen Hund. Schlaftrunken torkele ich zum Fenster, um zu schauen, wo das tierische Treiben stattfindet. Sofort fällt mir mein Nachbar ins Auge, der mit einem Golden Retriever ausgelassen durch den Garten tollt. In einem meiner letzten Romane kreiste die Geschichte um eine Hundesitterin, sodass ich mich inzwischen ziemlich gut mit den verschiedenen Rassen auskenne. Mein Blick schweift weiter über die Rasenfläche. Jetzt erklärt sich auch, dass das, was ich in der Dämmerung gesehen habe, kein Kinderspielhaus ist, sondern eine Hundehütte. Für einen Augenblick atme ich erleichtert auf, doch schnell wird mir klar, dass sich die Lage dadurch keinesfalls gebessert hat. Im Gegenteil. Mia und Emma sind verrückt nach Hunden, aber sie können keinen halten, weil in Kathrins und Marcels Stadtwohnung Haustiere nicht erlaubt sind. Sie werden vollkommen durchdrehen, wenn sie mitbekommen, welche neue Attraktion es hier in der Nachbarschaft gibt. Verzweifelt vergrabe ich mein Gesicht in den Händen. Kann es noch schlimmer kommen?

Tierisches Durcheinander

Ja, es kann, erfahre ich am folgenden Wochenende. Kathrin und Marcel wollen eine gemütliche Wanderung auf der Alb machen – Quality time zu zweit. Auch wenn ich eigentlich gar nicht weiß, was das ist und wie es sich anfühlt, gönne ich es ihnen von Herzen. Ihre zwei kleinen Bienchen bleiben natürlich bei mir. Obwohl sie heute kein Kostüm tragen, schweben sie tanzend um mich herum.

Der Juni-Anfang steht dem Wonnemonat in nichts nach und verwöhnt uns schon am Morgen mit Sonne satt. Die Temperaturen sind so hoch, dass sich der Frühtau bereits aufgelöst hat und ich beim besten Willen keine Ausrede finden kann, um sie nicht in den Garten zu lassen. Wenigstens habe ich am Motorradgeknatter eindeutig erkennen können, dass Dennis seit kurzem nicht zuhause ist. Das beruhigt mich ein wenig. Aufgeregt springen die Mädchen durch die grüne Pracht und inspizieren, ob es etwas Neues zu entdecken gibt. Und natürlich entgeht ihnen nicht, was mittlerweile auf Dennis' Grundstück thront.

»Tante Ricky«, brüllt Mia euphorisch. »Da hinten steht eine Hundehütte.«

Bevor ich sie stoppen kann, ist sie bereits in Richtung Lattenzaun davon gedüst und lässt ihre Augen suchend durch Nachbars Garten wandern.

Emma rennt ihr hinterher. »Ein Hund, ein Hund, wo ist der Hund?«, ruft sie und rudert dabei so wild mit den Armen, dass ich unwillkürlich lachen muss. Sie hat eindeutig das Temperament ihrer Mutter abbekommen.

Der wird wohl irgendwo stecken, denke ich. Dennis kann ihn ja kaum auf dem Motorrad mitgenommen haben. Und sein Grundstück ist eingezäunt, also kann er sich dort vermutlich frei bewegen. Der Gedanke ist noch nicht zu Ende gebracht, da rast ein pelziges Bündel auf den Zaun zu. Schwanzwedelnd baut sich der Golden Retriever vor den Mädchen auf und winselt, als sie ihre Hände zwischen die Latten schieben, um ihn zu streicheln. Das Ganze geschieht so schnell, dass ich keine Chance habe, zu intervenieren. Glücklicherweise scheint das große Tier freundlich gesonnen zu sein und keine Gefahr für Kinder darzustellen. Erleichtert atme ich durch. Meine Nichten sind vollkommen im Glück und betteln darum, auf die andere Seite zu dürfen. Ich gebe mein Bestes, um ihnen zu erklären, dass das nicht geht, weil es nicht unser Garten ist, doch diese Erwachsenenlogik fällt bei den beiden nicht gerade auf fruchtbaren Boden. Trotz des gelegentlichen Gequengels ist es ein Quell der Freude, sie dabei zu beobachten, wie sie andächtig und mit versonnenen Blicken die Nähe zu dem gutmütigen Hund genießen. Und das scheint durchaus auf Gegenseitigkeit zu beruhen.

Als plötzlich das Dröhnen eines herannahenden Motorrads erklingt, zucke ich erschrocken zusammen. Und jetzt? Die Flucht antreten und die Kinder allein im

Freien lassen? Nein, ausgeschlossen. Sie schnell an der Hand nehmen und nach drinnen verfrachten? Nicht umsetzbar. Mich in Luft auflösen? Ein Wunschtraum.

Der Golden Retriever hat den knatternden Sound ebenfalls wahrgenommen und jagt mit großen Sprüngen Richtung Gartentor. Erleichtert schnappe ich nach Luft, doch ich habe die Rechnung ohne die kleinen Energiebündel gemacht. Sie kommen zwar nicht mit dem Tempo des Vierbeiners mit, rennen aber genauso freudig auf der anderen Seite des Zauns zur Straßenseite.

»Dennis«, höre ich Mias Stimme mit einem ganz langgezogenen »i«, »wie heißt der Hund?«

Ein tiefes, freundliches Lachen erklingt. »Das ist Maisie.«

»Ist das ein Mädchen?«, kräht Emma.

»Genau, Maisie ist ein Mädchen«, kommt es zurück.

Ich frage mich weiterhin, was ich tun soll. Ratlos und ohne echten Plan lausche ich angespannt der Unterhaltung. Als hätte ich dadurch eine selbsterfüllende Prophezeiung beschworen, tritt der schlimmste aller Fälle ein.

»Dürfen wir mit Maisie spazieren gehen und sie an der Leine führen?«, fragt Mia mit einer Stimme, die ein Nein nicht ernsthaft in Erwägung zieht.

»Hey, ihr zwei, leider nein. Maisie hat gerade erst ihr Herrchen verloren. Die Umgebung hier ist noch neu für sie und sie ist deswegen ziemlich auf mich fixiert.«

»Und wenn wir mit dir mitgehen?«, schlägt die Sechsjährige vor.

»Dann wäre ja eure Tante ganz allein, das geht genauso wenig«, rettet sich mein Nachbar (und mich ebenfalls), was ich ihm hoch anrechne.

»Nö«, widerspricht Emma entschlossen. »Tante Ricky kann doch mitkommen. Wir machen einfach einen Ausflug – alle zusammen. Mama und Papa sind auch auf einem Ausflug.«

»Nein, ihr beiden, das klappt nicht. Eure Tante hat bestimmt andere Pläne.«

»Nö, Tante Ricky hat nie Pläne«, verkündet Mia selbstsicher.

So wirke ich also. Selbst meine kleinen Nichten haben schon mitbekommen, dass ich speziell bin? Diese Erkenntnis trifft mich mit einer ungeheuren Wucht und raubt mir kurz den Atem. Es war mir so wichtig, zumindest ihnen gegenüber den Anschein der Normalität zu wahren. Offensichtlich ist mir das nicht gelungen. Bin ich wirklich so verschroben wie Rosi, meine dreiundsechzigjährige Protagonistin in »Ein Loch in der Mauer«? *Nein*, widerspreche ich, und *Ja*, stimme ich zu. Ja, ich bin so verschroben. Nein, nicht im Umgang mit den Mädchen. Für sie bin ich die Traumtante. Wäre ich es nicht, würden sie nicht so häufig zu mir kommen wollen. Dennoch rattert es in meinem Kopf. Noch sind sie jung und sehen die Welt mit Kinderaugen. Doch irgendwann werden sie größer, fangen an zu bewerten und vergleichen mich mit anderen. Dann werden sie realisieren, dass mit mir etwas nicht stimmt. Will ich das? Oder sind diese zauberhaften kleinen Menschen die

Aufgabe, die mir das Leben stellt, um mich von der Vergangenheit freizustrampeln? Zum ersten Mal taucht dieser Gedanke auf – kraftvoll, beängstigend und zugleich derart überwältigend, dass er eine starke Reaktion in mir weckt: Trotz. Entschlossen laufe ich nach vorne und schließe zu dem Grüppchen auf.

»Ich habe durchaus Pläne, Mia«, gebe ich leicht gereizt und ziemlich steif zurück. »Allerdings schiebe ich die extra beiseite, wenn ihr da seid, damit ich Zeit für euch habe.« Ich halte kurz inne und plötzlich verselbständigt sich mein Sprachzentrum. »Wenn Dennis uns mitnimmt, können wir gern mit ihm spazieren gehen.«

Innerlich zucke ich zusammen, während ich zuhöre, was meine Stimme verkündet. Aber daneben findet ein weiteres Gefühl seinen Platz: ein klitzekleines Portiönchen Stolz, dass ich den längsten Redebeitrag in Dennis' Nähe zustandegebracht habe, den es je gegeben hat. Und eine gewaltige Ration Stolz, dass ich auf geradezu sensationelle Weise über meinen Schatten springe. Mit den Mädchen und Dennis Maisie Gassi zu führen, liegt nicht nur außerhalb meiner Komfortzone, es führt mich glasklar in das, was ich noch heute Morgen als meine Panikzone bezeichnet hätte. Doch dieses Statement von Mia hat einen Schalter in mir umgelegt. Ich atme tief durch, lausche in mich hinein und stelle verwundert fest, dass ich immer noch lebe. Es hat mich nicht umgebracht, mich auf den lockeren Kontakt zu einem anderen Menschen einzulassen. Fast schon siegessicher wandert mein Blick zu Dennis. Er sieht mich unverwandt an, und was ich in seiner Miene erkenne, zieht mir den Boden unter den Füßen weg. Die Schokokuss-Augen betrachten mich anerkennend, als wüssten sie, wie groß dieser Schritt für mich war. Na ja, nicht schwer zu erraten nach dem, was ich ihm auf den Briefkasten-Zettel geschrieben hatte. Und dennoch: Anerkennung? Von Dennis? Für mich?

Als sich unsere Blicke kreuzen, entwickelt sich ein zaghaftes Lächeln um seine Mundwinkel. So sehr ich auch suche, forsche, jedes Zucken seiner Mimik analysiere, da ist immer noch nichts Abwertendes. Kann es sein, dass er mich akzeptiert? So wie ich bin? Die einsiedlerische Friederike, die sich von den Menschen abgewandt hat und alle von sich stößt, die sich ihr nähern?

»Wenn das so ist«, beginnt Dennis seine Antwort und setzt eine Kunstpause ein, die bei den beiden Kleinen die Spannung ins Unermessliche steigert – mit weit aufgerissenen Augen hängen sie an seinen Lippen –, »nehme ich euch selbstverständlich gern mit.«

»Juhu, wir dürfen mit Maisie spazieren gehen«, singt Emma und Mia lacht aus vollem Hals. Und ich frage mich, ob ich eigentlich von allen guten Geistern verlassen bin.

Eine Viertelstunde später warten wir vor Dennis' Gartentor. Mia und Emma sind vor lauter Begeisterung völlig aus dem Häuschen. Unentwegt plappern sie vor sich hin und können es kaum abwarten, die Hundeleine in der Hand zu halten. Als Dennis das Haus verlässt, stürzen sie sich sofort auf ihn.

»Ich will die Leine haben«, fordert Emma.

»Nachher, Emma«, erklärt der Angesprochene mit einem Lachen. »Erst mal möchte ich weg von der Straße. Wenn wir auf den Feldern sind, könnt ihr die Leine übernehmen. Hier ist mir das zu gefährlich. Nicht, dass Maisie am Ende noch vor ein Auto rennt.«

Unter Protest fügen sich die Mädchen und stillen ihre überschüssige Neugier. »Wieso hat Maisie ihr Herrchen verloren?«, will Mia wissen.

»Ihr Herrchen war ein älterer Mann, der plötzlich gestorben ist. Und von den Angehörigen wollte niemand Maisie aufnehmen. Damit sie nicht ins Tierheim kommt, habe ich sie zu mir geholt.«

»Hattest du schon mal einen Hund?«, fragt meine sechsjährige Nichte weiter.

»Nein, noch nie. Ich habe immer in der Stadt gewohnt. Das ist keine gute Umgebung für einen großen Hund. Aber nun dachte ich mir: Ich habe Platz und einen riesigen Garten, also warum nicht?«

»Cool«, verkündet Mia und strahlt ihn an.

»Sind wir jetzt auf den Feldern?«, schaltet sich Emma ein, der diese Unterhaltung viel zu lange dauert.

»Gleich«, schmunzelt Dennis. »Noch um diese Kurve, dann könnt ihr die Leine halten. Allerdings unter zwei Bedingungen: Ihr streitet euch dabei nicht und ihr konzentriert euch auf Maisie. Sie ist ein Tier und handelt manchmal anders, als wir Menschen das vorhersehen können. Wenn ihr sie an der Leine habt, müsst ihr jederzeit darauf vorbereitet sein, dass sie etwas Unerwartetes tut. Also müsst ihr auf sie achten. Verstanden?«

Meine Nichten lauschen mit ernsten Gesichtern und nicken andächtig angesichts der wichtigen Aufgabe, die ihnen gerade übertragen wird. Mein liebendes Tantenherz öffnet sich, als ich sehe, mit welcher Inbrunst die beiden Miniaturmenschen dem an sie gerichteten Auftrag nachkommen.

Bislang war ich der Dreier-Formation gefolgt, hatte mich buchstäblich im Hintergrund verborgen. Inzwischen laufen die Mädchen mit Maisie vorneweg – aufmerksam beobachtet von Dennis –, während er und ich sozusagen die zweite Reihe bilden. Meine Beklommenheit hat sich bis jetzt in Grenzen gehalten, weil die anderen mit sich beschäftigt waren, doch nun spüre ich die ungewohnte Nähe eines fremden Menschen und werde von einer Welle des Unwohlseins überschwemmt. Wahrscheinlich wäre das der perfekte Zeitpunkt, um Smalltalk zu betreiben. »Smalltalkisch« ist jedoch eine Sprache, die ich nicht beherrsche. Ich werfe einen heimlichen Seitenblick auf Dennis. Er wacht zwar mit Argusaugen über Maisie, wirkt aber davon abgesehen vollkommen entspannt. Es hat nicht den Anschein, als suche er verzweifelt nach einem Gesprächsthema. Sein Atem fließt ruhig, er inhaliert erkennbar genussvoll die frische Luft und seine Schritte folgen einem gemächlichen Rhythmus. Wieder denke ich an einen Meditationsguru und merke, wie ein Teil seiner Ruhe auf mich abfärbt. In diesem Augenblick ist es nicht schlimm, dass ich nicht weiß, wie man »Smalltalkisch« spricht. Ich beherrsche dafür eine andere Sprache und in der kommunizieren wir: das Schweigen. Es fühlt sich erstaunlich unbeschwert an, ohne Worte neben Dennis her zu laufen, die Verbundenheit mit der Natur zu fühlen – das Herz prall gefüllt mit Liebe für meine Nichten – und dabei diesen gutmütigen Hund zu beobachten, der sich klaglos in die Betreuung durch zwei übereifrige Mädchen fügt. Auf einmal empfinde ich eine geradezu schwebende Leichtigkeit, wie ich sie schon ewig nicht mehr gespürt habe. Oder überhaupt jemals?

In dieser Sekunde hadere ich nicht mit mir, bin einfach ich, Friederike Bartholdy im Grünen (und im grünen Bereich), umgeben von drei Menschen, die nicht an ihr zerren, sie nicht in Frage stellen und sie *sein* lassen. Mir wird bewusst, wie kostbar das ist. Ein paar kleine Tränchen versammeln sich in den Augenwinkeln.

Ich zucke zusammen, als plötzlich eine Hand vor mir erscheint, die mir ein Taschentuch reicht.

Was zum Teufel …?

Mein Blick wandert zu Dennis, doch er schaut stur geradeaus. Wie konnte er merken, was gerade in mir vor sich geht? Erst als ich nach der still dargereichten Gabe greife und ihn weiterhin voller Verwunderung fixiere, erwidert er den Blickkontakt. Ein wissender Zug liegt in seinen Augen und er nickt mir zu. Mehr braucht es nicht, um meine Welt zu erschüttern.

Ein Ausbruch und ein Todesfall

In den kommenden Tagen gehe ich Dennis aus dem Weg, vergrabe mich im Haus. Ich weiß nicht, was ich von ihm und der neuen Situation halten soll. Erst am Freitag zieht er wieder meine Aufmerksamkeit auf sich. Als ich am Nachmittag frisch gewaschene Sachen im Kleiderschrank verstaue, fällt mein Blick durch das Schlafzimmerfenster in seinen Garten. Den Rasen hat er bereits vorhin gemäht. Nun trägt er eine Batterie an Klappstühlen über die Keller-Außentreppe auf die Wiese und stellt sie in einem lockeren Kreis auf. Was wird das denn? Gespannt beobachte ich seine Aktivitäten. Der Baum mit der Schaukel fügt sich in das Rund ein, als würde er dazu gehören. Eine seltsame Aktion!

Über mich selbst verärgert, weil ich mich schon wieder von Dingen vereinnahmen lasse, für die ich mich nicht interessieren will, schüttele ich den Kopf und wende mich frustriert ab. Ich wollte, im Nachbargarten würde weiterhin Leere und friedliche Beschaulichkeit herrschen, doch diese Zeiten sind vorbei, stelle ich bedauernd fest.

Zur Essenszeit bereite ich mir ein paar kleine Schnittchen zu und setze mich damit in den vor Blicken geschützten Bereich des Holzdecks. So gut es geht bemühe ich mich, die Gedanken an den Nachbarn beiseitezuschieben, aber das gelingt mir nur, bis ich Stimmengewirr von nebenan vernehme. Okay, das deutet auf das Eintreffen der Stuhlbesetzer hin. Ich kann mir noch so sehr vorbeten, das alles ginge mich nichts an – meine Neugier ist dennoch geweckt. Schließlich baue ich mir eine Ausrede, indem ich sie als schriftstellerisches Interesse verbuche.

Auf leisen Sohlen (als ob mich jemand hören könnte – wahrscheinlich will ich mich selbst hinters Licht führen) schleiche ich mich nach oben und beziehe ein weiteres Mal meinen Posten am Schlafzimmerfenster. Dennis hat inzwischen auf der Schaukel Platz genommen und spricht in eine Runde von sieben Frauen. Dumm nur, dass das Fenster geschlossen ist. Kein einziges Wort dringt zu mir herauf. Wenn ich es jetzt öffnen würde, zöge ich die Aufmerksamkeit auf mich. Das geht auf keinen Fall.

Die Frauen klatschen in die Hände und eine erhebt sich, um Dennis' Position auf der Schaukel einzunehmen. Auch sie erzählt irgendetwas. Die eine oder andere Besucherin greift zu einem Taschentuch und tupft sich über die Augenpartie. Merkwürdige Versammlung! In den nächsten zehn Minuten wiederholt sich das Prozedere ein weiteres Mal. Ich bin derart fasziniert vom Geschehen, dass ich nicht gleich bemerke, dass Dennis direkt zu meinem Fenster schaut. Trotz der Entfernung meine ich zu spüren, wie sich seine Augen in meine bohren. Es ist ausgeschlossen, dass er mich sehen kann. Dennoch fühle ich mich ertappt, als wisse er, dass ich der eigentümlichen Veranstaltung beiwohne. Mit wild klopfendem Herzen verlasse ich mein Versteck und haste die Treppe nach unten. Um mich wieder zu beruhigen, setze ich mich vor den Fernseher und schalte das Gerät ein. Planlos zappe ich durch die Kanäle und nehme doch nichts von den gezeigten Bildern wahr.

Die nächsten zwei Wochen kann ich in relativer Ruhe verbringen. Das frühsommerliche Traumwetter hat sich zurückgezogen und einem Novembergrau Platz gemacht, das sich hartnäckig am Himmel hält und die Atmosphäre verdüstert. Erstmals in meinem Leben bin ich dafür dankbar. Am liebsten wäre es mir, wenn sich der Sommer bereits ganz verabschieden würde – eine im letzten Junidrittel unrealistische Hoffnung. Mia und Emma besuchen mich zwar ein weiteres Mal, aber angesichts des Dauerregens besteht keine Gefahr, dass sie mich in einen neuerlichen Spaziergang mit Dennis und Maisie zwingen könnten.

Erst am Freitag reißt die Wolkendecke schlagartig auf und die Sonne findet ihre geballte Kraft zurück. So sehr es auch in mir kitzeln mag, mich endlich wieder den vermissten Gartenfreuden hinzugeben, verkrieche ich mich doch in meiner Höhle, denn Dennis beschäftigt sich den kompletten Nachmittag draußen. Ich verspüre keinerlei Lust, ihm zu begegnen. Wiederholt werfe ich Blicke aus dem seitlichen Küchenfenster, aber seine Aktivitäten nehmen kein Ende. Als ich ihn erneut mit einer Ladung Klappstühle durch den Garten stapfen sehe, gestehe ich mir seufzend ein, dass es nichts werden wird mit einem gemütlichen Abend im Freien.

Umso erleichterter atme ich auf, als ich am Samstagmorgen den unverkennbaren Sound seines Motorrads höre. Endlich allein! Ich schüttele über mich selbst den Kopf und bin schockiert, wie stark ich mein Leben durch ihn beeinflussen lasse. Das muss wirklich anders werden. Ich beschließe, in der kommenden Woche beim Gärtner anzurufen, um eine Lösung zu finden, die mich vor Dennis' Blicken und dem Gefühl seiner Anwesenheit schützt. Doch jetzt will ich raus. Alles in mir schreit nach den Glücksgefühlen, die ich nur dann erlebe, wenn ich mich an der Blütenpracht des Gartens weiden kann.

Mit einem genüsslichen Arme-Ausstrecken betrete ich über das Holzdeck die Idylle und schlendere entspannt zum Gerätehäuschen. Auf halber Strecke ereilt mich ein Ruf.

»Friederike, Schätzle!«, höre ich Gottfrieds Stimme mit der typischen Anrede, die mich schmunzeln lässt.

Sofort mache ich kehrt und bewege mich in seine Richtung.

»Na, Gottfried, wir haben uns ja lange nicht gesehen bei dem Regenwetter. Wie geht es dir?«

»Ach, Schätzle, was soll ich sagen?«, seufzt er mit seinem charmanten schwäbischen Akzent und sieht mich bekümmert an, was so gar nicht seinem sonstigen Wesen entspricht. »Es ging mir schon besser. Ich habe dir ja von Heinrich erzählt, du erinnerst dich?«

Erwartungsvoll mustert er mich. Hm, er erzählt mir von vielen Menschen, die ich alle nicht kenne. Wer war noch mal Heinrich? Ich zucke ratlos mit den Achseln.

»Nicht schlimm, Schätzle«, kommentiert er meine Ahnungslosigkeit. »Der alte Schulfreund Heinrich, der mir angekündigt hat, dass Dennis hier einzieht. Der, dessen Sohn den Cousin von ihm kennt. Jetzt alles klar?« Ich nicke. Ja, wie konnte ich das vergessen? »Und Heinrich ist gestorben, ganz überraschend. Das war mein letzter Schulfreund hier im Dörfle.«

Gottfrieds Augen betrachten mich traurig, und es bricht mir fast das Herz, ihn so zu sehen. Dieser unerschütterliche, gütige Mensch, der normalerweise sämtlichen Widrigkeiten des Lebens mit einem hohen Maß an Nonchalance begegnet, wirkt aktuell wie ein Häufchen Elend. »Nächste Woche am Mittwoch ist die Trauerfeier«, setzt er mich ins Bild. »Und ich möchte da unbedingt hingehen, ihm die letzte Ehre erweisen, aber neuerdings bin ich ein wenig wacklig auf den Beinen.« Ein weiterer erwartungsvoller Blick trifft mich.

Ich weiß, dass Gottfrieds Kinder vielbeschäftigt sind oder zumindest das, was sie dafür halten. Jedenfalls finden sie kaum Zeit für ihren Vater, der sich insgeheim nach mehr Gesellschaft von seinen Lieben sehnt. Und mir ist bewusst, dass er mich nie mit einer Bitte konfrontieren würde, die etwas damit zu tun hat, unter Menschen zu gehen. Dennoch merke ich, wie sehr er hofft, dass ich ihm anbiete, ihn zu begleiten.

»Ach, Gottfried«, seufze ich und sehe ihn verzweifelt an. »Das tut mir so leid für dich, und ich kann gut verstehen, dass du dabei sein willst, aber ...«

»Ich weiß, Schätzle«, beruhigt er mich, greift nach meiner Hand und tätschelt sie liebevoll. »Das wäre eine Zumutung für dich.«

Ich nicke stumm und spüre eine unglaubliche Hoffnungslosigkeit.

»Ganz was anderes. Wie läuft es denn mit dem neuen Nachbarn?«

Wenn ich mich eben noch hoffnungslos gefühlt habe, dann steigert sich das jetzt in den Wunsch, schreiend davon zu rennen. »Ach, Gottfried«, gebe ich zum zweiten Mal während unserer kurzen Unterhaltung von mir. »Das ist die völlig falsche Frage.«

»Wieso? Ist er nicht nett zu dir? In dem Fall kann er was erleben!« Er lässt anschaulich die Fäuste durch die Luft fliegen, was mich unwillkürlich zum Lachen bringt.

»Keine Sorge, du kannst die Fäuste stecken lassen«, schmunzele ich. »Er ist sogar sehr nett zu mir und auch zu Mia und Emma. Das ist nicht das Thema. Er ist einfach da. Das reicht schon, um meine Welt durcheinanderzubringen. Obendrein hat er Maisie, und sie ist ein absoluter Kindermagnet. Ich will mich zurückziehen, kann es aber nicht, weil die Mädchen total auf ihn und seine Hündin abfahren. Ich wünsche mir sehnlichst die Zeit zurück, als das Haus noch leer stand. Jetzt kann ich nie wissen, wann er plötzlich irgendwo um die Ecke kommt. Ich denke bereits darüber nach, einen hohen Sichtschutz zu bauen, damit der Garten wieder zu meiner Wohlfühlzone wird.«

Gottfried mustert mich nachdenklich. »Mädle, das bringt nichts. Ich wüsste einen besseren Weg.«

»Ah ja? Und welchen?«

»Du betrachtest deinen Garten weiterhin als Wohlfühlzone und baust Dennis' Anwesenheit als dazugehörigen Bestandteil mit ein. Schätzle, ich bin froh, dass er da ist. Jeder von uns braucht gute Nachbarn. Es kann immer etwas passieren, bei dem man Hilfe benötigt. Und ich bin schon alt. Irgendwann kannst du nicht mehr auf mich zählen. Mir hilft es, zu wissen, dass sich jemand anderes um dich kümmern kann.«

»Das ist lieb von dir, Gottfried. Aber ich kann wunderbar auf mich allein aufpassen. Ich möchte gern die Vergangenheit zurückhaben, die Zeit ohne Dennis. Leider geht das nicht.« Bekümmert sehe ich meinen Lieblingsnachbarn und Beinahe-Freund an.

»Ich mag Dennis, sehr sogar«, verkündet er statt einer direkten Antwort. »Vielleicht freundet ihr euch ja noch miteinander an.«

»Dennis und ich? Niemals!«, protestiere ich heftig. »Selbst wenn ich das wollte, was sollte er mit einer wie mir anfangen?«

»Definiere ›eine wie du‹.«

»Ach, komm, Gottfried, du weißt schon. Wir Zweisiedler und so. Ich bin nicht gesellschaftsfähig, war mein Leben lang eine Außenseiterin und werde immer eine sein. Dennis ist ein cooler Typ, einer, der überall dazugehört, der leicht Kontakte schließt und sich gern mit Menschen umgibt. Was sollte ihn an mir interessieren?

Also lassen wir das Thema. Weißt du eigentlich, was das für eine komische Frauenrunde ist, die sich da regelmäßig bei ihm trifft?«

»Schätzle, ich habe keine Ahnung. Und du brauchst gar nicht abzulenken. Du redest Bullshit.«

Ich lache lauthals auf. »Wo um alles in der Welt hast du denn das Wort her?«

»Ich habe Fernsehen«, antwortet er mit einem verschmitzten Lächeln. »Du lenkst erneut ab. Du bist bloß eine Außenseiterin, wie du sagst, weil du unbedingt eine sein willst. Du bist eine wundervolle junge Frau mit einer natürlichen Schönheit, einem freundlichen Wesen und dem Herz am rechten Fleck. Wenn du dir nicht immer selbst einreden würdest, jemand anderes zu sein, könntest du schon längst ebenfalls überall dazugehören, wo du dazugehören willst. Es ist deine Entscheidung, das nicht zu tun. Du bildest dir nur ein, keine Alternative zu haben, aber die hast du. Du bist feige, Mädle. Höchste Zeit, dass ich dir das mal sage. Und glaub mir, ich tue es mit den allerbesten Absichten.«

Ich merke, wie eine Wutwelle in mir hoch schwappt und über mir zusammenzubrechen droht, doch dann halte ich mir vor Augen, dass es Gottfried ist, der diese Rede schwingt. Und ich weiß sehr wohl, dass er mir niemals Schaden zufügen wollte. Ich ersticke das aufbrandende Gefühl und belasse es bei einem resignierten Seufzen. Schließlich erhebe ich die Hand zum Gruß, nicke Gottfried zu und lasse ihn stehen.

Den ganzen Tag über arbeiten die Worte meines betagten und lebenserfahrenen Freundes in mir, und ich finde keine Ruhe – egal, was ich tue. Als ich am Spätnachmittag die letzten Erdbeeren des Jahres abgeerntet habe und mich gerade zurück ins Haus begeben möchte, steht plötzlich ein wild schwanzwedelndes Fellbündel vor mir. Erschrocken fahre ich zusammen.

»Maisie, was machst du denn hier?«, entschlüpft es mir und ich kraule meine tierische Freundin hinter den Ohren. Sie quittiert das mit einem begeisterten Hecheln und schleckt mir über die Hände. Fast sieht sie aus, als würde sie lächeln – sofern Hunde lächeln können. »Du Ausreißerin, wie bist du hier rein gekommen?« Dennis' Grundstück kam mir bislang hundesicher vor. Deshalb stellt sich genauso die Frage, wie sie dort heraus gekommen ist.

Ich fasse Maisie am Halsband, um sie in ihr Zuhause zurückzubegleiten, da ertönt wie aufs Stichwort der röhrende Klang des Motorrads. »Oh nein«, stöhne ich auf und sehe die Hundelady neben mir vorwurfsvoll an. »Hättest du dir nicht ein besseres Timing für deinen Ausbruchsversuch aussuchen können?«

Sie quittiert das mit einem leisen »Wuff« und ich erwäge panisch die Optionen. Maisie ist viel zu schwer, um sie einfach über den Zaun zu heben, und ich kann sie ja wohl kaum allein auf die Straße rennen lassen. Unter den gegebenen miesen Handlungsmöglichkeiten erscheint es mir am ungefährlichsten, sie vors Haus zu bringen und dort an Dennis zu übergeben. Dann habe ich ihn weder bei mir im Garten, noch muss ich seinen betreten. Meine Grenzen bleiben gewahrt! Mit weichen Knien verstärke ich den Griff um ihr Halsband und geleite sie nach draußen. Dennis ist gerade von seiner mächtigen Maschine geklettert und schält sich aus dem Helm. Als er uns beide entdeckt, sieht er uns überrascht an und hält in der Bewegung inne.

»Maisie, wo kommst du denn her?«, ruft er aus und schaut dabei mich an. Umgehend lässt er ein »Hat sie dich belästigt?« folgen.

»Nein, nein«, antworte ich hastig. »Sie hat mich nur ein wenig erschreckt, als sie plötzlich vor mir stand. Keine Ahnung, wie sie ausbüchsen konnte.«

Das war ein langer Redebeitrag, stelle ich erstaunt fest. Noch erstaunter bin ich darüber, wie leicht er mir über die Lippen gekommen ist.

Dennis' Blicke wandern zu seinem Gartentor, das nach wie vor verschlossen ist. »Der Fluchtweg scheidet schon mal aus«, äußert er trocken. Er kaut kurz auf seiner Unterlippe herum, scheint zu überlegen, dann atmet er tief durch und fragt in meine Richtung: »Magst du mir bei der Suche nach ihrem Schlupfloch helfen?« Als sei er sich dessen bewusst, dass er gerade eine unausgesprochene Grenze überschritten hat, schiebt er rasch hinterher: »Du kannst ja auf deiner Seite des Zauns schauen.«

Ich nicke, drehe mich um und stapfe davon. Dann wird mir klar, dass ich schon wieder die Regeln der Höflichkeit verletze und wende mich ihm noch einmal zu.

»Mach ich«, bestätige ich und lausche meinem wild klopfenden Herzschlag.

Nach einer Viertelstunde des intensiven Suchens auf beiden Seiten des Zauns entdecken wir, dass sie sich in einem gut getarnten Bereich, der beidseitig zugewuchert ist, einen Tunnel gebuddelt hat. Dennis und ich stehen einander gegenüber und betrachten das Werk des ausgehfreudigen Tieres.

»Hm, was unternehmen wir da bloß?«, fragt Dennis und fasst sich gedankenverloren mit der Hand in den Nacken.

»Keine Ahnung«, erwidere ich. »Wenn wir das Loch zuschütten, buddelt sie sich bestimmt erneut durch.«

»Ganz sicher«, stimmt er mir zu. »Hast du eine Idee, was funktionieren könnte?«

»Na ja, ich bin kein Hundeprofi«, räume ich zögerlich ein. »Du wirst ja wohl kaum einen Elektrozaun installieren wollen?«

»Natürlich nicht«, antwortet er entschlossen.

»Als wir Kinder waren, hatten unsere Nachbarn Kaninchen«, ergreife ich nach einigem Nachdenken wieder das Wort. »Die haben mehrere Ausbruchsversuche unternommen. Schließlich haben die Besitzer ein Rasenschutzgitter ausgelegt, das sie mit Erdankern gesichert haben. Danach war Ruhe. So etwas könntest du an den Stellen, die sich für einen Buddelversuch eignen, anbringen. Das müsstest du in jedem Baumarkt bekommen.«

»Okay, das klingt nach einem echt guten Plan. Das nehme ich gleich am Montag in Angriff. Allerdings muss da unsere Ausreißerin mit.« Er bedenkt Maisie mit einem strengen und zugleich liebevollen Blick. Dann richtet er seine Augen wieder auf mich und schenkt mir ein Strahlen, das sein ganzes Gesicht erhellt. »Danke, Friederike, für die tolle Hilfe und die fantastische Idee.«

Mein Herz färbt sich schokoladenbraun, und ich frage mich kurz, ob es sein kann, dass ich lächele. Schließlich hebe ich linkisch die Hand zum Gruß, wende mich ab und verschwinde auf die Terrasse. Erst als ich dort sitze, fällt mir auf, dass ich allen Ernstes eine Unterhaltung mit Dennis geführt habe. Und ich habe es noch nicht einmal gemerkt, als es passierte. Keine wilden Verrenkungen meines Gehirns, keine Stotterattacken, keine Sprachlosigkeit und keine Befangenheit. Wir haben einfach geredet, als wäre das normal. Diese Erkenntnis euphorisiert mich derart, dass ich aufspringe, zu Gottfrieds Haustür eile und ihm direkt nach dem Öffnen ins Gesicht schmettere: »Ich werde dich zu der Trauerfeier deines Schulfreundes begleiten.«

Trauriger Gefühlscocktail

Am Mittwoch klingele ich um halb elf an Gottfrieds Tür, um ihn abzuholen. Er öffnet mit einem dankbaren Lächeln und streicht mir zur Begrüßung über die Schultern. Er darf das. Nur er.

Nachdem ich ihm ins Auto geholfen habe, fahren wir die kurze Strecke Richtung Friedhof, der sich am Ortsrand befindet. Vor dem futuristischen Bau der Trauerhalle haben sich bereits etliche dunkel gekleidete Menschen versammelt. Grüppchenweise stehen sie zusammen – teils mit ernsten Gesichtern, teils mit einem vorsichtigen Schmunzeln auf den Lippen. Ich fühle mich bei solchen Anlässen immer ein wenig beklommen, weil ich nicht so recht weiß, wie ich mit dem Tod umgehen soll. In diesem Fall habe ich eine gesunde Distanz. Ich kannte Heinrich schließlich nicht. Doch wenn Menschen, die mir vertraut waren, gehen, schwanke ich stets zwischen Dankbarkeit, sie gekannt zu haben (sofern ich sie mochte), und Trauer, dass sie nicht mehr da sind. Diesen Zwiespalt scheine nicht nur ich zu spüren, er spiegelt sich in den Mienen der Anwesenden.

Ich geleite Gottfried durch die Reihen der Trauernden und bugsiere ihn zu einer Bank, die sich im hinteren Bereich der Halle befindet. Ein geschlossener Sarg ist am Ende des Ganges aufgebahrt und darauf steht das Foto eines älteren Herrn, den ich nie gesehen habe.

Meine Gedanken wandern zehn Jahre zurück. Ich hatte gerade mein Studium abgeschlossen, als mich an einem Samstagabend eine völlig aufgelöste Kathrin anrief, um mir heftig schluchzend zu offenbaren, dass unsere Eltern tödlich verunglückt waren. Ich erinnere mich noch genau an den Schock, das Entsetzen und ... die Erleichterung, die mich in diesem Moment überkam. Mir ist bewusst, wie grausam und gefühlskalt das klingen muss, und dennoch trug ich exakt diesen Gefühlsmix in mir. Im Fall meiner Eltern wurden die Dankbarkeit und Trauer, die ich bei Todesfällen sonst empfinde, durch eine weitere Gefühlsnuance ergänzt: Wut.

Wut, dass sie mir durch das Schema, in das sie mich gepresst haben, derart viele Steine in den Weg gelegt haben.

Wut, dass sie Kathrin zeitgemäß sein ließen und mich zur Zeitreisenden machten.

Wut, dass sie nie meine Einsamkeit und mein Leiden verstanden haben.

Und Wut, dass sie mir nicht die Hand gereicht und geholfen haben, meine Schwierigkeiten zu überwinden.

Damals waren es zwei Särge, die vorne standen, und zwei Schwestern, die auf vollkommen unterschiedliche Weise trauerten. Ich erinnere mich, als wäre es gestern gewesen, wie herzzerreißend Kathrin geweint hat, während ich mit versteinerter Miene und restlos überfordert von dem Kampf, der in mir tobte, neben ihr saß und versuchte, sie zu trösten.

Heute sind es andere Menschen, die in der ersten Reihe sitzen und auf ihre individuelle Art mit ihren Gedanken bei dem Mann verweilen, dessen Körper durch eine Holzkiste vor den Blicken der Lebenden geschützt wird.

Erst als Gottfried mich mit dem Ellenbogen anstupft, kehre ich wieder in die Gegenwart zurück. »Schau mal«, flüstert er und deutet mit dem Zeigefinger nach vorn.

Ich folge seinem Wink und versuche herauszufinden, was es zu sehen gibt. Die Menge der Anwesenden murmelt immer noch leise, doch inzwischen steht das Rednerpult nicht mehr verwaist im Raum. Ein Mann hat dort Position bezogen und ordnet einen Stapel Papier. Dann hebt er den Blick und lässt seine Augen ruhig, ernst und getragen über die Trauergemeinde wandern. Als er Gottfried und mich ins Visier nimmt, huscht die Andeutung eines Lächelns über seine Züge und er nickt uns kaum merklich zu. Mir stockt der Atem und ich drohe wieder einmal in Panik auszubrechen. Was macht Dennis hier? Ist er etwa Pfarrer? Ausgeschlossen, in dem Fall würde er garantiert im Pfarrhaus wohnen. Da weder Gott und ich noch die Kirche und ich beste Freunde sind, kenne ich mich vielleicht nicht so gut mit diesen Themen aus, aber dennoch bilde ich mir ein, zu wissen, dass das so üblich ist.

Nachdem ich meine Gedanken einigermaßen sortiert habe, murmele ich zurück: »Was treibt der denn hier?«

»Keine Ahnung«, räumt Gottfried ein. »Möglicherweise kannte er Heinrich ja näher. Ich weiß es nicht.«

Eine Frau setzt sich ans Klavier und spielt ein mir unbekanntes klassisches Stück, das mich so heftig berührt, dass ich mit den Tränen zu kämpfen habe. Als die letzten Töne verklungen sind, beginnt Dennis zu sprechen. Hier, im Schutz der anonymen Menge, kann ich mich komplett auf ihn, seine Präsenz, die sonore, klangvolle Stimme, deren Melodie und die Worte, die er spricht, einlassen. Er beschreibt Stationen aus dem Leben des Verstorbenen und lässt ihn dabei so bildlich erscheinen, dass es mir vorkommt, als hätte ich ihn gekannt. Er schildert Anekdoten, kombiniert Humoriges und Trauriges, zitiert aus Gedichten und Geschichten, die der Betrauerte geliebt hat, und philosophiert ganz allgemein über das Dasein und den Tod. Seine Ansprache ist wie ein Roman – ein Kurzroman, versehen mit einer wortgewaltigen, gefühlvollen Sprache und getragen von der angenehmen Emotionalität seiner Stimme. Die Formulierungen, die er findet, stecken voller Wertschätzung und Liebe, sodass ich mir am Ende sicher bin, dass Heinrich und er enge Freunde gewesen sein müssen. Und er schafft es, mich Bedauern darüber empfinden zu lassen, dass der Mann, den ich nie gesehen habe, nicht mehr unter uns ist.

Die Tränen, die ich bei der Trauerfeier meiner Eltern nicht geweint habe, weine ich jetzt, und auf einmal fühle ich ein überwältigendes Gefühl der Dankbarkeit und des Verzeihens. Zumindest in diesem Augenblick hat sich die Wut über sie in Luft aufgelöst. Nie zuvor habe ich die Macht der Sprache derart intensiv zu spüren bekommen wie während dieser Rede. Und das bedeutet aus meiner Perspektive der Autorin viel, sehr viel. Als dann zum Abschluss auch noch der Song »Gute Reise« von Jan und Jascha erklingt, ist es um meine Fassung endgültig geschehen. Ich heule wie ein Schlosshund. Schleusen öffnen sich, und Emotionen, von denen ich gar nicht mehr wusste, dass sie in mir wohnen, brechen aus mir heraus. Wann habe ich mich zuletzt so frei und so lebendig gefühlt wie in diesem traurigen Moment?

Gottfried und ich bleiben auf den Plätzen sitzen, obwohl sich die Halle längst geleert hat. Ich weine immer noch lautlose Tränen, während mein Begleiter auf eine rührend unbeholfene Art seinen Arm um mich gelegt hat. Da höre ich ein Räuspern hinter uns und zucke zusammen. Natürlich, wir müssen hier raus, bestimmt soll abgeschlossen werden. Ich möchte gerade aufspringen, da tritt Dennis nach vorne, setzt sich in die Bank vor uns und wendet sich zu uns um. Ich spüre einen mitfühlenden Blick auf mir ruhen, und wieder wird mir ein Taschentuch gereicht, das ich dankbar annehme. Ich wage es nicht, ihn anzuschauen. Zu sehr haben mich seine Worte in der berührendsten Rede, die ich je gehört habe, aufgewühlt. Das Mysterium um seine Person wird stetig größer. Er passt in kein einziges Schema, das mir bei Menschen bislang begegnet ist, und das macht meine ohnehin schon unbeherrschbare Welt noch ein wenig unbeherrschbarer.

Gottfried hüstelt leise. Auch er ist nach wie vor betroffen und stellt die Frage, die mich bereits die ganze Zeit beschäftigt: »Kanntest du Heinrich gut?«

Dennis schüttelt den Kopf und entgegnet ruhig: »Nein, ich kannte ihn gar nicht.«

»Wie konntest du dann so eine wunderbare Rede über ihn halten?«, entfährt es mir, bevor ich den Impuls niederkämpfen kann. Am liebsten würde ich mir die Hand vor den Mund schlagen.

»Das ist mein Beruf.«

»Was ist dein Beruf?«, hakt Gottfried nach.

»Ich bin Redner, Hochzeits- und Trauerredner.«

»Nie gehört«, lässt Gottfried verlauten. »Bist du irgendwie Pfarrer oder so?«

»Nein«, antwortet Dennis, während ein Schmunzeln um seine Mundwinkel spielt. »Ich verschönere Hochzeiten mit emotionalen und persönlichen Ansprachen über das Brautpaar. Und ich erweise den Toten mit einer individuellen Rede die letzte Ehre. Beides bei Anlässen, bei denen kein kirchlicher Rahmen gewünscht wird. Das kommt immer häufiger vor, und in solchen Fällen biete ich meine Dienste an.«

»Aber wieso wusstest du dann so viel über Heinrich und hast von ihm gesprochen, als ob du ihn gut gekannt hättest?«, kann ich mich erneut nicht bremsen und verspüre nun nicht mehr das Bedürfnis des Hand-vor-den-Mund-Schlagens.

Dennis lächelt mich offen an und mein Herz vollführt einen dreisten Sprung, den es noch nie zuvor gewagt hat. »Das ist alles Bestandteil meiner Arbeit. Ich spreche im Vorfeld mit den Angehörigen, höre mir ihre Geschichten an, begleite sie in ihrer Trauer, lasse Erinnerungen aufleben und greife die Stimmung auf, die sie um den Verstorbenen verbreiten. Oft sitzen wir stundenlang zusammen. In dieser Zeit entsteht eine Verbindung zu dem Toten, selbst wenn ich ihn vorher nicht kannte. Das nehme ich auf und verarbeite es in meiner Rede. Die meisten Trauerredner verwenden Standard-Textbausteine, die sie einmal kreiert haben und mit ein paar persönlichen Elementen anreichern. Das mache ich nicht. Bei mir ist jede Rede maßgeschneidert. Vielleicht hat sie euch deshalb so berührt. Und das ist auch der Grund, warum der Radius, in dem ich tätig bin, so groß ist, dass ich mir den Umzug aus Stuttgart auf die Alb geschäftlich leisten konnte. Ich arbeite überregional mit Bestattern und Hochzeitsplanern zusammen, die mich dann weiterempfehlen.«

Ich bin derart fasziniert, dass meine Hemmungen in diesem Augenblick nicht den Hauch einer Chance haben, die Herrschaft zu übernehmen. »Das ist aber schon sehr gegensätzlich: Hochzeiten und Todesfälle«, platzt es aus mir heraus.

»Auf den ersten Blick ja«, bestätigt Dennis und lächelt mich ein weiteres Mal an, sodass Schokoladencreme durch meine Seele strömt, »auf den zweiten nicht. Bei beidem geht es um Emotionen und darum, Menschen zu präsentieren – ganz individuell, als die Persönlichkeiten, die sie sind oder waren, ihr spezielles

Wesen zu erfassen, sie erlebbar zu machen und mit Wertschätzung und Respekt zu ehren. In beiden Ereignissen steckt Trauriges und Wunderschönes. Eine Hochzeit beinhaltet auch einen Abschied, den Abschied von einem Lebensabschnitt, von der ungestümen Zeit des Alleinseins und von der Freiheit, nur für sich Entscheidungen zu treffen. Und eine Trauerfeier ist nicht bloß traurig. Sie feiert einen Menschen, der unser Leben mit seiner Anwesenheit bereichert hat, der für uns da war, an den wir liebgewonnene Erinnerungen haben. Mein Auftrag ist es, dem einen würdigen Rahmen zu geben. Also für mich passt das perfekt. Außerdem mag ich das Zusammenspiel der unterschiedlichen Ereignisse. Es erdet mich und zeigt mir, wie vielschichtig, bunt und emotional das Leben ist. Das hat auch auf mein eigenes Dasein Auswirkungen, macht es vielfältiger und stimmt mich demütig für jeden einzelnen Tag.«

Ich sitze da wie erstarrt. Dennis' Worte klingen durch meinen ganzen Körper, verursachen ein Wohlgefühl und verstören mich zugleich. Ich bin Autorin. Von Menschen wie Dennis schreibe ich. Sie existieren in meiner Fantasie, in der idealen Welt. Doch noch nie ist mir so jemand in der Realität begegnet. Ich fühle mich wie in einem Fantasy-Roman, in dem ein Protagonist plötzlich lebendig wird und meinen Weg in der Wirklichkeit kreuzt. Oder bin ich auf einmal Bastian in »Die unendliche Geschichte« und übertrete die Grenze in ein anderes Reich?

Ich bin froh, dass Gottfried das Gespräch weiterführt, sodass ich bleiben kann, wo ich gerade bin. Mit einem Ohr bekomme ich seine Fragen mit, das zweite ist irgendwo in mir unterwegs und hört zu, was sich dort abspielt.

»Wie kommt man denn auf die Idee, einen solchen Beruf auszuüben?«, fragt Gottfried, und ich merke ihm an, dass er ebenfalls fasziniert ist.

Obwohl nur ein Teil von mir anwesend ist, realisiere ich, wie sich Dennis' Miene, die bislang vollkommen offen war (was mir ein hohes Maß an Bewunderung abverlangt hat, Unbekannten so viel von sich zu zeigen), schlagartig verschließt. Ein düsterer Ausdruck wandert über sein Gesicht. »Das ist eine längere Geschichte. Die erzähle ich euch ein anderes Mal. Jetzt müsste ich so langsam die Halle abschließen und den Schlüssel zur Friedhofsverwaltung bringen.«

Er erhebt sich, nickt uns noch einmal mit einem distanziert-freundlichen Blick zu und verschwindet.

Zusammenbruch

In den folgenden Tagen bemerke ich voller Unruhe, dass sich Dennis zunehmend in meine Gedanken schleicht. Er gibt mir Rätsel auf, weil er mir etwas zeigt, was ich bislang nicht kannte und von dem ich nicht wusste, dass es existiert: einen Mann, der lässig wirkt, überall dazugehört und zugleich tiefgründig und empfindsam ist.

In meinen Geschichten dominieren die Frauen. Sie gestalten ihr Leben und stehen dabei diversen Hindernissen gegenüber. Doch würde ich je einen Mann zur Hauptperson eines Romans machen, dann wäre er zweifellos wie Dennis. Die Worte seiner Rede hallen in mir wider, spülen Erinnerungen an meine Eltern hoch und zwingen mich in eine Auseinandersetzung mit mir und meiner Vergangenheit. Ich habe das Gefühl, viele lose Fäden in der Hand zu halten, ohne jedoch zu wissen, an welchen ich ziehen muss, um Ordnung ins Chaos zu bringen.

Als am ersten Donnerstag im Juli der Himmel nach einigen Regentagen aufreißt und der Sonne wieder zu vollem Glanz verhilft, bin ich fix und fertig von all den Drehungen meines Gehirns und begebe mich nach draußen. Kaum habe ich den Garten betreten, schallt mir ein fröhliches »Hallo, Schätzle« entgegen. Ich winke Gottfried freundlich zu und rufe einen Gruß zurück, bleibe aber dennoch für mich. Im Moment steht mir der

Sinn nicht nach Unterhaltung. Lieber verbuddele ich mich – also nicht wirklich mich, sondern die Hände und die Gedanken – in der Erde und fokussiere mich genießerisch auf etwas anderes. Ich tauche völlig ab in die Farben der Pflanzen und die lieblichen Gerüche, die mir entgegenströmen. Deswegen schrecke ich wie aus einer Parallelwelt auf, als ich plötzlich einen dumpfen Knall höre, den ich nicht einordnen kann. Ich weiß nur, dass er irgendwie erschreckend klang. Und er kam aus Gottfrieds Garten. Eilig begebe ich mich zum Zaun, doch ich kann nichts entdecken.

»Gottfried«, rufe ich ungewöhnlich laut, ohne eine Antwort zu erhalten. Rasch bewege ich mich zur Straße, passiere sein Gartentor und rufe erneut. Dann läute ich Sturm. Ohne Erfolg. Ich laufe am Haus vorbei und lasse die Blicke kreisen. Erschrocken zucke ich zusammen, als ich Gottfried vor dem Geräteschuppen auf dem Boden liegen sehe. Aus einer Kopfwunde strömt Blut und er ist leichenblass. »Nein!«, brülle ich und renne kopflos zu ihm. Ich kauere mich neben ihn, suche verzweifelt nach einem Puls und merke, wie mir Tränen der Erleichterung in die Augen treten, als ich ihn ganz schwach spüre. Überfordert schaue ich mich um und überlege, was ich tun kann. Das Telefon befindet sich in meinem Wohnzimmer, und ich weiß nicht, ob ich Gottfried allein lassen kann. In wildem Aktionismus greife ich nach einer Plane, schiebe sie ihm vorsichtig unter den Kopf und rufe lauthals um Hilfe. Mein Zeitgefühl habe ich längst verloren, als ich schnelle Schritte herbeieilen höre. Wahrscheinlich sind nur Sekunden vergangen. Ich hebe den Blick und bemerke in einer Mischung aus »Ausgerechnet der!« und Erleichterung, dass sich Dennis mit entsetzter Miene nähert.

»Was ist passiert?«, fragt er und kniet sich ebenfalls neben unseren Nachbarn.

»Keine Ahnung. Ich habe einen Knall aus dieser Richtung gehört und dann nach der Ursache gesucht.«

Noch während ich spreche, greift Dennis nach seinem Handy und wählt die Notrufnummer. Gefühlte Stunden vergehen, die wir sprachlos verbringen, bis endlich das Martinshorn erklingt. Zwei Rettungssanitäter laufen in den Garten, und wir geben ihnen den Weg frei, damit sie den Verletzten verarzten können. In Windeseile legen sie eine Infusion. Meine Augen werden erneut von Tränen geflutet, als Gottfried die Lider aufschlägt, mich wie durch einen Nebel anschaut und leise flüstert: »Was ist passiert?«

»Oh, Gottfried, zum Glück bist du wieder da«, weine ich. »Du bist anscheinend gefallen und hast das Bewusstsein verloren. Jetzt sind Sanitäter da und kümmern sich um dich. Bestimmt wird alles gut.« Ich bin mir nicht sicher, ob ich mit diesen Worten eher ihn oder mich beruhigen will.

»Nicht weinen, Schätzle«, wispert er mit dünner Stimme. »Unkraut vergeht nicht.«

Ich lache und heule gleichzeitig, drücke seine Hand und laufe neben der Trage her, die die Sanitäter in ihr Fahrzeug hieven.

»Sie können leider nicht mitfahren«, erklärt einer der Männer bedauernd. »Aber in ein paar Stunden, wenn er aufgenommen und untersucht worden ist, können Sie ihn gern besuchen.«

»Wo?«, schaffe ich gerade noch zu fragen.

»In der Albklinik in Münsingen.«

»Alles klar«, gebe ich zurück und schon schließen sich die Türen.

Nachdem der Rettungswagen abgefahren ist, verharre ich auf der Straße, als stünde das Fahrzeug weiterhin dort. Die Ereignisse der letzten Stunde haben mich überrollt. Meinen unerschütterlichen Fels in der Brandung, Gottfried, auf einmal zerbrechlich und hilflos vor mir gesehen zu haben, setzt mir zu.

Ich erwache aus meinen Tagträumen, als mir Dennis, der plötzlich dicht neben mir steht, behutsam eine Hand auf die Schulter legt. Im ersten Augenblick verspüre ich den Impuls, den Fremdkörper abzuschütteln, doch dann realisiere ich, wie wohltuend sich diese ungewohnte Berührung anfühlt. Trotz der durchlebten Aufregungen sind seine Finger warm und strahlen eine angenehme Ruhe aus. Nach einem kurzen Aussetzen meiner Atmung hole ich tief Luft und lasse sie anschließend mit spürbarer Erleichterung entweichen. Ich erkenne, dass zwar mein bisheriger Fels in der Brandung Risse erlitten hat, die hoffentlich wieder heilen werden, aber dafür ein zweiter Fels hinzugekommen ist – zumindest theoretisch, wenn ich in der Lage wäre, das zuzulassen.

Als mir bewusst wird, dass über all die Überlegungen hinweg Dennis' Hand immer noch auf meiner Schulter ruht, werde ich nervös. Und jetzt? Was machen Menschen üblicherweise in einer solchen Situation? Präziser formuliert: Was mache ich? Dennis angucken und mich bedanken? Mich räuspern und einfach beiseite drehen? Wortlos verschwinden und Dennis stehenlassen? Ja, die Option wäre mir am liebsten, doch natürlich ist mir klar, dass sie die am wenigsten gesellschaftsfähige wäre.

Auch dieses Mal scheint Dennis meine Unsicherheit zu spüren, denn er löst seine Finger so langsam und vorsichtig, als könne ich durch die Veränderung zerbrechen. Während er zurücktritt, räuspert er sich und fragt leise: »Friederike, was hältst du davon, wenn ich dich nachher begleite? Dich hat das alles bestimmt mitgenommen, und mir ist wohler, wenn du nicht allein fährst.«

Ihm ist wohler, wenn ich nicht allein fahre? Mit einem zischenden Geräusch ziehe ich Luft in die Lungen. Was hat das zu bedeuten? Ist es in seiner Welt ein Standard-Prozedere, für andere da zu sein? Oder wäre es rein theoretisch möglich, dass er mich mag und sich um mich sorgt? Das ist doch Blödsinn! Schließlich gab es so etwas noch nie – außer bei meiner Familie oder bei Anita und Gottfried. Der coole Motorradmann hingegen hat keinerlei Bezug zu mir und kann allenfalls die durchgeknallte Nachbarin mit der ausgeprägten Sozialphobie in mir sehen.

Nicht wissend, wie ich mit seinem Angebot umgehen soll, stammele ich nur: »Ähm.«

»Gut, dann ist es abgemacht.« *Ach ja, habe ich gerade zugesagt, ohne es zu bemerken?* »Ich hole dich um fünfzehn Uhr ab. Bis dahin sollte Gottfried die Untersuchungen hinter sich haben.«

Ein Okay wäre jetzt angezeigt oder irgendeine andere Bekundung der Zustimmung, doch in meinem Kopf herrscht ein zu wildes Durcheinander, um zu einer sinnvollen Reaktion in der Lage zu sein. Wie durch einen Schleier nehme ich wahr, dass Dennis erneut neben mich tritt und mich leicht am Unterarm zupft. »Friederike, du würdest mir einen großen Gefallen tun, wenn du von der Straße auf den Gehweg kommst. Hier tobt zwar nicht gerade viel Verkehr, aber dennoch ist es dort sicherer. Darf ich dich nach Hause begleiten?«

Ich nicke nur und laufe mechanisch neben ihm her, während er mich mit sanftem Druck am Ellenbogen zu meinem Grundstück geleitet. Vor der Tür angekommen fragt er: »Hast du einen Schlüssel dabei?«

Plötzlich findet mein Sprechvermögen zu mir zurück. »Die Terrassentür ist offen«, murmele ich.

»Kann ich dich ab hier alleinlassen oder brauchst du Hilfe?«, erkundigt er sich leise.

Erneut nicke ich, und zum ersten Mal, seit wir in diese verstörende Lage geraten sind, lacht er. »Ein Kopfnicken ist bei einer Oder-Frage ein wenig verwirrend, Frau Nachbarin.«

Ein Witz.

Ein Witz auf meine Kosten.

Ein Witz über mich und mein Verhalten.

Genau solchen Situationen gehe ich schon Ewigkeiten aus dem Weg, gebe ihnen keine Chance, überhaupt zu entstehen, indem ich mit Menschen einfach nicht mehr in Kontakt trete. Dann können sie mich auch nicht verspotten, allenfalls hinter meinem Rücken. Aber nicht einmal das tun sie, weil sie mich gar nicht kennen, weil ich längst unsichtbar geworden bin.

Jetzt wird der erste Witz seit Jahren (seit Jahrzehnten?) über mich gerissen. Und ich reagiere auf eine Weise, die den Boden zum Erbeben bringt, die meine Welt in den Ausnahmezustand katapultiert: Ich lache.

Ich lache über eine Bemerkung, die sich über mich lustig macht.

Vielleicht ist es das. Vielleicht liegt darin der Unterschied. Die *Bemerkung* macht sich über mich lustig, nicht der *Mensch*, der sie ausspricht. Das klingt unlogisch, verrückt, ich weiß, aber genau so fühlt es sich an. Ich lache weiter – laut und völlig durchgeknallt, so wie ich schon ewig nicht mehr gelacht habe. Dennis lässt sich davon anstecken und stimmt ein. Ich kann der Versuchung nicht länger widerstehen und sehe ihn an. Die Schokolade in seinen Augen ist geschmolzen. Unwiderstehlich umhüllt sie mich wie ein Obststück im Schokoladenfondue.

Ich habe ein Problem. Definitiv.

Ein riesiges!

Peinlichkeiten im Krankenhaus

Bis zur Abfahrt ist nichts mit mir anzufangen. Meine Gefühle fahren Achterbahn, stehen in den Loopings Kopf, stürzen sich in Abgründe und verlieren die Orientierung. Dass ich nicht weiß, wie es mit Gottfried weitergeht, würde mir schon vollauf reichen, doch dass obendrein meine eigene emotionale Welt aus den Fugen gerät, ist ein Desaster. Wie soll ich den neuen Nachbarn auf Abstand halten, wenn ich neuerdings wieder schokoladensüchtig bin, gar nicht genug bekommen kann von dem Schmelz in seinen Augen. Ich muss mich schützen, dringend. So viel ist klar, aber wie?

Pünktlich um drei Uhr steht Dennis vor dem Haus. Erstmals sehe ich sein Auto, das sonst in der Garage parkt. Er fährt einen schwarzen Kombi. *Passend,* denke ich angesichts seiner beruflichen Tätigkeit. Ich greife nach Handtasche und Hausschlüssel und ziehe die Eingangstür hinter mir zu. Mit wackligen Knien marschiere ich auf das Fahrzeug zu. Ich schüttele mich, als mir bewusst wird, dass das mein erstes Mal sein wird: das erste Mal mit einem Mann allein im Auto. Also mit einem Mann, der nicht mein Vater ist. Und wieder einmal erkenne ich, dass ich keine Ahnung habe, wie man sich üblicherweise verhält. Schweigend dasitzen? Etwas anderes wird mir kaum übrigbleiben, es sei denn, ich hätte über Nacht »Smalltalkisch« gelernt, was eher unrealistisch ist.

Meine Hände zittern, als ich die Tür öffne und mich, ohne ihn anzusehen, neben Dennis auf den Beifahrersitz fallenlasse. »Danke, dass du mich fährst«, entschlüpft es mir ungeplant und ich überrasche mich damit selbst.

»Sehr gern«, erwidert er, und ich bemerke seinen Seitenblick, den ich mich nicht zu erwidern getraue. »Hast du dich ein wenig gefangen?«, erkundigt er sich.

»Ja, es geht schon«, lüge ich wie gedruckt. Gefangen habe ich mich nicht mehr, seit Dennis im Haus nebenan eingezogen ist, aber das muss er ja nicht wissen.

»Gut, das beruhigt mich«, erklärt er. Ist das eine Floskel, die der Höflichkeit entspringt? Plötzlich wünsche ich mir, doch besser beobachtet zu haben, wie Kathrin mit Menschen umgeht. Dann würde mich in diesem Moment nicht alles in so eine tiefe Verunsicherung stürzen.

Ich schweige. Das hat sich ja bereits bei dem gemeinsamen Spaziergang bewährt und es funktioniert auch jetzt. Schweigen mit Dennis ist angenehm. Es fühlt sich leise, natürlich an und hallt nicht lärmend-laut durch den Raum. Währenddessen navigiert er das Fahrzeug gelassen über die Landstraßen, ohne die Aggressivität, die ich manchmal bei anderen Fahrern bemerke – gerade auf der Schwäbischen Alb, wo es, von den Sonntagsfahrern abgesehen, die meisten besonders eilig zu haben scheinen. Ich werde zunehmend ruhiger und drücke mich entspannt in den Sitz.

Nach zwanzig Minuten rollen wir auf den Parkplatz vor der Klinik und meine Nervosität kehrt zurück. Wie geht es Gottfried? Und wie wird es sich anfühlen, mit Dennis an der Seite bei ihm aufzukreuzen? Zweisiedeln in einer neuen, unbekannten Form ...

»Dann wollen wir mal«, verkündet mein Begleiter, während er lässig seine ellenlangen Beine aus dem Auto schwingt. Ich folge seinem Beispiel und bleibe unsicher neben der Beifahrertür stehen. Er greift nach einem auf der Rückbank liegenden Päckchen, nickt mir freundlich zu und läuft einfach drauflos. Gut so! Ich überlasse ihm gern die Initiative. Hinter ihm her zu dackeln, erscheint mir leichter, als mit seinen Blicken im Rücken (ob die nun wirklich da sind oder nicht) vorneweg zu marschieren. In der Eingangshalle wendet er sich selbstbewusst und mit einem charmanten Lächeln an die Mitarbeiterin am Empfang. Ich ertappe mich bei dem Gedanken, neidisch zu sein, dass dieses Lächeln nicht mir gilt und verpasse mir dafür innerlich eine Ohrfeige.

Als wir die Station erreicht haben, auf der Gottfried untergebracht ist, steigt mein Puls ins Unermessliche. Was, wenn er etwas Schlimmes hat und nicht mehr auf die Beine kommt? Ich brauche meine ganze Kraft, um die aufsteigende Panik niederzuringen.

Ein Krankenpfleger beobachtet unser Eintreffen und erkundigt sich, zu wem wir möchten. Nachdem wir ihm Gottfrieds Namen genannt haben, spekuliert er freudig: »Ah, Sie sind bestimmt der Sohn und die Schwiegertochter. Er erwartet Sie schon sehnsüchtig.«

Meine Kinnlade verabschiedet sich aus meinem Gesicht, das sich ohnehin anfühlt, als würde es sich in seine Bestandteile auflösen. Er nimmt mich auf den Arm, oder? Er ist ein *Mann* und kann als solcher unmöglich glauben, dass ich mit diesem seltenen Prachtexemplar seines Geschlechts, das ich nur vorübergehend und den Umständen geschuldet an der Seite habe, verheiratet bin. Ich? Es fühlt sich an, als würde sich das komplette Blut meines Körpers im zerbröselnden Gesicht versammeln, und ich weiß beim besten Willen nicht, wie ich reagieren soll.

Im Gegensatz zu mir bleibt Dennis vollkommen entspannt. »Nein, wir sind die Nachbarn«, korrigiert er den Pfleger.

»Ah, okay. Schön, dass Sie ihn besuchen kommen.« Er weist auf die gegenüberliegende Tür und erklärt: »Sie können reingehen. Momentan liegt er allein im Zimmer.«

Dennis bedankt sich und überquert mit entschlossenen Schritten den Gang. Ich hingegen starre immer noch perplex in das Gesicht des Krankenhausmitarbeiters, in dem sich nun ein freches Lächeln zeigt. »Ihr Mann wartet schon auf Sie«, sagt er und deutet mit dem Kopf auf Dennis. »Aber Sie können mir auch gern bei der Arbeit helfen, wenn Sie Lust haben.« Er zwinkert mir fröhlich zu und verschwindet um die Ecke.

Ich muss meine ganze Selbstbeherrschung auffahren, um mich aus der Erstarrung zu lösen und Dennis zu folgen. Er steht bereits vor der Zimmertür, mit der Hand auf der Klinke und sieht mich erwartungsvoll an. Nichts in seiner Miene weist darauf hin, dass er es lustig findet, für meinen Ehemann gehalten worden zu sein.

Oder peinlich.

Oder abwegig.

Oder vollkommen hirnrissig.

Ein Lächeln, das mindestens so schön ist wie das bei der Empfangsmitarbeiterin, begegnet mir, als ich mit staksigen Schritten näherkomme. Ich hole tief Luft, um meine Balance zurückzuerobern, und schlüpfe eilig durch die Tür, die Dennis nach einem Klopfen öffnet.

Im ersten Moment erschrecke ich, als ich Gottfried sehe, der vor einer Wand aus Maschinen liegt, die mit den vielen zackigen Linien, Zahlen und merkwürdigen Abkürzungen ein bedrohliches Bild abgeben. Obendrein wird sein Kopf von einem furchteinflößenden Turban umhüllt. Doch dann trifft mich sein gewitzter Blick aus einem fröhlich schmunzelnden Gesicht, und sofort fühle ich mich erleichtert.

»Mensch, Gottfried, du machst ja Sachen«, begrüße ich ihn, eile zu seinem Bett und greife nach seiner Hand.

»Tja, Schätzle, bin halt nimmer der Jüngste. Aber ist ja noch mal alles gutgegangen.« Mit einem verschmitzten Lächeln zwinkert er mir zu. »Hallo, Dennis«, begrüßt er unseren Nachbarn, der sich nun ebenfalls nähert. »Das ist ja schön, dass ihr zwei zusammen kommt.«

»Hm, du hast uns einen ziemlichen Schrecken eingejagt. Zum Glück hat dich Friederike schnell gefunden. Ich denke, du hast es ihr zu verdanken, dass du bereits wieder so fröhlich aus der Wäsche guckst.« Dennis grinst Gottfried schelmisch an, der sofort ernst wird und sich mir zuwendet.

»Du bist echt mein Schutzengel, Mädle«, verkündet er. »Ich danke dir, dass du umgehend zur Stelle warst.«

»Ach, das ist doch selbstverständlich«, wiegele ich ab und weiß kaum, wie ich mit all dem Blut im Kopf klarkommen soll. »Ich habe einen dumpfen Knall gehört. Da habe ich natürlich nachgeschaut, was geschehen ist. Und ich hätte nicht viel ausrichten können, wenn Dennis nicht so schnell aufgetaucht wäre. Also ist er mindestens genauso dein Schutzengel.«

Gottfried lacht zufrieden. »Dann habe ich eben zwei Schutzengel. Es gibt Schlimmeres.«

Da mir die ganze Aufmerksamkeit zusetzt, frage ich nach: »Was war denn eigentlich los?«

»Nix Beunruhigendes, Schätzle. Letztens war ich ein bisschen wacklig unterwegs und mir war oft schwindlig. Anscheinend habe ich einen Eisenmangel – dachte, das gibt's bloß bei Frauen – und zu niedrigen Blutdruck. Aber jetzt bekomme ich Medikamente und bald springe ich wieder rum wie ein junger Gottfried.« Er amüsiert sich über seinen eigenen Scherz, und ich bin einfach nur dankbar, ihn vergnügt und obenauf zu sehen.

»Das sind wirklich gute Neuigkeiten«, meldet sich Dennis zu Wort und überreicht das in Geschenkpapier eingewickelte Päckchen, das er bereits die ganze Zeit in der Hand gehalten hat. »Ich habe etwas für dich, um die Langeweile mit all deinen Maschinen hier zu vertreiben. Es ist zwar schon benutzt, wurde allerdings sorgsam behandelt und ist deshalb wie neu. Und es hat ein besonderes Gimmick.«

»Ui, jetzt machst du es aber spannend«, grinst Gottfried.

Dennis zuckt bloß mit den Achseln und lacht, während der Kranke neugierig das Papier öffnet und interessiert auf den Inhalt schaut. »Ein Buch, wie schön!«, freut er sich.

»Ja, und zwar ein handsigniertes«, berichtet Dennis stolz. »Die gibt es so lediglich in einer einzigen Buchhandlung, weil die Autorin anscheinend sehr öffentlichkeitsscheu ist.«

Mein Hals schwillt an und die Luft wird dünn. Autorin? Handsigniert? Nur in einer einzigen Buchhandlung? Öffentlichkeitsscheu? Wie viele Schriftstellerinnen kann es geben, die so verrückte Aktionen abziehen?

Und schon geschieht, was kommen musste. »Ein Loch in der Mauer«, liest Gottfried vor. »Kenne ich nicht. Worum geht es da?«

»Das ist einer der berührendsten Romane, die ich je gelesen habe. Eine zauberhafte Geschichte. Sie handelt von einer dreiundsechzigjährigen Einsiedlerin, die böse und verbittert alle Menschen um sich herum in die Flucht schlägt. Doch dann zieht im Nachbarhaus ein fünfjähriges Mädchen ein und erobert nach und nach ihr Herz. Mehr verrate ich nicht. Es ist so zart und poetisch geschrieben, dass ich es gar nicht aus der Hand legen konnte.« Dennis stockt und sieht ehrlich interessiert in meine Richtung. »Kennst du das Buch?«

Ich spüre, wie ich erneut feuerrot anlaufe. Wie oft eigentlich noch am heutigen Tag?

»Äh, ja«, stammele ich und merke, wie hohl meine Stimme klingt.

»Hat es dir etwa nicht gefallen?«, erkundigt sich Dennis verwundert, und ich frage mich, ob er tatsächlich nicht ahnt, dass ich die Autorin bin, und ob ihm wirklich nicht die Ähnlichkeiten zwischen Rosi und mir auffallen.

»Doch, schon«, murmele ich. Lieber den Ball flach halten, damit er keinen Verdacht schöpft.

»Hm, ich hätte jetzt gedacht, dass dich die Geschichte begeistert«, gibt er ein wenig enttäuscht zurück, und die drängenden Fragen schwappen so heftig in mir hoch, dass ich sie einfach nicht mehr zurückhalten kann.

»Wieso? Weil ich genauso seltsam bin wie Rosi? Allein und einsiedlerisch? Nur, dass ich erst sechsunddreißig bin ... Weil ich genau wie Rosi bloß dann auftaue, wenn meine beiden Nichten mich mit ihrem Charme um den Finger wickeln und dazu bringen, die Tür ein Stück weit aufzumachen? Weil ich wie sie in Sachen Sozialverhalten völlig überfordert bin? Weil du denkst, ich sollte mich von ihrer Geschichte inspirieren lassen und daraus meine Lehren ziehen? Was weißt du denn schon von mir und von meiner Vergangenheit?«

Inzwischen fauche ich und habe komplett die Beherrschung verloren. Dass ich in einem Krankenzimmer stehe, in dem mein bester Beinahe-Freund sich von einem Zusammenbruch erholt; dass sich Dennis den ganzen Tag sanft und rücksichtsvoll um mich gekümmert hat; dass er nie ein böses Wort zu mir oder über mich gesprochen hat; dass er der Erste seit Jahren ist, der mich mit einem Witz auf meine Kosten zum Lachen gebracht hat – alles vergessen! »Du hast keine Ahnung, wie demütigend es sich anfühlt, Friederike Bartholdy zu sein. Du warst bestimmt immer einer von den Coolen. Groß, attraktiv, einer der begehrten Jungs der Schule. Du findest leicht Kontakt, unterhältst dich mühelos mit Fremden.«

Ein Wutanfall. Wann war ich zuletzt so wütend? War ich überhaupt jemals so offenkundig und ungebändigt wütend? Normalerweise ist das ein Gefühl, das ich eher vom Unterdrücken kenne. »Was weißt du schon von mir?«, wiederhole ich die bereits zuvor gestellte Frage. »Du kannst dich unmöglich in mich hineinversetzen. Und wahrscheinlich weißt du gar nicht, wie man Kummer buchstabiert. Jeder, der dich kennenlernt, mag dich sofort.«

Eine Weile herrscht Stille im Raum. Gottfried starrt betreten auf die Bettdecke. Dennis verharrt ebenfalls bewegungslos. Nach einer gefühlten Ewigkeit, die vermutlich in der realen Zeitmessung bloß Sekunden andauert, hebt er seinen Kopf und murmelt: »Jeder bis auf eine.« Nach einer weiteren Pause, die sich endlos zu dehnen scheint, fügt er hinzu: »Und glaub mir, ich weiß nicht nur, wie man Kummer buchstabiert, ich weiß auch genauer als mir lieb ist, wie er sich anfühlt.«

Was nun? In mir geht alles drunter und drüber. Durch den Nebel der aufgestöberten Emotionen kann ich nichts deutlich erkennen, doch eine Sache ist mir schmerzhaft bewusst: Selbst ich, Friederike Bartholdy, die zurückgezogene Einsiedlerin, die niemanden in ihrem Umfeld braucht, kann nicht damit leben, schon wieder derart mit der Keule um sich geschlagen zu haben. Und sogar mir ist klar, dass das die beiden Menschen in diesem Raum nicht verdient haben.

Beinahe trotzig hebe ich den Kopf, als wolle sich die Friederike, die noch weiß, wie Zwischenmenschlichkeit funktioniert, gegen die mürrische Eigenbrötlerin durchsetzen, und erkläre mit ungewohnt fester Stimme: »Es tut mir leid.« Ich schlucke einmal – das wird ja wohl unter diesen Umständen erlaubt sein. »Das war ungerecht und unangebracht. Und es stimmt nicht, dass ich dich nicht mag. Ich habe bloß verlernt, es mir zu erlauben, Menschen zu mögen. Also außer bei Kathrin, Mia, Emma und Gottfried, meine ich. Es liegt nicht an dir, sondern an mir.«

Lieber Himmel, das klingt, wie wenn eine Romanheldin mit ihrem Lover Schluss machen würde. Allein schon der Gedanke daran lässt mich ein weiteres Mal die Gesichtsfarbe wechseln. Hoffentlich geht dieser verdammte Tag irgendwann vorbei. Müsste ich das in einer Geschichte lesen, würde mich das ständige Erröten der Protagonistin nerven. Aber was soll ich tun? Das ist nun mal die Realität. Und wie die jetzt weitergeht, ist mir absolut schleierhaft ...

Musizieren, Singen, Meditieren

Erneut sitzen wir schweigend im Auto. Doch diesmal fühlt es sich unbehaglich und drückend an. Auch wenn ich nach außen vielleicht ruhig wirke, brodelt in mir ein Vulkan, der sich nicht entscheiden kann, in welche Richtung er zuerst ausbrechen soll. Die Ereignisse des Tages beschäftigen mich und die immer noch anhaltende Sorge um Gottfried, aber das ist nichts im Vergleich zu dem, was mein anderer Nachbar mit meinen Gedanken – und viel schlimmer: mit meinen Gefühlen – anstellt.

Als Dennis den Wagen auf seinem Garagenvorplatz parkt, springe ich befreit aus dem Fahrzeug und möchte am liebsten sofort die Flucht ergreifen. Doch ich weiß, dass ich heute bereits genug Porzellan zerschlagen habe und dass ich ihm zumindest ein Dankeschön schulde. Also warte ich mit einem unbehaglichen Grummeln im Bauch darauf, dass er ebenfalls ausgestiegen ist.

»Danke fürs Fahren und für deine Hilfe bei Gottfried«, murmele ich, nachdem er sich aus dem Auto geschält hat, und betrachte dabei angestrengt meine Fußspitzen.

Als ich realisiere, dass keine Reaktion erfolgt, schaue ich auf und bemerke voller Panik, dass er direkt auf mich zukommt. Ungewöhnlich dicht vor mir bleibt er stehen, und meine Augen wandern, als wären sie einer unwiderstehlichen Anziehungskraft ausgesetzt, verwundert nach oben zum Gesicht des Hünen. Zögerlich streckt er eine Hand aus und lässt sie im Zeitlupentempo auf meine Schulter sinken. Sein Blick vertieft sich in meinen – ruhig, intensiv und ehrlich. Als ich das Gefühl bekomme, es könne bloß noch Sekunden dauern, bis ich einer von akuter Atemnot ausgelösten Ohnmacht anheimfalle, erklärt er langsam und betont: »Von mir geht keine Gefahr für dich aus, Friederike.«

Wenn du wüsstest, denke ich.

Er löst sich von mir, dreht sich um und stapft mit langen Schritten auf seinen Hauseingang zu. Ich bleibe wie erstarrt stehen und vermisse bereits in dem Moment, in dem er etwas mehr Distanz zwischen uns gebracht hat, seine Nähe, seine Wärme und den Schokobrunnen, der nur für mich zu fließen scheint.

*

Rastlos wandere ich durch das Haus, obwohl die Sonne immer noch die Erde wärmt und alles in einen goldenen Schimmer taucht. Wie gern wäre ich jetzt im Garten, aber im Augenblick brauche ich dringend die Mauern um mich herum. Die Mauern, die mich und mein Herz schützen, von der Außenwelt abgrenzen und mir das wohlige Höhlengefühl vermitteln. Allerdings ist die beruhigende Wirkung längst nicht so stark wie sonst. Es scheint mir, als wehe ein Wind hindurch, ein Luftzug, der einer zunehmend löchrigen Struktur geschuldet ist. Dass meine Nichten seit ihrer Geburt etwas mit mir anstellen, das Löcher in die sichere Hülle stanzt, ist in

Ordnung. Damit kann ich umgehen. Sie sind Kinder. Von ihnen geht *wirklich* keine Gefahr aus. Für Dennis gilt das jedoch ganz und gar nicht, auch wenn er es behauptet. Er hat nicht den Hauch einer Ahnung, wie sehr er mich in Gefahr bringt, wie intensiv und ungewollt er die stabilen Schutzwälle um mein Herz erschüttert. Die Risiken, die das in sich birgt, sind unkalkulierbar. Sie können bis zur völligen Auslöschung meiner Person führen. Bislang habe ich meine lädierte Seele mühsam zusammengehalten – gestopft, mit Sicherheitsnadeln stabilisiert, Fetzen mit dem Tacker fixiert –, und ich war erfolgreich damit. Doch dieser Mann ist der erste, der mir je begegnet ist, der über die Fähigkeit verfügt, sie mir trotz aller mühseligen Rettungsmaßnahmen in Stücke zu reißen.

Weil ich ihn mag.

Weil ich ihn *wirklich* mag.

Weil ich ihn viel zu sehr mag.

Weil er Gefühle in mir auslöst, die ich nicht kenne, die nie zuvor da waren und die ich nie, nie, niemals empfinden wollte.

Ich muss eine Entscheidung treffen. Unbedingt. Und es ist klar, wie sie zu lauten hat: Abstand zu Dennis halten. Ab sofort gilt es, ihm aus dem Weg zu gehen, soweit das irgendwie realisierbar ist. Ich werde meinen Tagesablauf so gestalten, dass ich den »Feindkontakt« möglichst vermeiden kann – werde genau beobachten, wann er unterwegs ist, um diese Phasen für Aufenthalte im Freien zu nutzen. Ansonsten habe ich immer noch den uneinsehbaren Teil der Terrasse, der vor seinen Blicken geschützt ist.

Ich durchdenke die verschiedenen Optionen und stelle mir die Frage, wann ich mir wie ein Höchstmaß an »Dennis-Freiheit« verschaffen kann. Doch als meine Überlegungen auf einen bestimmten Punkt der Alltagsgestaltung treffen, wird mir heiß und kalt zugleich. Mia und Emma. Wie um alles in der Welt soll ich es hinbekommen, die beiden von Dennis, seiner Schaukel und – besonders schwierig – von Maisie fernzuhalten?

Gedanklich prüfe ich die Möglichkeiten: Ich könnte sie, wenn Kathrin etwas vorhat, bei der Familie zuhause hüten. Unrealistisch – die Kinder werden danach verlangen, in mein Haus und meinen Garten zu kommen, weil sie die Unbeschwertheit, die ihnen das im Gegensatz zu ihrer Stadtwohnung beschert, lieben.

Ich könnte, wenn sie mich besuchen, Auswärts-Aktivitäten planen. Erstens genauso unrealistisch, zweitens käme ich dadurch vom Regen in die Traufe, weil ich unter Menschen gehen müsste, unter viele Menschen. Hm, ist das besser oder schlechter, als diesem einen zu begegnen, der mich an Stellen meines Seins berührt, an denen ich nicht berührt werden will? Besser, auf jeden Fall, und trotzdem immer noch unrealistisch ...

Ich könnte mir einen Aufschub verschaffen, indem ich vorgebe, in den kommenden Wochen keine Zeit zu haben. Okay, aber mit welcher Begründung? Hinter meinem nächsten Roman kann ich mich nicht verstecken, ohne mich Kathrin gegenüber zu outen.

Außerdem gilt diesbezüglich ohnehin: Still ruht der See. Wie soll ich kreativ sein, wenn ich von früh bis spät bloß über den neuen Nachbarn nachdenke? Und hinzu kommt, dass mich die Sehnsucht nach den zwei süßen kleinen Mäusen umbringen würde.

Was bleibt dann noch? Mir fällt nichts mehr ein. Folglich gibt es nur einen einzigen Weg: die Zahl der Dennis-Begegnungen zu minimieren. Und sonst? Wie schaffe ich es, in den Fällen, in denen ich ihm nicht ausweichen kann, mein Herz zu verschließen? Ich grübele, suche Lösungen und Techniken, die helfen könnten. Überlege, was ich meinen Protagonistinnen in einer solchen Situation auf den Leib schreiben würde, doch mir will einfach kein Geistesblitz kommen. Also mache ich das, was ich immer tue, wenn ich nicht weiterweiß: Ich googele.

»Was hilft, wenn ich dauernd an einen Mann denken muss?«, tippe ich am Schreibtisch sitzend, mit ungehindertem Blick aufs Nachbarhaus, ins Browserfenster der Suchmaschine ein. Gleich der erste Treffer verleitet mich zu einem Klick darauf. Ich lese, dass ich den chemischen Prozessen im Gehirn die Schuld dafür geben könne. Aha, ich bin demzufolge nicht schuld. Puh, das erleichtert mich. Aber mindert es mein Problem? Nein!

Meine Gedanken an ihn würden Dopamin, also einen Gute-Laune-Neurotransmitter, ausschütten, erfahre ich im Anschluss. *Die haben ja keine Ahnung*, stelle ich fest. Bei mir wird ein Schlechte-Laune- oder Angst-Neurotransmitter ausgeschüttet – wie auch immer das in der Fachsprache heißen mag. Und schließlich erhalte ich eine ausgefeilte Diagnose: Liebeskrankheit nennt man das, worunter ich leide. Echt jetzt? Ich denke doch nur an ihn. Das Wort »Liebe« ist mir definitiv zu groß. Dass es keine sichere Methode gäbe, um davon geheilt zu werden, muss ich obendrein noch lesen. Na, das ist ja aufbauend! Das Einzige, was überhaupt helfen könne, sei Ablenkung. Okay, damit stellt sich die Frage aller Fragen: Wie kann man seine Gedanken ablenken?

Die entsprechende Suchanfrage tippe ich ebenfalls mit flinken Fingern in die allwissende, weltumfassende Suchmaschine ein. Und prompt erhalte ich die nächste Hilfestellung: Musizieren, Singen oder Meditieren, wird mir empfohlen. *Musizieren, ja!*, jubiliere ich. Ich liebe Musik. Die Tatsache, dass ich kein Musikinstrument besitze, geschweige denn beherrsche, liefert allerdings ein klitzekleines Handicap. Singen? Gut. So schräg wie das bei mir klingt, lenkt es mich garantiert ab. Andererseits ist der Sound derart furchteinflößend, dass ich ihn nicht dauerhaft ertrage. Zu meditieren scheint mir eine erfolgversprechende Option zu sein. Ich vertiefe mich weiter in den Text und erfahre von einer Methode, die ich noch nicht kenne und umgehend ausprobiere.

Erster Schritt: Schauen. Ich soll mir nacheinander in aller Ruhe drei Gegenstände anschauen und dabei laut aussprechen, was ich sehe. Einverstanden. Ich konzentriere mich und fokussiere die Welt, die hinter der Fensterscheibe liegt. »Ich sehe Dennis' Motorrad ... Ich sehe Dennis' Schaukel ... Ich sehe Dennis ...« Verflixt, muss er ausgerechnet jetzt mit dem Rasenmäher auftauchen?

Frustriert schüttele ich den Kopf. Vielleicht klappt ja der zweite Teil der Übung besser. Dieses Mal darf ich die Augen schließen (gute Idee!) und mich im gleichen Stil mit dem Hörsinn befassen. Voller Eifer lasse ich die Augenlider sinken und schicke meine Aufmerksamkeit zu den Ohren. Einen Moment lang atme ich einfach nur tief ein und wieder aus. Dann erfülle ich die Aufgabe: »Ich höre Dennis' Stimme ... Ich höre das Gebell von Dennis' Hund ... Ich höre Dennis' Rasenmäher ...«

Hm, das hatte ich mir irgendwie anders vorgestellt. Eine Chance bleibt mir ja noch bei Schritt drei: Spüren. Was spüre ich in meinem Körper? »Ich spüre, dass meine Hände schweißnass sind ... Ich spüre, dass meine Füße nervös wackeln ... Ich spüre, dass mein Herz wild klopft, weil ich in den letzten Minuten sechsmal den Namen ›Dennis‹ ausgesprochen habe ...«

Eigentlich soll ich die komplette Prozedur drei weitere Male durchführen, aber mir reicht es schon jetzt. *Mission gescheitert*, befinde ich. Natürlich bin ich ehrlich genug, um mir einzugestehen, dass vielleicht die getroffene Platzwahl zur Ausführung der Übung nicht perfekt war. Doch selbst wenn ich mich auf neutraleres Gelände begeben hätte, sehe ich nicht, wie mich diese Meditationstechnik über einen längeren Zeitraum hätte ablenken können.

Da ich nun nicht mehr das Gefühl habe, das Internet könne mir bei der Lösung meiner Probleme helfen, schließe ich frustriert den Deckel des Notebooks und führe die aufgewühlten Streifzüge durch das Haus fort. Ein Gutes hat das Ganze: Die Idee, ein Musikinstrument zu erlernen, hat sich in mir festgebissen. Ich wollte bereits als Kind das Gitarre-Spielen lernen, aber meine Eltern drückten mir eine Geige in die Hand. Wenn man mal davon absieht, dass ich dem Instrument nicht viel mehr als Gekratze und Gequietsche entlocken konnte, mag ich es auch dann nicht, wenn es jemand virtuos beherrscht. Gitarrenklänge gingen mir hingegen schon immer direkt ins Herz, doch meine Eltern befanden, ein Mädchen sähe mit Violine hübscher aus. »Na klar«, schnaube ich sarkastisch vor mich hin, »vor allem mit Übergewicht, blonden Zöpfen, Riesenbrille und Zahnspange. Da haut es die Geige voll raus.«

Verwundert frage ich mich, warum ich nie auf die Idee gekommen bin, das Gitarre-Spielen als Erwachsene zu lernen. Ich möchte gerade noch einmal zurück an den Rechner eilen, um mich im Netz mit entsprechenden Informationen zu versorgen, da klingelt es an der Haustür. Ich werfe einen Blick auf die Armbanduhr. Schon sieben. Wer kann um diese Uhrzeit etwas von mir wollen? Auf leisen Sohlen schleiche ich mich zum Türspion und linse auf das Display. Abrupt vollführt mein Herz einen tollkühnen Sprung. Als ob ich ihn mit den ganzen Gedanken herbei teleportiert hätte, wartet Dennis vor der Tür.

Danke, liebes Internet, für die vielen tollen Tipps, seufze ich innerlich. *Klappt ja prima ...*

Einsamkeit eines Zaungasts

Und jetzt? Ich beschließe, einfach auf einem Spaziergang und mithin nicht daheim zu sein. Lautlos verharre ich und wage es kaum, Luft zu holen, was natürlich vollkommen blödsinnig ist, weil Dennis mich durch die schwere Barriere zwischen uns ohnehin nicht atmen hören könnte.

»Friederike, ich weiß, dass du da bist«, ruft er plötzlich und scheint mir dabei direkt in die Augen zu sehen. »Bitte mach auf. Ich werde dich bloß kurz stören. Ich möchte nur etwas fragen.«

Wie komme ich aus der Nummer am wenigsten peinlich wieder heraus? Nicht-Öffnen ist keine Option mehr. Die Haustür ohne Begründung für die lange Wartezeit aufzumachen ebenfalls nicht. Also reiße ich die Tür auf, als sei ich eben erst herbeigeeilt. »Tut mir leid, dass du warten musstest. Ich war gerade auf der Toilette.« Nicht unbedingt kreativ, aber glaubwürdig.

»Natürlich«, erwidert er trocken, und ich bewundere, wie sehr er sich bemüht, die Ironie in dieser Aussage nicht hervorklingen zu lassen.

»Was gibt es?«, wage ich mich aus der Deckung, in der Hoffnung, ihn schnell loswerden zu können.

»Ich wollte dich einladen, morgen Abend bei mir vorbeizukommen«, erklärt er und wirkt dabei nervös. Komisch, so habe ich ihn bislang noch nicht erlebt. Wahrscheinlich ist ihm genauso bewusst wie mir, dass er mit dieser Aktion die Grenze neutraler, gleichgültiger Nachbarschaftlichkeit übertritt. »Immer freitags trifft sich bei mir eine Runde Trauernder. Ich biete das ehrenamtlich an. Oft brauchen die Angehörigen nach einem Verlust einfach einen Kreis, in dem sie ihre Gefühle aussprechen und teilen können – unter Menschen, die das verstehen und aus eigenem Erleben kennen. Deswegen habe ich das vor einiger Zeit ins Leben gerufen. Meistens sind wir sechs bis zehn Personen, größtenteils Frauen, die erzählen, wie es ihnen geht. Nachdem du bei Heinrichs Trauerfeier so emotional auf die Ansprache reagiert hast, dachte ich, dass du womöglich ebenfalls jemanden verloren hast, der dich immer noch beschäftigt, und dass dir unsere Runde guttun könnte.«

Er stockt und beißt sich auf die Unterlippe. »Es tut mir leid, dass ich damit deinen Wunsch, keine nachbarschaftliche Beziehung zu dir aufzubauen, nicht respektiere.« Nun sucht sein Blick direkt den meinen, und ich stelle mir vor, es sei nicht Schokolade, die in seinen Augen fließt, sondern hässlicher, modriger Schlamm. Vielleicht funktioniert ja wenigstens das. »Aber ich kann es einfach nicht. Ich will nicht akzeptieren, dass wir uns aus dem Weg gehen sollen, wo wir doch Freunde sein könnten. Und ich habe das Gefühl, dass du Freunde genauso dringend brauchen kannst wie ich. Du kennst nur einen Teil von mir, Friederike, und ich würde dich gern einladen, auch das zu sehen, von dessen Existenz du bis jetzt noch nichts weißt. Mir ist klar, dass ich dich gerade überfahre. Deswegen musst du gar nicht antworten. Es geht um halb acht Uhr abends los. Wenn du magst, kommst du, und wenn nicht, dann eben nicht. Dasselbe gilt für jeden Freitag deiner Wahl. Betrachte es als Dauereinladung, die du jederzeit einlösen darfst.«

Er atmet tief durch, wirft mir einen letzten Blick zu, der sich schon wieder von Schlamm in Schokolade verwandelt und ein sehnsüchtiges Ziehen durch meinen Körper wandern lässt, und marschiert davon.

Den nächsten Tag verbringe ich erneut in rastloser Unruhe. Wenn das so weitergeht, kann ich den Abgabetermin beim Verlag auf keinen Fall halten. Ich würde viel dafür geben, mich durch Schreiben von Dennis ablenken zu können, aber leider weiß ich genau, dass meine Kreativität bloß dann zum Leben erwacht, wenn ich mich in einem aufgeräumten Zustand befinde. Da ich sonst ein ruhiges, gleichförmiges Dasein führe, hatte ich nur in seltenen, kurzen Phasen kleinere Blockaden zu beklagen. Ansonsten funktioniert mein Schreibprozess zuverlässig wie ein Schweizer Uhrwerk. Doch im Moment bin ich davon weit entfernt. Irgendwann gebe ich die Hoffnung, etwas Produktives zuwege zu bringen, für den heutigen Tag einfach auf und verbringe die Stunden mit weitgehend nutzlosen Dingen.

Als sich die Zeiger der Uhr der Zeit nähern, zu der Dennis' Gäste eintreffen werden, steigert sich meine Nervosität ins Unermessliche. Natürlich werde ich seiner Einladung nicht folgen. Die Tatsache, dass ich es tun könnte, reicht jedoch bereits, um mich zu verwirren. Und als wäre es ein Zwang, beziehe ich erneut Position hinter dem Vorhang des Schlafzimmerfensters. Ich beobachte voller Faszination, wie sich das Prozedere der letzten Male wiederholt, nur mit einem Unterschied: Neben den Frauen ergänzt ein Mann die Runde. Er gehört ebenfalls zu denjenigen, die auf der Schaukel Platz nehmen und, unterbrochen von mehreren Taschentucheinsätzen, einen Bericht abgeben. Allein schon das Wissen um den Grund dieser Zusammenkunft verändert alles. Plötzlich ist es keine durchgeknallte Gemeinschaft mehr, die sich dort für was auch immer trifft, sondern es sind Personen, die Mitgefühl in mir auslösen und deren Leid mich berührt.

Was würde ich tun, wenn ich diesen Menschen angehören und ihnen meine Geschichte preisgeben würde? Und welche Geschichte wäre es überhaupt? Die Geschichte meiner wütenden Trauer über den Tod der Eltern? Oder die Geschichte über ein kleines Mädchen, das irgendwie bereits gestorben ist, bevor ihr Leben richtig begonnen hat? Die Geschichte einer übergewichtigen, bezopften Brillenschlange, die nie zu der hübschen, drahtigen, langhaarigen Blondine werden konnte, zu der sie sich in einem anderen Universum entwickelt hätte, wenn sie sich selbst so sehen könnte wie sie ihre Mitmenschen inzwischen wahrnehmen?

Ich seufze, als mir klar wird, wie kompliziert mein Dasein ist. Auch diesen Umstand könnte ich betrauern. Wahrscheinlich wäre das der erste Schritt, bevor ich mich (rein theoretisch natürlich) in diesen Kreis begeben könnte: herauszufinden, welche Art von Trauerarbeit bei mir am wichtigsten ist. Erneut wandert mein Blick über die Runde unterschiedlich alter Menschen. Wie schon beim letzten Mal scheint mich Dennis durch den schweren, blickdichten Vorhang hindurch anzusehen. Diesmal macht es mir nichts aus. Ich bin zwar nur ein Zaungast, aber ein eingeladener. Das verschafft mir das Gefühl, tun zu dürfen, was ich gerade mache – selbst wenn es den anderen gegenüber, die nicht wissen, dass ich dabei bin, unfair ist.

Ich wohne stumm der kompletten Veranstaltung bei, auch wenn mir langsam die Beine schmerzen, nachdem ich zwei Stunden lang nahezu bewegungslos hinter dem Fenster verharrt habe. Und im Gegensatz zu den an der Runde Teilnehmenden hatte ich kein Getränk, an dem ich ab und zu hätte nippen können. Außerdem konnte ich nicht hören, was zwischen all der Trauer die vereinzelten Lacher ausgelöst hat, die sich wie ein zartes, heilendes Band um die Gesellschaft gelegt haben. Schlagartig fühle ich mich einsam, richtig einsam. Seit vielen Jahren habe ich mich in meinem isolierten Alltag behaglich eingerichtet, hatte nie das Gefühl, mir würde irgendetwas fehlen – nicht einmal dann, wenn Kathrin oder Anita mir erklärt haben, ich müsse anders leben. Doch jetzt, wo ich bei all der Trauer dabei war, ohne mich an den glücklichen Momenten laben zu können, wird mir bewusst, was Einsamkeit bedeutet. Sollte ich mir das Ganze vielleicht beim nächsten Mal aus der Nähe anschauen? Die versammelten Menschen wirkten auf mich nicht so, als warteten sie nur darauf, ein Opfer zu finden, das sie abwerten können, um sich selbst besser zu fühlen. Im Gegenteil. Ich durfte zahlreiche Umarmungen beobachten, zugereichte Taschentücher, gehaltene Hände und verständnisvolle Blicke. Was, wenn das genau der richtige Kreis für mich wäre, um ein Experiment zu wagen? Das Experiment, mit aller gebotenen Vorsicht, Kontakt zu Unbekannten aufzunehmen, mich einem zugegebenermaßen kleinen Teil der Öffentlichkeit zu stellen und auszuprobieren, was es in mir auslöst, einer Gruppe zugehörig zu sein.

Nachdenklich wiege ich den Kopf hin und her. Ich könnte es als Recherche betrachten. Nicht Friederike Bartholdy begibt sich in diese Runde, sondern Larissa Green – selbstverständlich nicht unter Nennung dieses Namens, aber für mich im Stillen. Und spontan steigt der Gedanke in mir auf, Rosi eine Fortsetzung auf den Leib zu schneidern. Nachdem sie sich mit dem Nachbarskind angefreundet hat, geht sie weitere Schritte, um sich der Allgemeinheit, von der sie sich schon so lange zurückgezogen hat, anzunähern. Wenn ich das ausformulieren soll, muss ich ihre Gefühle, ihre Ängste kennen (okay, das ist sichergestellt) und schauen, was es sie kostet, sich zu überwinden (davon hingegen habe ich keine Ahnung). Folglich gilt es wohl, das herauszufinden. Ich nicke mir selbst zu. Ja, das ist eine reizvolle Idee, und ich werde es zumindest in Erwägung ziehen, sie nächste Woche in die Tat umzusetzen.

Als ich meine Gedankenwelten verlasse und wieder im Schlafzimmer ankomme, merke ich, dass sich die Gruppe aufgelöst hat. Vor dem Haus stehen noch ein paar Menschen, aber Dennis ist nicht mehr zu sehen. Ich möchte mich gerade abwenden, um mir endlich aus der Küche etwas zu trinken zu holen, da klingelt es. Was ist bloß los in letzter Zeit? Normalerweise kann ich die Zahl der monatlichen Klingelgeräusche an einer Hand abzählen, doch momentan erklingen sie beinahe täglich.

Verwundert springe ich die Treppe hinab und schaue durch den Türspion. Mein Herzschlag beschleunigt sich, als ich entdecke, dass es mein Nachbar ist, der an meine Tür klopft. Ich lächele, als mir die Symbolik dieses Gedankens in den Sinn kommt. Wegen des angeschlagenen Verhältnisses zwischen Gott und mir bin ich alles andere als bibelfest. Dennoch ist mir das Zitat »Klopfet an, so wird euch aufgetan« bekannt. Was ich mir gerade zusammendenke, treibt den Puls weiter nach oben. Er klopft an meine Tür, und ich werde sie ihm aufmachen, aber klopft er auch an die Pforte zu meinem Herzen oder bilde ich mir das nur ein? Ist es nicht vielmehr so, dass der erste gleichaltrige Mann, der eine Winzigkeit mehr Zugang in mein Leben erhält, meine Hormone zum Spinnen bringt? Ja, das wird es sein. Garantiert!

Mit laut wummernden Herzschlägen öffne ich. Dennis lächelt mich unsicher an. »Danke, dass du auf deine Art dabei warst, Friederike«, stößt er hektisch aus und fügt etwas ruhiger hinzu: »Das hat mir viel bedeutet.«

Für einen Sekundenbruchteil sehe ich Zartbitterschokolade in seinen Augen, dann hat er sich auch schon umgedreht und ist verschwunden.

Kindermund macht alles möglich

Am nächsten Morgen bin ich dankbar, dass mir das Leben höchstpersönlich Ablenkung schenkt, als es in Form meiner beiden Nichten das Haus erobert. Vormittags ist es noch kühl und feucht, da der Juli eine kleine Wärmepause einlegt, doch ab dem Nachmittag zeigt die Sonne, was sie drauf hat.

»Tante Ricky, können wir ein Eis essen gehen?«, fragt Mia, nachdem sie eine Zeitlang ihr sorgfältig eingecremtes Gesichtchen auf der Terrasse in die wärmenden Strahlen gehalten hat.

»Au ja«, kräht Emma begeistert, springt auf, knallt ihr Bilderbuch auf den Boden und beginnt im Kreis um mich herum zu tanzen.

»Nein, ihr zwei Süßen. Aber wisst ihr was? Wir fahren jetzt zum Supermarkt und holen uns dort eure Lieblingssorten. Dann können wir die hier verspeisen.« Alles besser, als in einer Eisdiele zu sitzen und so zu tun, als wäre es für mich normal, unter Menschen zu gehen.

»Nö«, protestiert Mia. »Ein Eisbecher in der Eisdiele ist cooler. Das macht viel mehr Spaß.«

»Genau, ein Eisbecher mit Schirmchen und Smarties«, stimmt ihre jüngere Schwester zu.

»Wir können auch Schirmchen und Smarties kaufen. Kein Problem.«

»Wir wollen aber in die Eisdiele. Bitte, bitte, Tante Ricky«, fleht Mia mit herzzerreißenden Blicken.

»Eis-die-le, Eis-die-le«, skandiert Emma und umschlingt dabei meine Beine. Das hält doch die stärkste Frau nicht aus! Wie soll ich mich dem widersetzen?

Kurz kämpfe ich mit mir. Dann nicke ich. »Also gut, ihr kleinen Quälgeister. Wir fahren in die Eisdiele.« Spontan kommt mir eine Idee, und ich unterbreche den Jubel der Mädchen, um die Konditionen zu verhandeln. »Allerdings unter einer Bedingung: Ich möchte danach noch in einen Buchladen, weil ich der Besitzerin etwas vorbeibringen muss.«

»Ein Buchladen, toll«, bekundet Mia. »Gibt es da auch Kinderbücher?«

»Natürlich«, schmunzele ich.

»Und Bilderbücher?«, will Emma begierig wissen.

»Auch das«, beruhige ich sie.

»Können wir ein neues kaufen?«, fragt sie und tanzt schon wieder um mich herum.

»Schauen wir mal«, ziehe ich mich aus der Affäre. »Wenn ihr mich in Ruhe mit der Frau sprechen lasst, vielleicht.«

»Vielleicht heißt ja«, verkündet Mia siegesgewiss, und ich grinse in mich hinein. Sie ist verdammt clever, meine ältere Nichte. Und ich bin es ebenfalls. Denn diese geniale Idee steigert meine Chance auf einen vorwurfsfreien Besuch bei Anita. Ich kann ihr die handsignierten Exemplare vorbeibringen, um die sie mich gestern per E-Mail gebeten hat, und die Mädchen dienen dabei als Vorwand, um leider (das kommt auf den Standpunkt der

Betrachtung an) dieses Mal nicht die obligatorische Diskussion führen zu können.

Dennoch bin ich nervös, als wir nach dem Einladen der schweren Bücherkiste aufbrechen. Während ich die Steige Richtung Pfullingen hinunter schleiche, klopft mein Herz in schnellem Takt. Wann war ich das letzte Mal in einer Eisdiele oder überhaupt in einem Restaurant? Puh, vor gefühlten Ewigkeiten ... Manchmal bestelle ich mir Essen bei einem Lieferdienst. Das zwingt mich in einen kurzen Kontakt mit dem Fahrer, aber ansonsten sichert es mir meine Ruhe. Doch in einer Lokalität war ich seit langem nicht. Wahrscheinlich zuletzt bei Kathrins Hochzeit und die ist immerhin schon acht Jahre her. Ja, das müsste hinkommen. Ein Stöhnen entweicht mir. War eigentlich logisch, dass die zwei kleinen Mäuse mein Leben mit zunehmendem Alter noch mehr in Unruhe versetzen werden. Das hier ist nur der Anfang. Als Nächstes kommen vermutlich Freizeitparks, Kinobesuche und sonstige Dinge, um die ich am liebsten einen weiten Bogen machen würde. Zum Glück hören die beiden meinen Gefühlsausbruch nicht. Sie thronen friedlich in ihren Kindersitzen auf der Rückbank und lauschen aufmerksam einer Folge von »Feodora und Fritzchen«.

In Pfullingen lenke ich das Auto in die erste Parkbucht, die ich entdecke, und begebe mich mit meinen Nichten an der Hand zur Eisdiele. Wenigstens kann ich sie überreden, in einer ruhigen Ecke Platz zu nehmen. Wir studieren die Karte, die durch die abgebildeten Fotos auch den Kleinen die Auswahl leicht macht. Als wir uns alle entschieden haben, schaue ich mich suchend nach der Kellnerin um.

Kurze Zeit später tritt eine hübsche junge Frau mit aufgeschlossenem Gesichtsausdruck an unseren Tisch. *Bestimmt eine Studentin, die sich ein paar Euro dazu verdient,* denke ich.

»Hallo, ihr zwei Süßen«, begrüßt sie freundlich die aufgeregt auf ihrem Stuhl herumrutschenden Mädchen. »Habt ihr etwas gefunden?«

»Ja«, ruft Emma voller Vorfreude aus. »Ich will die Kinder Überraschung.« Logisch, sie liebt die Schokoladeneier. Und nachdem ich auf der Karte gesehen habe, dass es einen Eisbecher mit Überraschungsei gibt, war mir klar, dass sie sich dafür entscheiden würde.

»Und für mich die Eiskönigin«, erklärt Mia ein wenig abgeklärter.

»Prima, eine gute Wahl«, antwortet die Kellnerin und betrachtet die beiden mit amüsierter Miene. »Und was darf es für die Mama sein?« Ihr Blick richtet sich auf mich, während sie mir erwartungsvoll und warmherzig ins Gesicht lächelt.

»Das ist doch nicht unsere Mama«, protestiert Emma. »Das ist doch Tante Ricky.« Empört schüttelt sie ihr Köpfchen über die Unwissenheit der Servicekraft. Und ich habe schon wieder Mühe, meine Gesichtsfarbe in den Griff zu bekommen. Hat die junge Frau ernsthaft geglaubt, diese zauberhaften Wesen könnten meine Kinder sein?

»Oh, entschuldige bitte«, grinst sie jetzt. »Wie konnte ich das übersehen? Vielleicht liegt es daran, dass ihr eurer Tante ganz schön ähnlich seht.«

»Logisch, das ist ja auch Mamas Schwester«, erklärt Mia altklug und schiebt gönnerhaft hinterher: »Aber das kannst du ja nicht wissen.«

»Okay, dann frage ich eben Tante Ricky, was es für sie sein darf.« Erneut lächelt sie mich an, während ich mich von dem Schock zu erholen versuche, dass sie mir tatsächlich zutraut, für die Existenz der kleinen Elfen an diesem Tisch verantwortlich zu sein. Das bedeutet ja, wenn ich den Gedanken fortführe, dass sie sich vorstellen kann, ein Mann wäre mit mir intim gewesen. Ein Mann soll sich von mir angezogen fühlen? Undenkbar!

»Äh«, stammele ich, um die Wiedererlangung meiner Fassung bemüht. »Ich nehme den Schokoladenbecher.« Das ist das Erste, was mir einfällt, weil ich den Namen des Eisbechers, den ich mir ursprünglich ausgesucht hatte, angesichts meiner Verwirrung gleich wieder vergessen habe. Super. Ausgerechnet Schokolade. Als wenn ich nicht ohnehin schon mehr als genug schokoladige Gefühle hätte ...

»Kommt sofort«, bestätigt die Kellnerin und schickt ein charmantes Zwinkern in unsere Runde.

»Warum hast du keine Kinder?«, fragt Mia nach einer kurzen Verschnaufpause, in der ich mich von der

Irritation zu erholen versuche. Perfekt, das hat jetzt gerade noch gefehlt! War ja klar, dass die Frage irgendwann kommen würde. Bloß: Wie soll ich sie beantworten?

»Das hat sich bei mir eben nicht ergeben, Mia«, weiche ich aus.

»Was heißt ergeben?«, schmettert Emma.

»Na ja, um Kinder zu haben, braucht man einen Mann«, starte ich die Erklärung. »Und ich bin ja allein.«

»Das stimmt nicht«, versichert mir Emma im Brustton der Überzeugung. »Laura-Sophie hat auch nur eine Mama und keinen Papa. Du kannst also Kinder bekommen, Tante Ricky.« Sie klopft mit ihrer kleinen Hand auf meine, als wolle sie mir Mut machen.

Puh, was wird das hier? Wenn ich nicht aufpasse, lande ich noch in einem Aufklärungsgespräch. Dafür fühle ich mich nun wirklich nicht fit und schon gar nicht vorbereitet. Außerdem wäre für ein derartiges Gespräch vielleicht praktisches Wissen hilfreich.

»Emma, du kennst doch das Buch, das wir zuhause liegen haben: ›Wie Mama und Papa ein Kind bekommen‹«, lässt Mia selbstbewusst verlauten. *Stimmt*, schießt es mir durch den Kopf. Mir ist dieses Werk mit den verstörenden Bildern bereits in die Hände gefallen, und ich kann mich gut daran erinnern, wie ich darüber mit Kathrin gestritten habe. Aber im Kindergarten wurde das Aufklärungsbuch zum Nonplusultra für die Kleinsten erhoben, also war jede Diskussion mit ihr von vornherein zwecklos.

Meine Gedanken kehren abrupt in die Wirklichkeit zurück, als Mia ihre großschwesterliche Aufklärung fortsetzt. »Auch bei Laura-Sophie hat die Mama ihre Scheide mit dem Glied von einem Mann so verbunden, dass die Samenzelle die Eizelle befruchten konnte. Wenn sich Tante Ricky nicht mit einem Mann mit Glied nackt ins Bett legt, kann sie keine Kinder bekommen.«

Okay, damit wäre das geklärt. Mias Stimme ist während des Dozierens zunehmend lauter geworden. Mit feuerrotem Kopf lasse ich die Blicke in die Umgebung schweifen. Der Nachbartisch ist unbesetzt, aber am übernächsten Tisch amüsieren sich zwei Frauen in den mittleren Jahren über unsere Unterhaltung. Wenigstens ist kein Mann in der Nähe.

Ich habe den Gedanken kaum zu Ende gebracht, da betritt ein blonder Hüne, der aussieht wie ein Wikinger, mit einem Hund an der Leine das Eiscafé. Ich mache mich so klein wie möglich und betrachte mit blickloser Intensität die Tischplatte. Doch an diesem Tag, dessen Quantum an Peinlichkeiten noch längst nicht erschöpft zu sein scheint, komme ich nicht so glimpflich davon.

»Dennis!«, ruft Mia begeistert durch den Gastraum.

Emma stimmt in die Freude ihrer Schwester ein, nachdem sie erkannt hat, dass ihr nach der Überraschung im gleichnamigen Ei gleich eine weitere geboten wird. »Dennis, komm. Maisie! Ich will Maisie streicheln.«

Der Angesprochene schaut sich verwundert um und entdeckt die Mädchen und mich. Zögerlich kommt er auf unseren Tisch zu und lässt ein samtiges »Hallo«

erklingen. »Na, ihr drei, das ist ja eine Überraschung, euch hier zu treffen.« Sein Blick wandert zu mir, und ich bilde mir ein, seine Gedanken lesen zu können. Bestimmt wundert er sich, mich außerhalb meiner Höhle zu sehen, und zwar ausgerechnet in einem belebten Eiscafé.

»Setz dich zu uns!«, ordnet Mia an.

Dennis bleibt verunsichert stehen und sieht fragend in meine Richtung. Schokoladenströme schwappen durch mein Herz. Was soll ich tun? Aus der Nummer komme ich ohnehin nicht mehr heraus. Deswegen nicke ich mit geröteten Wangen. Er lässt sich neben Mia nieder, die mir gegenüber sitzt. Oder besser gesagt saß, denn die Mädchen wuseln inzwischen um Maisie herum und verwöhnen sie mit überschwänglichen Streicheleinheiten.

Erst als drei üppig dekorierte Eisbecher auf dem Tisch landen, lassen die beiden von dem Hund ab. Ich begleite sie zum Händewaschen und nutze die kurze Dennis-Pause, um mich von dem Schrecken zu erholen. Dann kehren wir zurück und vertiefen uns in die Leckereien, während sich Dennis ebenfalls ein Eis und einen Kaffee bestellt.

Nachdem Emma die riesige Portion samt Überraschungsei verputzt hat und offensichtlich keine Lust mehr verspürt, mit dem kleinen Auto, das sie dem Ei entnommen hat, zu spielen, lehnt sie sich auf dem Stuhl zurück und fixiert Dennis. Ich nehme aus den Augenwinkeln zwar wahr, dass sie etwas umzutreiben scheint, kümmere mich aber weiterhin stoisch um den Eisbecher. In mikroskopischen Mengen führe ich den Inhalt in meinen Mund, um mich so lange wie möglich damit beschäftigen zu können. Auf diese Art muss ich mich wenigstens nicht mit meinem Nachbarn unterhalten.

»Dennis?«, eröffnet Emma das Gespräch nach einer Weile und zieht dabei seinen Namen wieder einmal unendlich in die Länge. »Du bist doch ein Mann, oder?«

Spätestens, als mir auffällt, dass die Frauen am übernächsten Tisch gebannt ihre Kommunikation einstellen und sich mit ihrer Aufmerksamkeit uns zuwenden, wird mir klar, dass eine gewaltige Katastrophe auf mich zurollt. In Sekundenschnelle prüfe ich die Optionen.

Ich könnte Emma den Mund zuhalten. Das würde mich allerdings nicht nur öffentlich als Kinderschreck outen, sondern mich gleichzeitig die Liebe meiner Nichten verlieren lassen. Keine gute Idee.

Ich könnte sie schnell aus dem Café tragen. Das hätte einen öffentlichkeitswirksamen Tobsuchtsanfall zur Folge. Also auch nicht.

Ich könnte disapparieren, doch leider heiße ich nicht Hermine Granger. Von daher ebenfalls unmöglich.

Ich könnte mein Haus verkaufen und auf eine einsame Insel verschwinden. Sehr verlockend, aber ich liebe dummerweise dieses Haus und den Garten. Folglich würde ich das gern verhindern.

Oder ich könnte einfach ein unfassbar geniales Ablenkungsmanöver fahren.

»Emma, möchtest du noch eine Kugel Eis?«, versuche ich es mit dem ultimativen Super-Schachzug.

»Nö«, antwortet sie. »Ich bin pappsatt. Dennis, hast du ein Glied?«

Jetzt ist es allerhöchste Zeit zu intervenieren, und zwar mit aller erzieherischen Strenge. »Emma, das ist kein Thema, über das man in der Öffentlichkeit spricht.«

»Warum nicht?«

»Weil das etwas sehr Persönliches und Privates ist.«

»Warum?«

Lieber Himmel, bitte schenk mir Antworten! »Weil man sich unter anderem deshalb Kleidung anzieht, um bestimmte Körperteile zu verdecken.«

»Warum? Ist ein Glied was Schlimmes?«

»Nein, das ist nichts Schlimmes«, steht mir Dennis bei, »aber etwas Privates.«

Bitte, bitte, lieber Gott, hilf mir ein einziges Mal. Bloß einmal, und ich schwöre dir, ich werde dich nie mehr mit irgendetwas behelligen. Ich werde ab und zu am Online-Gottesdienst teilnehmen und auch sonst alles tun, was dir gefallen könnte. Nur: Erlöse mich aus dieser Situation!

»Also hast du so was?«

»Ja, wie alle Männer. Und da jetzt die Frage beantwortet ist, können wir wieder über etwas anderes reden. Schau, Emma, Maisie guckt dich ganz sehnsüchtig an. Ich glaube, sie braucht ein paar Streicheleinheiten.«

»Hm«, erwidert die Angesprochene. Im Gegensatz zu Maisie hat sie sich allerdings wie wild in den Knochen verbissen, der sie momentan beschäftigt. »Du könntest dich doch mit deinem Glied zu Tante Ricky ins Bett legen, damit sie ein Kind bekommt«, verkündet sie mit leuchtender Miene.

Die beiden Freundinnen im Lausch- und Beobachtungsmodus kommen voll auf ihre Kosten. Die eine, die soeben mit geistesabwesendem Blick ein Wasserglas an ihren Mund geführt hat, prustet laut los. Dummerweise vor dem Schlucken, was dafür sorgt, dass sie der gegenübersitzenden eine erfrischende Gesichtsdusche spendiert. *Geschieht euch recht*, denke ich, und werde dadurch zumindest kurzzeitig von der fürchterlichsten Situation, in der ich mich je befunden habe, abgelenkt. Ich hätte es nie für möglich gehalten, dass all die Schulqualen noch getoppt werden können.

»Au ja«, ruft Mia. »Ich möchte gern Cousins und Cousinen haben. Meine Freundin Emilia hat drei Cousinen und einen Cousin. Die spielen immer zusammen.«

Ich wünsche mir ein Loch im Boden herbei, das mich verschlingen und nie mehr freigeben möge. Dass der aller-, aller-, allerpeinlichste Moment meines Lebens ausgerechnet von meinen geliebten Nichten herbeigeführt werden könnte, wäre mir in den schlimmsten Albträumen nicht in den Sinn gekommen. Wie soll ich nur je wieder den Blick heben und Dennis in die Augen schauen? Mir bleiben allenfalls ein Auszug, eine Flucht, ein Verrammeln sämtlicher Fenster und Türen oder der sofortige Tod.

»Das ist eine interessante Idee«, höre ich Dennis' Stimme und erkenne das Schmunzeln, das darin mitschwingt. Ist ihm das Ganze nicht unsäglich peinlich? Er klingt locker und entspannt, als unterhalte er sich über ein vollkommen alltägliches Thema. »Wisst ihr, Kinder zu bekommen, ist eine große Entscheidung. Vielleicht sogar die wichtigste Entscheidung des Lebens. Bevor man sie trifft, sollten sich Mann und Frau richtig gut kennen und sich sicher sein, dass sie sie gemeinsam großziehen wollen und können. Deswegen steckt da viel mehr dahinter, als sich nur miteinander ins Bett zu legen.«

»Hast du Kinder?«, erkundigt sich Mia nun neugierig. Ich bin zu keiner Reaktion in der Lage, betrachte mit roten Wangen die Tischplatte und versuche, so unsichtbar wie irgend möglich zu bleiben.

»Nein, leider nicht.«

»Warum hast du keine Kinder, wenn du gern welche möchtest?«, hakt meine wissbegierige ältere Nichte nach.

»Weil die Frau, mit der ich Kinder haben wollte, nicht mehr da ist.« Obwohl ich so tue, als wäre ich gar nicht anwesend, spitze ich die Ohren.

»Wo ist sie denn?«, will nun Emma wissen.

»Sie war sehr, sehr krank und ist gestorben.«

Schlagartig ruckt mein Kopf hoch, ohne dass ich die Bewegung steuern kann, und ich sehe Dennis jetzt doch an. Über seiner Miene liegt ein Trauerflor. Dennoch wirkt er gefasst. Er begegnet meinem Blick, und ich merke, wie die Schokolade in seinen Augen wieder zu schmelzen beginnt. Die Trauer weicht einem anderen

Ausdruck, den ich nicht deuten kann. Ich fühle nur, dass die Peinlichkeit der Situation verflogen ist. Sie hat sich in Luft aufgelöst, als wäre sie nie dagewesen.

Wortlos fixiere ich ihn und in diesem Moment bricht etwas in mir auf. Das meinte er also, als er sagte, ich würde nicht alle Seiten von ihm kennen. Deswegen übt er diesen Beruf aus. Deswegen begleitet er ehrenamtlich Trauernde. Und deswegen richtet er nicht über Menschen, wertet sie nicht ab, weil er weiß, wie sich Leid anfühlt. Auf einmal wird mir bewusst, dass von ihm als Person wirklich keine Gefahr ausgeht. Allerdings mag ich lieber nicht darüber nachdenken, welche unkalkulierbaren Risiken meine völlig aus den Fugen geratene Gefühlswelt für mein Seelenheil bereithält!

Späte Wiedergutmachung

Nach dem Ausflug in die Eisdiele, der zwar keine weiteren Peinlichkeiten bereitgehalten, mich aber trotzdem in einen maximal verwirrten Zustand versetzt hat, streiche ich den Besuch bei Anita von der heutigen To-do-Liste. Es ist ohnehin besser, das am Montag zu erledigen, wenn der Laden nicht voller Menschen ist.

Im Auto bleibe ich stumm, lasse die Mädchen plappern, ohne ihnen die Aufmerksamkeit zu schenken, die ich ihnen sonst gern entgegenbringe.

An diesem Tag bin ich restlos erleichtert, als Kathrin auftaucht, um die zwei abzuholen. Der Höflichkeit halber lade ich sie auf einen Kaffee ein, was sie dankbar annimmt. Wir setzen uns auf die Terrasse und ich atme tief durch. Bald geschafft!

»Mama, wir waren in der Eisdiele«, berichtet Emma aufgeregt.

»Wow, wirklich?«, fragt ihre Mutter und sieht mich dabei erstaunt an. »Du warst in der Eisdiele? Es geschehen noch Zeichen und Wunder.«

Ich schieße ihr einen wütenden Blick zu, denn ich mag es ganz und gar nicht, wenn sie mir im Beisein der Mädchen auf diese Tour kommt.

Mia bringt sich in die Unterhaltung ein. »Ja, und wir haben Dennis getroffen.«

»Dennis? Tante Rickys Nachbarn?« Verblüfft schaut sie mich an.

»Zufällig«, betone ich. »Und die zwei Mäuse hier«, ich betrachte sie liebevoll, um meinen Worten die Schärfe zu nehmen, »konnten es sich natürlich nicht verkneifen, ihn zu uns an den Tisch einzuladen.«

»Ihr habt an einem Tisch gesessen?« Kathrin starrt mich mit weit aufgerissenen Augen an.

»Klar«, antwortet Mia, während ich ihre Mutter genervt anfunkele. »Aber er will sich nicht mit Tante Ricky ins Bett legen, um ein Kind zu machen, weil das eine wichtige Entscheidung ist«, erläutert sie im Plauderton, als würde sie über den neuesten Walt-Disney-Film berichten.

Kathrin prustet laut los, und ich würde sie garantiert in der Luft zerreißen, wenn nicht zwei süße kleine Mädchen anwesend wären, die mich in ihrer kindlichen Unschuld erneut in eine unsägliche Situation bringen. Aus Sicht der beiden ist alles Wesentliche gesagt, und sie beschließen, als Feen durch den Garten zu fliegen.

»So weit seid ihr also schon, dass ihr euch über Kinder Gedanken macht«, lästert meine Schwester.

»Hör auf mit dem Quatsch!«, zische ich. »Es reicht. Der Tag war schlimm genug. Du musst ihn nicht noch schlimmer machen.«

»Wieso schlimm? Anscheinend hattet ihr doch äußerst anregende Themen.«

»Kathrin, es reicht wirklich«, raune ich ihr zu. »Ich musste gegen meinen Willen in die Eisdiele, habe meinen Nachbarn getroffen, musste mir von Emma anhören, dass er sich ja mit seinem Glied in mein Bett legen könne, damit ich ein Kind bekomme ...«

Jetzt prustet Kathrin noch lauter: »Das hat Emma gesagt? Im Ernst?«

»Deinem bescheuerten Aufklärungsbuch sei Dank. Ich bin bedient für heute. Und mir ist die Lust auf Eisdielen erst mal vergangen – egal ob mit oder ohne deine Töchter.«

»Als ob du jemals ohne meine Töchter eine Eisdiele betreten würdest ... Eher schneit es im August in Stuttgart. Es ist ja schon ein Wunder, dass du es mit den beiden tust. Ohne sie hättest du dich da doch nie reingetraut.«

Oh, sie provoziert mich! Und an diesem Tag bin ich nach all den Ereignissen sehr, sehr dünnhäutig. »Ach ja, hätte ich nicht? Du musst es ja wissen.« Selbstverständlich hätte ich nicht. Aber in meiner aktuellen Wut verkrafte ich keine weiteren Nadelstiche und benehme mich entsprechend aufsässig. »Ich habe überhaupt kein Problem damit, allein in eine Eisdiele zu gehen.«

»Nein? Dann beweise es. Ich halte jede Wette, dass du niemals allein eine Eisdiele betreten wirst.«

»Worum wetten wir?«

»Wenn ich gewinne, veranstaltest du ein Grillfest in deinem Garten – natürlich mit Marcel, Mia, Emma und mir und außerdem mit Gottfried und Dennis.«

»Einverstanden. Das wird ohnehin nicht passieren. Ich gehe in die Eisdiele. Und wenn ich gewinne, nimmst du in meiner Nähe nie mehr den Namen ›Dennis‹ in den Mund.«

»Abgemacht. Aber ich will ein Beweisfoto sehen, von dir an Ort und Stelle.«

»Okay.«

»Und es gibt ein Zeitlimit, damit das mit dem Grillfest bald was wird. Du musst bis zum Monatsende die Herausforderung gemeistert haben.«

»Natürlich«, gebe ich lässig zurück. »Leichteste Übung.« Oh weh, ganz schön vollmundig. Als hätte ich nicht so schon genug Druck!

»Abwarten.«

*

Ich mag zwar jede Menge Spleens haben, doch eine Sache habe ich nie getan: Dinge auf die lange Bank zu schieben. Je unangenehmer etwas ist, desto schneller erledige ich es – vor allem, wenn es unausweichlich ist und sich keine Hintertürchen öffnen lassen.

Deswegen bringe ich am frühen Montagnachmittag gleich zwei lästige Pflichten hinter mich. Ich liefere Anita die versprochenen Bücher, ohne der verhassten Diskussion entgehen zu können, und statte danach der Eisdiele einen Besuch ab, um die Wette zu gewinnen. Unter keinen, also wirklich gar keinen Umständen, will ich ein Grillfest zusammen mit Kathrin und Dennis erleben. Ich kann mir lebhaft vorstellen, was meine Schwester dabei alles veranstalten würde, um uns beide zu verkuppeln und mich in noch peinlichere Situationen zu bringen, als es bereits ihren Töchtern gelungen ist. Im Vergleich dazu erscheint mir der Weg ins Eiscafé wie ein bewältigbarer Spaziergang, zumal ich jetzt ja schon im Training bin.

Nachdem ich das zweite Mal binnen weniger Tage einen Platz in der hübschen Location mit dem modernen Design eingenommen habe, lasse ich die Blicke schweifen. Die freundliche junge Kellnerin ist wieder im Laden und nickt mir fröhlich zu.

Als sie an meinen Tisch tritt, erkundigt sie sich: »Wo haben Sie denn heute Ihre süßen Nichten gelassen?«

»Sie sind ja nicht täglich bei mir«, lache ich und bin erstaunt, wie ungehemmt ich in ihrer Gegenwart drauflos reden kann. »Ich hüte sie nur ab und zu, wenn ihre Eltern anderweitige Pläne haben.«

»Ach, schön. Es ist sicher toll, Tante zu sein. Die beiden himmeln Sie ja regelrecht an.«

»Tun sie das?«, frage ich überrascht nach.

»Definitiv. Sie werfen Ihnen richtig bewundernde Blicke zu. Ich vermute, Sie sind ihr Idol. Bestimmt wollen sie einmal werden wie Sie, wenn sie groß sind.«

Ich bin froh, dass ich nichts im Mund habe, sonst hätte ich der Kundin vom Samstag Konkurrenz gemacht. *Werden wie ich* ... Ich hoffe, dass das eine höhere Macht verhindern möge.

»Was darf ich Ihnen heute bringen?«, fragt sie nun.

Bevor ich wieder dem ersten Impuls nach einem Schokoladeneis nachgeben kann, ordere ich einen Kaffee und einen Heidelbeer-Becher. Letzterer geht immer und lässt mich garantiert nicht an dunkle Augen denken.

Mit einem fröhlichen Nicken verschwindet die Kellnerin und ich sehe mich weiter um. Am Nachbartisch sitzen zwei junge Frauen, die sich von den Flirtoffensiven bei ihrem samstäglichen Club-Besuch berichten. Sie kichern und haben offensichtlich eine Menge Spaß dabei. *Wenn ich zuhöre, kann ich vielleicht etwas für einen meiner Romane lernen*, schießt es mir durch den Kopf. Unwillkürlich schmunzele ich.

Ein paar Tische dahinter unterhält sich eine Mutter interessiert mit ihrer Teenie-Tochter. Eine Runde aus zwei Frauen und zwei Männern ist in eine ernsthafte, geschäftliche Diskussion vertieft, und – ach du Schreck – die beiden Freundinnen vom Samstag sitzen ebenfalls in einer Ecke des Cafés. Das scheint wohl ihr zweites Zuhause zu sein. Schnell lasse ich den Blick weiter gleiten, in der Hoffnung, dass sie mich nicht entdecken. Drei Seniorinnen schieben sich genüsslich den Inhalt eines sahnigen Eisbechers in den Mund und entlocken mir damit ein Lächeln, das mir gleich wieder vergeht, als mein Augenpaar am übernächsten Tisch hängenbleibt.

Schlagartig donnert mein Puls mit einem harten Dröhnen in den Ohren. Dort sitzt ein einzelner Mann und starrt mich unverblümt an. Ich schaue sofort weg, als mir meine Misere klar wird, doch meine Augen werden geradezu magnetisch von ihm angezogen. Ich erkenne ihn im ersten Moment, auch wenn er sich stark verändert hat. Das ehemals üppige schwarze Haar ist schütter geworden und mit verzweifelter Präzision so über den Kopf drapiert, dass die kahlen Stellen bestmöglich kaschiert werden. Die früher durchtrainierte Figur mit den definierten Muskeln hat sich verwässert und weist einen deutlichen Bauchansatz auf, den man im Sitzen gut bewundern kann. Er sieht nach wie vor attraktiv aus, keine Frage, aber vom Glanz des einstigen Hollywood-Aussehens ist nicht mehr viel erkennbar. Panisch und wie paralysiert bleiben meine Augen an ihm kleben, als wäre ich das Kaninchen und er die Schlange.

Was, wenn er mich ebenfalls erkennt? Was, wenn er mich anspricht? Ich habe diesen Gedanken kaum zu Ende gebracht, da erhebt er sich von seinem Stuhl und schlendert lässig auf mich zu. Sein Bauch, der im Stehen noch etwas üppiger wirkt, wogt dabei hin und her.

»Hallo, schöne Frau«, spricht er mich an. Ohne Profi in diesen Dingen zu sein, vermute ich, dass das nicht gerade eine originelle Anmache ist. »Darf ich mich zu Ihnen setzen?«, fragt er und verleiht seiner Stimme einen verführerischen Klang.

Ich bin weiterhin nicht in der Lage, mich zu bewegen oder in irgendeiner Form zu reagieren. Ich starre ihn wortlos an und überlasse ihm die Entscheidung über seine nächste Aktion. Natürlich zieht er sich einen Stuhl unter dem Tisch hervor – wie könnte es auch anders sein? – und nimmt darauf breitbeinig Platz.

»Was machen Sie hier so allein?«, erkundigt er sich und klingt dabei anzüglich.

Mir fällt keine Antwort ein. Deswegen sage ich das, was mir naheliegend erscheint. »Ich trinke Kaffee.«

Er lacht, als hätte ich einen Scherz gemacht. »Sie haben einen tollen Humor, gefällt mir. Wie kommt es, dass Sie ohne Begleitung hier sind?«

»Ich bin gern allein«, entgegne ich, immer noch vollkommen überfordert.

»Darf ich fragen, wie Sie heißen?«, führt er seine Offensive fort.

»Mein Name ist Kathrin«, lüge ich. Das ist der erste Name, der mir einfällt.

»Ach, ich kannte mal eine Kathrin. War ein cooles Mädchen, damals an meiner Schule.« Sein Blick geht mit einem schwärmerischen Ausdruck in die Ferne. »Nur ihre ältere Schwester, die war schräg drauf und definitiv das hässlichste Mädchen aller Klassen«, lacht er und klatscht sich dabei auf die Schenkel.

Ich schlucke. Okay, jetzt steht unzweifelhaft fest, dass er mich nicht erkannt hat. Schweigend mustere ich ihn. Während ich langsam aus der Erstarrung erwache, legt sich schon wieder ein Schalter in mir um. Vielleicht liegt das ja irgendwie an dieser Eisdiele hier?

Er hat keine Ahnung, wer ich bin. Und er spricht mich an, weil er mich anscheinend attraktiv findet. Vor meinem inneren Auge nimmt die erwachsene Blondine die übergewichtige, bezopfte Brillenschlange mit der gruseligen Zahnspange an die Hand und führt sie zu einem Spiegel, in dem beide zu sehen sind. »Spieglein, Spieglein an der Wand, wer ist die Schönste im ganzen

Land?«, fragen sie aufgeregt. Ich höre den Spiegel antworten – auf eine völlig andere Weise als im Märchen. »Ihr seid das, zusammen mit vielen weiteren Menschen. Alle, die ein gütiges Herz haben, sind die Schönsten im ganzen Land. Und lasst euch von den Gemeinen, Verächtlichen, die sich selbst nicht leiden können und deshalb andere abwerten müssen, nicht das Gegenteil einreden.«

Sven kann mir nichts anhaben. Heute nicht mehr. Und ich will keine Rache, bloß eine späte Wiedergutmachung – auch wenn das von mir verlangt, für einen Wimpernschlag in meinem Leben selbst hinterhältig zu sein.

»Könnten wir vielleicht ein Foto von uns machen?«, frage ich und versuche mich an einem betörenden Augenaufschlag. Da ich das noch nie zuvor probiert habe, hoffe ich, dass er mir halbwegs gelingt. Im Hinblick auf seine freudige Reaktion scheint er zumindest nicht vollkommen schiefgegangen zu sein.

»Klar«, bestätigt er selbstzufrieden. Wahrscheinlich sieht er sich bereits am Ziel seiner Offensive angelangt.

Ich greife nach dem Handy, aktiviere den Selfie-Modus und ertrage es mit äußerster Selbstbeherrschung, dass er zu mir auf die Bank rutscht und lässig einen Arm um mich legt. Mein erstes Mal im Arm eines Mannes hätte ich mir anders vorgestellt, aber trotzdem verwundert es mich, dass es überhaupt geschieht.

Zufrieden betrachte ich das geschossene Foto. Das werde ich nachher Kathrin schicken. Wette übererfüllt, würde ich sagen ...

Doch jetzt gilt es, den Widerling schnellstmöglich loszuwerden. Bevor ich eine entsprechende Bemerkung absetzen kann, übernimmt er die Initiative. Wenigstens ist er davor anstandslos auf seinen Platz zurückgekehrt. »Was halten Sie davon, wenn wir unsere überwältigende Bekanntschaft vertiefen? Bei einem Abendessen?«

Er lässt seine Augenbrauen auf und ab wackeln. Wahrscheinlich soll das verführerisch wirken. In mir weckt es allerdings eine ganz andere Emotion als Lust: Wut. Hoffentlich ein letztes Mal kocht alles wieder in mir auf, und ich mache mir bewusst, dass ich inzwischen eine offensichtlich ansehnliche, starke Frau bin, die einem Ex-Schulgigolo gegenüber sitzt, der seine beste Zeit längst hinter sich hat.

»Du hast vor vielen Jahren zu mir gesagt, der Junge, der mich küssen wolle, müsse erst erfunden werden. Garniert hast du das mit hässlichen Ausdrücken, die ich nicht wiederholen will. In abgewandelter Form könnte ich dasselbe heute zum Thema ›Abendessen mit dir‹ zurückgeben. Aber da das nicht meine Art ist, verzichte ich darauf.« Ich hole tief Luft. »Vorhin habe ich gelogen, weil ich den Schock verdauen musste, dir plötzlich wieder zu begegnen. Ich heiße nicht Kathrin. Ich bin Friederike, und wie du ja eben so schön herausgearbeitet hast, kennen wir uns aus der Schulzeit. Deswegen bitte ich dich, an deinen Tisch zurückzukehren und mich in Ruhe zu lassen.« Ich werfe ihm einen bedeutungsvollen Blick zu, sehe, wie er blass wird und der Groschen der Erkenntnis fällt.

Verwundert starrt er mich an. »Du bist Friederike, die Schwester von Kathrin?«, hakt er entsetzt nach und lässt seine Augen von oben bis unten über mein Gesicht und meinen Körper wandern. »Unfassbar!«, stößt er hervor und schüttelt mit offenem Mund den Kopf, was ihm nicht gerade ein intelligentes Aussehen verleiht.

Mein erster Impuls ist es, das Weite zu suchen, doch dann bremse ich mich. Nein, ich will nicht mehr flüchten. Er hätte Grund, davon zu rennen – vor dem hässlichen Spiegelbild, das ich ihm präsentiere und mit dem er sich auseinandersetzen muss. Ich bin so lange gerannt, habe mich versteckt, in meine Höhle verkrochen und wie das Phantom der Oper geglaubt, mich niemandem zeigen zu dürfen. Bei nur zwei Besuchen in einem Eiscafé wurde meine Lebenswirklichkeit auf links gedreht.

In einem kurzen Gedanken zieht eine Liedzeile durch meinen Kopf: »Wir sind gekommen, um zu bleiben.« Jawohl! Ich bin nicht auf diese Welt gekommen, um mich zu verstecken, sondern um zu bleiben. In meiner Umgebung, bei den Menschen, die mir wichtig sind. In meiner Haut, bei meinem Lebenssinn. Bei mir selbst.

»Würdest du mich jetzt bitte allein lassen«, wiederhole ich meinen Wunsch. *Ich bin gekommen, um zu bleiben. Genau!*

Wortlos erhebt sich Sven, immer noch blass im Gesicht, legt beim Verlassen des Cafés einen Schein auf die Geldschale an der Kasse und schleicht mit hängenden Schultern davon.

»Ich habe keine Ahnung, was Sie vorhin mit dem Typen gemacht haben«, sagt die Kellnerin zwanzig Minuten später zu mir, nachdem ich mit einem Hochgefühl den Eisbecher verspeist und danach um die Rechnung gebeten habe. »Jedenfalls vielen Dank. Der belästigt mich ständig mit anzüglichen Bemerkungen. Ich glaube, so schnell kommt der nicht wieder.« Sie schenkt mir ein letztes strahlendes Lächeln, dann kehre ich ebenfalls der Eisdiele den Rücken. *Ich bin gekommen, um zu bleiben. Und ich entscheide, wann ich Lust habe zu gehen.*

Erinnerungen und Schokoküsse

Wie nach jedem Trip in die Außenwelt führt mich auch an diesem Tag mein erster Gang in die Gästetoilette. Nachdenklich stelle ich mich vor den Spiegel. Da ist immer noch die junge Friederike, das Opfer, über das alle ungestraft herfallen dürfen, weil sie sich nicht zu wehren weiß, aber sie reckt ihr Kinn eine Nuance mutiger in die Welt. Vor allem thront sie nicht mehr im Vordergrund und verbirgt die sechsunddreißigjährige Frau, die eigentlich zu sehen sein sollte. Stattdessen stehen beide einträchtig nebeneinander, halten sich an den Händen und lächeln zaghaft.

Wieder wandern meine Blicke über das Gesicht der erwachsenen Frau und versuchen, den Eindruck, den die Augen aufnehmen, in die Seele einsickern zu lassen. Ja, womöglich könnte ein Fremder sie als attraktiv bezeichnen. Erstmals bin ich in der Lage, das zumindest vom Verstand her zu erkennen, auch wenn ich es noch nicht fühlen kann. *Sie hat es nicht nötig, sich zu verstecken*, denke ich. Hat das überhaupt irgendjemand jemals nötig? Sollten wir uns nicht alle genau so zeigen dürfen, wie wir sind, wie uns die Natur geschaffen hat? Sind wir als Wunderwerke des Lebens nicht von Hause aus wunderschön – einzigartige Unikate, die es zu ehren gilt? *Ja!*, rufe ich mir selbst zu. In dieser Sekunde fällt der Entschluss, etwas an meinem Verhalten zu ändern. Ich werde mich nicht länger verstecken. Ich werde mich unter Menschen begeben, wenn ich Lust darauf habe. Jetzt war ich binnen weniger Tage zweimal in einer Eisdiele, und die Welt ist weder stehengeblieben noch eingestürzt. Die Kellnerin war freundlich zu mir, als wäre ich ein Mensch wie jeder andere (bin ich ja im eigentlichen Sinne auch), und mein größter Schulschrecken wollte mich zum Abendessen einladen. Diesmal garantiert nicht, um mich reinzulegen – allenfalls in sein Bett.

Gut, ich muss es ja nicht gleich übertreiben. Freundschaften möchte ich keine schließen. Das ginge zu weit, viel zu gefährlich und unkalkulierbar! Aber mich ab und zu mal unter Leute zu mischen und etwas mehr über diese Spezies zu lernen, kann ja nichts schaden. Und deshalb, entscheide ich, werde ich wirklich zu Dennis' nächster Trauerrunde gehen, sozusagen als großangelegtes wissenschaftliches Feldexperiment. Außerdem kann das meiner schriftstellerischen Qualifikation nur zugutekommen, führe ich mir erneut vor Augen. Zufrieden nicke ich.

Ich will gerade den kleinen Raum verlassen, da fällt mir auf, dass ich um ein Haar vergessen hätte, die Hände zu waschen.

Nach den Riesenschritten, die ich heute bewältigt habe, befinde ich, eine Belohnung verdient zu haben. Ich liebe es, zum nahegelegenen Wildgehege zu marschieren und dort die friedlich äsenden Hirsche und Rehe zu beobachten. Als gäbe es keine Gefahren für sie, zeigen sie sich den Menschen, heben vielleicht kurz neugierig den Kopf und widmen sich dann wieder unbehelligt einander und dem saftigen Gras, mit dem sie ihr Dasein segnet. *Diese Gedanken sind geradezu symbolisch für meinen heutigen Tag*, denke ich spontan.

Ich packe einen Rucksack, nehme eine Picknickdecke mit, damit ich es mir auf der Wiese vor dem Gehege gemütlich machen kann, und gönne mir ein paar Leckereien. Im Kühlschrank entdecke ich die Schokoküsse, die ich für Mia und Emma eingekauft habe. Warum ausgerechnet Schokoküsse? Was hat mich da für ein Teufel geritten?

Aus einem kindlichen Impuls heraus greife ich danach. Die Schokoladensucht (zumindest die nach realer Schokolade) habe ich seit Jahrzehnten im Griff, da wird ja wohl eine kleine Eskapade an einem bedeutungsvollen Tag erlaubt sein.

Mit einem Lächeln im Gesicht, das dort irgendwie festgetackert zu sein scheint, spaziere ich los, halte die Wangen in die warmen Sonnenstrahlen und genieße das Leben. Das ist einer dieser unglaublichen Glücksmomente, in denen ich am liebsten die Pause-Taste drücken würde, damit er niemals vergeht. Mein Vater liebte Goethe und hat mich entsprechend früh auch mit der klassischen deutschen Literatur in Verbindung gebracht. *»Verweile doch, du bist so schön!«*, würde ich diesem Augenblick gern zurufen. Zum Glück habe ich keinen Pakt mit Mephisto geschlossen und meine Seele ist nicht in Gefahr – zumindest nicht im Hinblick auf teuflische Bedrohungen abseits der Schokokussversuchungen.

Als ich das Ziel erreicht habe, entdecke ich sofort eine Gruppe grasender Tiere, die sich nicht in den Schutz der Bäume zurückgezogen haben, sondern mitten auf der Wiese stehen. Traumhaft! Genau darauf hatte ich gehofft. Ich breite die Decke in der Nähe des Geheges aus und lasse mich mit einem wohligen Seufzen nieder. Eine Weile lehne ich mich auf die Unterarme zurück und bewundere die grazilen Waldtiere. Dann beginnt mein Magen sich zu melden, und ich krame die Schachtel mit den Schokoküssen hervor. Mit einem Grinsen nehme ich einen und betrachte ihn, während Kindheitserinnerungen auftauchen. Kathrin und ich haben uns immer einen Riesenspaß daraus gemacht, einen kompletten Schokokuss in den Mund zu stopfen. Anschließend saßen wir einander mit ausgebeulten Backen gegenüber und hatten Mühe, vor lauter Lachen nicht gleich wieder alles auszuspucken. Aus einer kindlichen Laune heraus mache ich genau das und versenke das schaumige Teil in einem Stück in der Mundhöhle. Mit aufgeblasenen Wangen kaue ich darauf herum und hänge Gedanken an früher nach. Wenn ich angenehme Erinnerungen suche, finde ich sie stets bei meiner Schwester. Sie war für mich die Stütze, die mich am Leben erhalten hat, meine Verbündete in einer Welt, auf die ich nie richtig vorbereitet wurde.

Ich rette mit der Zunge die letzten Spuren der Schaummasse aus den Zähnen und werde abrupt von einem kurzen »Wuff« ganz in der Nähe abgelenkt. Die Gruppe an Rehen jagt mit erschrockenen Sätzen in den kleinen Wald, der den Tieren als Rückzugsgebiet dient. *Schade*, denke ich. Ärger auf den Hund macht sich in mir breit. Ich wende meine Aufmerksamkeit unwillig dem Störenfried zu und realisiere, dass mir dieses schwanzwedelnde Etwas, das sich nur mühsam an der Leine zurückhalten lässt, bestens bekannt ist. Umgehend bin ich wieder versöhnt. »Maisie«, rufe ich freudig, bis mir bewusst wird, wer am anderen Ende der Leine hängt. Sofort merke ich, wie eine hektische Röte den Hals empor krabbelt.

»Hallo, Dennis«, stoße ich befangen aus, als mich mein Nachbar erreicht hat.

»Hallo, Friederike«, kommt es zögerlich zurück.

Ich verberge meine Aufregung, indem ich mich Maisie zuwende, die sich eng an mich drückt und sich eine große Portion Streicheleinheiten abholt. Leise flüstere ich mit ihr und vergrabe die Wange in ihr weiches Fell. Das fühlt sich schön an. Kuscheleinheiten mit einem Lebewesen. In den Genuss komme ich nicht oft.

Keine Ahnung, welcher Teufel mich jetzt schon wieder reitet. Jedenfalls höre ich mich auf einmal fragen: »Möchtest du dich setzen?« Und nein, damit meine ich nicht Maisie.

»Wenn ich darf, gern.«

In gebührendem Abstand, was auf dieser kleinen Decke gar nicht so leicht ist, lässt sich Dennis nieder und streckt seine ellenlangen Beine aus. Trotzdem spüre ich seine Nähe mit jeder Zelle meines Körpers. »Tut mir leid, dass Maisie die Rehe verscheucht hat. Ich habe noch versucht, sie zu bremsen, aber ihr Bellen kam dann doch zu überraschend. Sie hat dich vor mir entdeckt, sonst wäre ich vorbereitet gewesen.«

»Macht ja nichts. Ich hatte lange genug die Gelegenheit, die Tiere zu beobachten. Magst du einen Schokokuss?« Himmel, wie dumm kann man sein? Will ich jetzt ernsthaft mit Dennis auf einer Decke sitzen und Kinderkram verspeisen?

»Gern«, erwidert er und bedient sich aus der Schachtel. »Das hatte ich ewig nicht mehr. Weckt Kindheitserinnerungen. Übrigens, du hast da was.« Er betrachtet mich mit einem leichten Schmunzeln von der Seite und deutet auf den rechten Mundwinkel.

Hektisch wandern meine Finger zum Mund und reiben an der entsprechenden Stelle herum. Ich sehe aus den Augenwinkeln, dass Dennis den Kopf schüttelt. »Nicht erwischt. Darf ich?«

Vorsichtig streckt er die Hand aus und stoppt kurz vor meinem Gesicht. Fragend sieht er mir in die Augen. Ich werde von Schokoladenströmen geflutet, mit denen kein Schokokuss dieser Welt konkurrieren kann. Statt einer Antwort starre ich ihn atemlos an. Meinen fehlenden Protest scheint er als Zustimmung zu erachten. Sanft lässt er einen Finger über den Rand meiner Oberlippe gleiten und zeigt mir die Schaumfüllung, die sich dorthin verirrt hatte. Ich sitze regungslos da und beobachte, wie er sich den Essensrest in den Mund schiebt.

»Lecker«, bekundet er mit einem verschwörerischen Lächeln.

Ich wage nach wie vor nicht zu atmen und stehe kurz vor dem Kollaps. Ein Mann hat mich im Gesicht angefasst, zum allerersten Mal. Ich spüre noch den Hauch seiner Berührung auf der Haut, die an dieser Stelle kribbelt, als sei sie mit Brennnesseln in Kontakt gekommen, nur in deutlich angenehmerer Form.

Wenn schon so eine winzige Annäherung zu derartigen Reaktionen führt, wie erginge es mir dann bei intimeren Aktivitäten? Was würde ich wohl bei einer Umarmung empfinden? Würde das überall im Körper kribbeln? Und – egal, wie sehr ich diese Vorstellung auch abwehren will – was würde ein Kuss in mir auslösen? Wäre das so süß wie ein Schokokuss oder ganz anders?

Bevor ich wirklich noch an Atemnot zusammenbreche, zwinge ich mich, wieder Luft in meine Lungen strömen zu lassen und schüttele die unangemessenen Gedanken ab. Um irgendetwas zu tun zu haben, verstaue ich die Schaumküsse im Rucksack und stoße dabei auf die Cola-Dosen, die ich eingepackt habe. Wenn schon Zucker, dann richtig.

»Magst du eine Cola?«, erkundige ich mich und bin froh über die Entdeckung, die mich von dem ablenkt, was eben gewesen ist.

»Na, du bist ja mit allem ausgestattet, was für süße Glücksgefühle sorgen kann«, erklärt er neckisch und bedenkt mich mit einem charmanten Blick.

Es wird einfach nicht besser. Egal, was dieser Mann tut, es bringt mich aus dem Konzept. Auf einmal suche ich in jedem Satz eine Zweideutigkeit. Die Frage ist nur:

Fürchte ich sie oder erhoffe ich sie mir? Ich schaue stoisch geradeaus, während ich ihm die Dose reiche. Zeitgleich klicken die Dosenclips. Dennis stößt seine Cola an meine und sagt lächelnd: »Zum Wohl.«

»Zum Wohl.«

Ich nehme einen großen Schluck, der kribbelnd die Kehle hinunter rinnt. Schon wieder kribbelnd, aber nicht ansatzweise so aufregend wie die kurze Berührung meiner Oberlippe durch Dennis' Finger.

Eine Weile sitzen wir schweigend beisammen und lassen unsere Blicke in die Landschaft schweifen. Dann wird mir bewusst, dass das die erste Begegnung ist, seit Dennis am Samstag seine verstorbene Liebe erwähnt hat. Plötzlich habe ich das Gefühl, nicht länger stumm neben ihm sitzen und seine Offenbarung ignorieren zu können. Ich möchte nicht, dass er denkt, mich würde das kaltlassen. *Mir ist nicht egal, was er von mir hält*, schießt es mir durch den Kopf. Das ist mehr als ungewöhnlich.

Mein Puls beschleunigt sich, rast davon – in einem atemberaubenden Tempo, das mir Angst macht. Ich kann mich nicht erinnern, wann ich einem Menschen zuletzt eine persönliche Frage gestellt habe. Außer vielleicht meiner Schwester oder meinen Nichten. Ansonsten höre ich zu, wenn ich schon einmal Kontakt zu jemandem habe, doch ich vermeide es, zu fragen. Zu schwer fällt es mir, die Grenze einzuschätzen zwischen dem, was einem anteilnehmenden Nachfragen entspricht, und dem, was unverhohlene Neugier ausdrückt. Deswegen brauche ich meine ganze Überwindung, um die Frage zu formulieren, die unausgesprochen seit dem Besuch in der Eisdiele im Raum steht.

»Wie war das mit der Frau, mit der du Kinder haben wolltest?«, flüstere ich und habe Mühe, die einzelnen Wörter zu artikulieren.

»Danke, Friederike, dass du bereit bist, mit mir darüber zu reden«, murmelt er und betrachtet mich mit einem undefinierbaren Blick. »Inzwischen kenne ich dich gut genug, um einschätzen zu können, wie schwer es dir fallen muss, das Thema anzuschneiden. Es ehrt mich sehr, dass du für mich über diese Grenze springst. Du hast keine Ahnung, wie viel mir das bedeutet.«

Wortlos sehe ich ihn an, und diesmal spüre ich den Schokokuss nicht in meinem Mund, sondern überall im Körper, als wäre mein Blut bloß noch eine süße Masse, die in jede Zelle rinnt.

»Sie ist vor fünf Jahren gestorben«, eröffnet er seinen Bericht und holt mich damit auf den Boden der traurigen Tatsachen zurück. Auch wenn er gefasst klingt, fühle ich, wie viele Leiden es ihn gekostet hat, bis an diesen Punkt zu kommen. »Da waren wir zwei Jahre verheiratet. Sie hatte Krebs, eine besonders aggressive Variante. Zwischen der Diagnose und ihrem Tod vergingen nur acht Wochen. Wir hatten kaum Zeit, uns voneinander zu verabschieden und uns auf die Situation einzustellen. Es war die schlimmste Zeit meines Lebens. Danach habe ich jahrelang getrauert und versucht, den Alltag wieder auf die Reihe zu bekommen. Aber es wollte mir einfach nicht gelingen. Und je mehr Zeit verstrich, desto klarer wurde mir, dass ich in Stuttgart keinen Neuanfang hinbekommen kann. Tja, und jetzt bin ich hier.« Er sieht mir direkt in die Augen und ein trauriges Lächeln spielt um seine Mundwinkel.

Plötzlich fügen sich sämtliche Puzzle-Steine, die ich, seit ich ihn kenne, zu sammeln begonnen habe, zu einem stimmigen Ganzen. Deswegen ist er auf dieses abgelegene Dorf gezogen, das einen Großteil der Städter wohl kaum locken könnte. Und deshalb ist er dem Charme von Henriettes Haus verfallen, das mit dem idyllischen Garten und der verspielten Optik fast schon eine Stimmung wie im Märchen verbreitet – eine undefinierbare »Alles wird gut«-Atmosphäre. Ähnlich wie bei meinem Haus. Auch dass er Maisie zu sich genommen und vor dem Tierheim bewahrt hat, passt dazu. Ein Neuanfang mit allem drum und dran: neuer Ort, neues Haus, neue Nachbarn, neuer Hund.

Als mir klar wird, wie sehr er sich freundliche Nachbarn gewünscht haben muss, die ihn in der ländlichen Abgeschiedenheit mit offenen Armen empfangen und ihn, so gut das eben möglich ist, vergessen lassen, welch schrecklichen Verlust er erlitten hat, steigen Unmengen an Scham in mir auf. Ob ihn seine Frau rausgeschmissen habe, habe ich ihn bei unserer ersten Begegnung gefragt. Meine Güte, wie geschmacklos! Natürlich konnte ich nicht ahnen, was ihm widerfahren ist. Aber jetzt, mit diesem Wissen, schäme ich mich so heftig, wie ich es nie zuvor getan habe. Das war mit himmelweitem Abstand die gemeinste Aktion, die ich je gebracht habe. Unbeabsichtigt seufze ich laut und schüttele den Kopf.

»Was ist los, Friederike?«

»Ich denke gerade an unser erstes Aufeinandertreffen. Wenn ich die Chance hätte, einen Satz in meinem Leben ungesagt zu machen, dann wäre es der über deine Frau. Es tut mir unendlich leid.«

»Ich weiß. Und ich weiß auch, dass ich dich in diesem Moment, ohne es zu wollen, überfordert habe. Ich konnte ja nicht ahnen, dass du Menschen mit Distanz begegnest. Vielleicht erzählst du mir eines Tages deine Geschichte. Ich habe jedenfalls gelernt, dass es immer einen Grund gibt für das, was Menschen tun. Nicht immer einen guten Grund, aber eben trotzdem einen Grund. Deswegen urteile ich nicht, wenn ich etwas nicht verstehen kann. Das macht es mir leichter und den anderen genauso.«

Er stockt und betrachtet den schmalen Reif, den er am rechten Ringfinger trägt. »Du hast den Ring gesehen und deine eigenen Schlüsse gezogen. Das ist okay. Ich schaffe es seit fünf Jahren nicht, ihn abzunehmen. Vielleicht weil ich das Gefühl habe, Sabrina dann endgültig loszulassen. Ein Teil von mir möchte das, ein anderer nicht. Damit meine ich nicht, dass ich sie vergessen will. Bestimmt nicht.« Sein Blick schweift weggetreten in die Ferne und scheint sich an einem Punkt zu verlieren, den ich nicht wahrnehmen kann. »Zwischen Vergessen und Loslassen besteht für mich ein großer Unterschied. Loszulassen bedeutet, die wertvollen Erinnerungen zu bewahren, und gleichzeitig frei von Trauer oder Bedauern die Gegenwart zu genießen und die Zukunft zu gestalten. Ich merke, dass ich, seit ich Stuttgart den Rücken gekehrt habe, diesem Zustand näherkomme, aber ich habe ihn noch nicht erreicht. Wenn es so weit ist, werde ich den Ring voller Dankbarkeit abnehmen und Sabrina in die Welt der schönen Erinnerungen freilassen.«

Er nimmt einen langgezogenen Atemzug, der mich spüren lässt, dass er mit seiner Aufmerksamkeit zu mir zurückkehrt. Als er weiterspricht, sieht er mich direkt an, und ich habe alle Mühe, den wild tobenden Gefühlsmix in mir zu managen. »Sie war eine temperamentvolle, lebensfrohe Person, die permanent unter Strom zu stehen schien, deren Energiereserven unerschöpflich wirkten und die mit einem Lachen und einem Meer an Begeisterung durch das Leben sprang. Mit ihr war es nie langweilig und es war auch nie ruhig. Ständig war Action angesagt. Wir tourten durch Museen, besuchten Konzerte, trafen uns mit Freunden, bummelten durch die Stadt. Es gab kaum Momente, in denen wir zuhause waren. Deswegen konnte ich in Stuttgart nach ihrem Tod hingehen, wohin ich wollte: Überall fingen mich die schmerzlichen Erinnerungen ein. Aus diesem Grund brauchte ich einen radikalen Bruch – mit einem Ausstieg aus der viel zu vertrauten Umgebung. Ich sehnte mich nach ländlicher Beschaulichkeit. Dann machte mich mein Cousin auf die Immobilienanzeige aufmerksam, die mich schließlich hierher geführt hat. Als ich das

Haus sah, wusste ich sofort, dass es genau das ist, was ich will.«

Ich lausche Dennis' Worten und sie berühren mich in der Tiefe meines Herzens. Unglaublich, was dieser stark wirkende Mann für eine Geschichte mit sich herumträgt und welche Täler er bereits durchwandert hat.

In meine Gedanken hinein murmelt er: »Wenn du dir ein Bild von Sabrina machen möchtest, hilft es dir vielleicht, wenn ich sage, dass mich Kathrin an sie erinnert.«

Ein Sturm zieht in mir auf und weht eine Mischung aus Wut, Empörung und Verletztheit herbei. Natürlich, wieder einmal Kathrin ... Meine coole Schwester, die überall dazugehört, ist selbstverständlich auch hier diejenige, die ihn zum Träumen bringt.

Trotz der traurigen Lebensgeschichte, die ich gerade gehört habe, gebe ich ein wenig spitz zurück: »Also gefällt dir Kathrin.«

Ein nachdenklicher Seitenblick berührt mich. »Ja, sie gefällt mir, allerdings nicht so, wie du das jetzt vielleicht interpretierst. Sie ist mir sympathisch und auf eine angenehme Weise vertraut. Aber mal ganz allgemein gesprochen: Ich glaube nicht, dass ich mich in eine Frau verlieben könnte, die Sabrina ähnelt. Ich hätte ständig das Gefühl, eine Kopie vor mir zu sehen. Das wäre weder für sie gut noch für mich oder für die Beziehung an sich. Außerdem bin ich mir sicher, dass ich heute eine andere Art von Persönlichkeit an meiner Seite bräuchte. Mit all den Erfahrungen, die ich gemacht habe, mit den schmerzhaften und auch wärmenden Erinnerungen in der Seele sehne ich mich inzwischen nach anderen Qualitäten: nach Ruhe, Beschaulichkeit, tiefen Gesprächen, innigen Begegnungen, seelischer Nähe. Meine Sehnsucht geht längst in eine andere Richtung.«

Mein Herz stolpert ungestüm los und der Puls schwingt sich in größere Höhen auf. Seine Sehnsucht geht in eine *andere* Richtung? Meint er das eher metaphorisch oder hat er ein konkretes Bild vor Augen?

Die erste Frage habe ich überlebt und wurde sogar mit einer ausgiebigen Antwort belohnt, also wieso nicht ganz mutig sein und ein weiteres Mal über meinen Schatten springen? »Warum erzählst du mir das alles und wieso gibst du dich überhaupt mit mir ab?«, flüstere ich und höre, dass meine Stimme zittert.

Dennis rückt ein Stück von mir ab, gerade so, als ob er die Distanz brauche, um Position zu beziehen. »Ich habe mich in den letzten fünf Jahren komplett verloren und dabei gefühlt wie Weltraummüll, der ziellos durch das All schwebt. Ich wusste nicht, wie ich dieses Verloren-Sein aushalten und die Leere füllen soll. Als ich dir begegnet bin, hatte ich das Gefühl, dass du genauso verloren bist, wenn auch – zumindest vermute ich das – aus anderen Gründen.«

Er stockt und lässt den Blick über die Landschaft wandern. »Oder vielleicht nicht einmal aus anderen Gründen. Wahrscheinlich hast du ebenfalls jemanden verloren, genau wie ich. Nur, dass es bei dir kein anderer Mensch ist, sondern der Mensch, der du hättest sein können, wenn dein Umfeld liebevoller mit dir umgegangen wäre. So habe ich jedenfalls deine Aussagen im Krankenhaus interpretiert.«

Fragend betrachtet er mich, doch ich nicke bloß – bemüht, den riesigen Kloß in der Kehle herunter zu schlucken. »Wir beide haben einen Verlust erlitten«, fährt er fort, »und diese Verbindung spüre ich. Deswegen bin ich gern in deiner Nähe. Ich ahne eine verwandte Seele in dir. Deine Anwesenheit beruhigt mich, erdet mich – auf eine unerklärliche Weise. Und du bist eine sensationelle Zuhörerin, auch wenn dir das bestimmt nicht bewusst ist. Das tut mir gut, nach allem, was gewesen ist.«

Mein Herz beginnt Purzelbäume zu schlagen. Ist es möglich, dass ich das erste Mal einen echten Freund gewonnen habe? Keinen Beinahe-Freund, sondern einen richtigen?

Kann es sein, dass ich in der Lage bin, jemandem etwas zu geben? Etwas, das er nur von mir bekommen kann.

Kann es sein, dass ich erstmals einen Wert in mir spüre?

Und – diesen Gedanken wage ich kaum auszuformulieren und tue es dennoch – kann es sein, dass es da noch viel mehr gibt? Dass ich mich längst zum ersten Mal in meinem Leben unsterblich verliebt habe?

Kopfwäsche mit Folgen

Als ich wieder in meiner Höhle gelandet bin, fühle ich mich erschöpft. Den Rest der gemeinsamen Zeit haben Dennis und ich so verbracht, wie wir es am besten können: schweigend. Wobei das seit heute nicht mehr stimmt. Anscheinend können wir auch gut miteinander reden, also zumindest einseitig. Bislang hat er mir tiefe Einblicke in seine Vergangenheit gewährt, ohne dass ich mich entsprechend revanchiert hätte. Auf den ersten Blick eine Einbahnstraße. Doch ich habe ihm persönliche Fragen gestellt – für mich ein so weites Entfernen aus der Komfortzone, dass es für den Anfang ein riesiger Schritt ist. Inzwischen bin ich überzeugt davon, ihm von mir erzählen zu können, und vielleicht nicht bloß ihm, sondern womöglich sogar anderen. Die Trauerrunde am Freitag könnte ein passender Rahmen dafür sein. Ich lausche in mich hinein und stelle überrascht fest, dass ich tatsächlich den Mut dazu in mir fühlen kann.

Auf dem Rückweg sind wir einträchtig nebeneinander her spaziert. Wie selbstverständlich haben wir uns abgelöst, Maisie an der Leine zu halten, was dem Tier sichtlich gefallen hat. Mit treuherzigen Blicken, wie sie nur ein Hund auszuteilen vermag, hat sie abwechselnd zu uns aufgeblickt. An meiner Haustür haben wir uns mit einem knappen Nicken voneinander verabschiedet. Mehr brauchte es nicht. Ich konnte die Verbindung zu ihm spüren und vermutlich erging es ihm genauso.

Und jetzt sitze ich auf der Terrasse und quäle mich mit der Frage, was das zwischen uns ist. Nein, ich formuliere um: Was das in mir ist. Unstrittig mag ich ihn, vertraue ihm sogar, das ist bereits ungewöhnlich genug. Aber das, was in mir passiert, wenn mich seine Schokokuss-Augen anschauen, dieses Bedürfnis, ihm nahe zu sein, die Reaktionen meines Körpers bei einer kleinen freundschaftlichen Berührung, kann ich all das unter »harmlos« abtun? Ist es dem Umstand zu verdanken, dass ich zurzeit permanent erste Male erlebe, die neu und unbekannt sind und die mich deshalb aufwühlen? Ist es eine Schwärmerei, die dem ersten richtigen Kontakt zu einem Mann geschuldet ist? Oder habe ich mich wirklich verliebt? Dass ich ein ähnliches Gefühl nie hatte und die unterschiedlichen Nuancen nicht voneinander abgrenzen kann, macht es mir schwer, es einzuordnen.

Während die Gedanken sich schon wieder in Girlanden drehen, erinnere ich mich an die Weisheit des Internets: Ablenkung lautet die Devise! Und da fällt mir ein, dass dieser Tag noch eine Aufgabe bereithält, die es zu erledigen gilt. Mit einem leisen Schmunzeln auf den Lippen greife ich zum Smartphone, öffne Kathrins Kontakt auf WhatsApp und lade das Bild von Sven und mir in eine neue Nachricht.

Darunter tippe ich: *Kennst Du diesen reizenden Mann? Ich würde sagen, ich habe die Wette mehr als nur gewonnen. Ich habe mich geradezu selbst übertroffen.*

Es dauert keine zwei Minuten, da klingelt das Telefon. Logisch, wer dran ist. Grinsend melde ich mich.

»Ricky«, brüllt meine Schwester in das Mikrofon. »Was ist da los bei dir? Ist das etwa wirklich Sven? Der Kotzbrocken-Sven aus der Schule? Dein persönlicher Albtraum? Und von dem lässt du dich in den Arm nehmen?«

Nachdem sie ihr Fragenfeuerwerk gezündet hat, erkenne ich an ihrem schweren Atmen, dass sie auf Antworten wartet und lasse sie noch ein wenig schmoren.

»Mensch, Ricky, nun sag schon.«

»Ja, ja, ist ja gut«, beschwichtige ich sie. »Wie du siehst, war ich heute in der Eisdiele. Eigentlich allein, bis ich Sven entdeckt habe ...«

»Oh, mein Gott, erzähl! Hat er dich erkannt?«

Unterbrochen von diversen Lauten des Erschreckens und Erstaunens an Kathrins Ende der Verbindung berichte ich ihr von der Begegnung von Anfang an. Auch seine Kommentare über sie und mich lasse ich nicht aus. Danach herrscht erst einmal Schweigen.

»Und du hast ihn wirklich weggeschickt?«, stößt sie nach einer gefühlten Ewigkeit hervor.

»Ja. Zunächst wollte ich gehen, doch dann fiel mir dieses Lied ein. Du weißt schon. ›Wir sind gekommen, um zu bleiben‹. Und ich dachte, warum soll ich verschwinden? Schließlich hat er sich an meinen Tisch gesetzt und nicht umgekehrt.« Als ich das alles, von einer Euphoriewelle getragen, ausgeplaudert habe, wird mir klar, dass es vielleicht ein bisschen verrückt klingt oder zumindest zusammenhanglos. Trotzdem brummt sie zustimmend.

»Ich bin vollkommen baff, Schwesterchen. Dass du in die Eisdiele gegangen bist, begeistert mich bereits. Dass du Sven in seine Schranken gewiesen hast, ist allerdings eine Sensation.«

»Na ja, so toll ist es nun auch wieder nicht.«

»Doch, und das weißt du! Wieso schreibst du mir eigentlich erst jetzt? Ich hätte gedacht, dass du solche Wahnsinnsneuigkeiten sofort mit mir teilst.«

»Ja, da hast du recht. Sorry. Ich fand, dass ich mir nach der bewältigten Herausforderung ein Picknick am Wildgehege verdient habe und dabei habe ich die ganze Sven-Sache kurz vergessen.«

»Wie kannst du so etwas Weltbewegendes vergessen?«

»Ach, keine Ahnung.«

»Friederike Bartholdy, was verheimlichst du mir?«

»Nichts.«

»Komm mir nicht so. Ich höre dir an, dass was im Busch ist.«

»Es ist gar nichts im Busch. Ich bin nur ein bisschen abgelenkt worden, weil ich mit Maisie gespielt habe.«

»Mit Maisie? Dem Hund von Dennis?« Kathrins Stimme klingt im besten Fall trocken, im wahrscheinlichsten sarkastisch. »Und wo war Dennis, als du mit Maisie gespielt hast.«

»In der Nähe.«

»Mann, Friederike«, faucht meine Schwester los, »muss ich jetzt jede Information in homöopathischen Dosen aus dir herausquetschen?«

»Meine Güte, was machst du für ein Theater? Ich war am Wildgehege. Dennis ist mit Maisie vorbeigekommen. Wir haben uns ein bisschen unterhalten und gut ist. Schluss, aus, Ende, keine weitere Sensation in Sicht.«

»Dass du dich überhaupt mit irgendwem außer Gottfried unterhältst, *ist* eine Sensation. Dass du dich mit Dennis unterhältst, ist eine Riesensensation. Auch das weißt du.«

»Nun lass mal die Kirche im Dorf. Er hat mir von seiner verstorbenen Frau erzählt, an die du ihn übrigens erinnerst, und das war's.«

»Verstehe«, gibt Kathrin zurück. »Du hast dich mit einem Mann über persönlichste Themen ausgetauscht und das war alles. Klar.« Inzwischen schwingt eine triefende Ironie in ihrer Stimme mit. »Vielleicht denkst du einfach kurz darüber nach, wie oft so etwas in den vergangenen zwanzig Jahren passiert ist. Zu welchem Ergebnis kommst du dann?«

»Lieber Himmel, Kathrin. Ja, es ist noch nie geschehen. Na und? Dürfen sich nicht ein paar Kleinigkeiten ändern?«

»Unbedingt dürfen sie das, nur dass es keine Kleinigkeiten sind. Mensch, Ricky, ich bin bloß überrascht. Und ich möchte dir gern klarmachen, dass momentan gewaltige Dinge mit dir passieren, ohne dass ich eine Ahnung habe warum. Es stimmt mich euphorisch. Gleichzeitig bin ich davon ein wenig überfordert. Wieso dreht sich plötzlich dein Leben auf links? Ich finde es toll, kann allerdings kaum mit deinem Tempo mithalten.«

»Freu dich doch einfach. Schließlich predigst du mir das schon seit – wie du gerade festgestellt hast – zwanzig Jahren.«

»Und ob ich mich freue.« Sie zögert einen Moment, als wisse sie nicht, ob sie aussprechen soll, was ihr durch den Kopf geht. »Ich frage mich, ob es etwas mit Dennis zu tun hat. Ich will nicht, dass du jetzt aus der Haut fährst, Ricky. Ich weiß, wie empfindlich du bei solchen Themen reagierst. Es ist bloß so ... Ich finde, ihr zwei ... also ... das wäre ein Perfect-Match.«

Mein Herz wechselt wieder einmal in einen schnellen Rhythmus. Ja, sie spricht aus, was ich mich selbst frage, nur dass ich natürlich beim »Perfect-Match« eine gänzlich andere Meinung habe. Wie könnte jemand wie ich einem Mann wie Dennis etwas zu bieten haben? Außer auf einer freundschaftlichen Ebene, die ja zu meiner großen Verwunderung zu existieren scheint.

»Dennis und ich haben uns irgendwie angefreundet, das ist richtig. Aber mehr ist da nicht und mehr wird da niemals sein.«

»Wieso nicht?«

»Kathrin, ich bitte dich. Was sollte Dennis von einer wie mir wollen?«

»Stimmt, was sollte Dennis von einer attraktiven Mittdreißigerin wollen, die selbstständig und unabhängig ist, die ihre Mitmenschen (zumindest die, die sie an sich heranlässt) liebevoll und warmherzig behandelt, die Kinder liebt, in einem wunderschönen Haus lebt und obendrein noch ungebunden ist?«

»Kathrin, Schluss jetzt. Das geht in eine Richtung, die mir nicht gefällt. Außerdem habe ich heute eine Wette gewonnen. Vielleicht erinnerst du dich an den Wetteinsatz: Du nimmst in meiner Nähe nie mehr das Wort ›Dennis‹ in den Mund.«

»Oh, entschuldige. Selbstverständlich nicht. Wir können das ja handhaben wie bei Harry Potter und Lord Voldemort. Davon abgesehen hat deine Argumentation übrigens einen Haken, von dem du wunderbar ablenkst. Du denkst, der, dessen Name nicht genannt werden darf, könne nichts von dir wollen. Aber was ist mit dir? Was willst du?«

»Das ist einfach. Ich will, dass mein Leben weiterläuft wie bisher. Ohne emotionale Verwicklungen. Deswegen fange ich auch gar nicht erst an, die Dinge ins Auge zu fassen, die du im Blick hast.« Okay, eine faustdicke Lüge. Verwickelt bin ich schon längst. Richtig ist nur der Part, dass ich es nicht sein will. »Und es war bestimmt nicht das Ziel des Wetteinsatzes, Dennis zu unserem gemeinsamen Lord Voldemort zu machen. Du änderst nichts, wenn du ihn mit ›der, dessen Name nicht genannt werden darf‹ titulierst. Stattdessen wollte ich, dass du aufhörst, ihn zu etwas hochzustilisieren, was er nicht ist. Er ist ein Nachbar, im Extremfall einer, mit dem ich befreundet sein könnte, aber ganz sicher nicht mein nächster Lover.«

»Dein erster Lover«, korrigiert sie mich. »Mann, Ricky, du bist sechsunddreißig. Wann hast du endlich vor, dich auf einen Kerl einzulassen?«

»Noch mal einfach: Nie! Mir gefällt mein Leben, wie es ist. Und ich brauche keine unkalkulierbaren Risiken, die mich jederzeit ins Verderben stürzen könnten. Ende der Diskussion. Dir einen schönen Abend.«

Ich drücke das Gespräch weg und bin erleichtert, Kathrin vorläufig von der Backe zu haben. Die Frage ist nur für wie lange. In dieser Sekunde wird mir klar, dass ich es so nicht weiterlaufen lassen kann, dass Dennis unmöglich mein Freund sein darf, weil das für mein emotionales Gleichgewicht viel zu gefährlich wäre. Die Wahrscheinlichkeit, dass ich mich in ihn verliebe oder bereits verliebt bin, ist zu groß. Und ein gebrochenes Herz wäre für mich der letzte Vernichtungsschlag, der mich für immer und ewig in die völlige Isolation treiben könnte.

Ich brauche einen Exit.

Jetzt.

Bevor es zu spät ist.

Und eine Strategie. Schon wieder. Eine neue.

Dieses Mal muss sie funktionieren!

Die Trauerrunde am Freitag ist damit doch gestrichen. Sogar die heimliche Teilnahme verbiete ich mir. Ich gehe Dennis auf jede umsetzbare Weise aus dem Weg. Den Garten betrete ich nur, wenn ich sicher weiß, dass er unterwegs ist. Klingelt er, tue ich, als wäre ich nicht da. Bevor ich das Haus verlasse, scanne ich die Umgebung und husche in Windeseile zu meinem rettenden Gefährt. Wenn ich Lust auf einen Spaziergang habe, fahre ich zu einem entlegenen Wanderparkplatz abseits der Routen, auf denen ich Dennis und Maisie begegnen könnte. Besorgungen mache ich nicht länger im nächstgelegenen Supermarkt, sondern nehme eine größere Fahrtstrecke in Kauf. Und die Eisdiele ist sowieso tabu.

Mit Gottfried, der glücklicherweise schon nach wenigen Tagen aus dem Krankenhaus entlassen wurde, spreche ich ausschließlich auf dem Streifen zwischen unseren Häusern. Dieses Areal ist weder von Dennis' Garten noch von der Straße aus einsehbar, weil ein Erker den Blick in diese Richtung verhindert.

Aus meiner Höhle ist ein Gefängnis geworden, in das ich mich selbst einsperre, weil meine Seele nur so sicher ist vor den Gefühlen, die mich überrollen und mit denen ich nicht umzugehen weiß. Sie verschafft mir Schutz vor den Unwägbarkeiten der Freundschaft, denkt mein Verstand, während mein Herz das letzte Wort gegen »Liebe« eintauscht.

Als mich Kathrin elf Tage nach meinem abrupten Rückzug von Dennis am späten Freitagabend anruft und bittet, Mia und Emma am folgenden Tag zu hüten, weil Marcel und sie spontan einen längeren Möbelhausbesuch in Angriff nehmen wollen, bin ich hin und her gerissen. Natürlich liebe ich meine Nichten und genieße jede Sekunde mit ihnen. Deswegen sage ich auch selbstverständlich zu. Andererseits stellt mich das vor die Herausforderung, ein Zusammentreffen mit Dennis nur unter sehr erschwerten Bedingungen verhindern zu können. Und wie soll ich den Mädchen klarmachen, dass Maisie und die Schaukel in Nachbars Garten tabu sind? Okay, das letztere der beiden Themen werde ich angehen, entscheide ich. In mein Paradies wird ebenfalls eine Schaukel Einzug halten. Doch die Anschaffung eines Hundes ist keine Option. Das würde die Wahrscheinlichkeit der Begegnung zwischen Nachbarn noch um die Wahrscheinlichkeit der Begegnung zweier Hundebesitzer erhöhen.

Ich werfe einen Blick auf die Wettervorhersage. Strahlender Sonnenschein und hochsommerliche Temperaturen werden prognostiziert. Na, wunderbar! Wie soll ich sie unter diesen Umständen im Haus beschäftigen? Ich suche Fluchtmöglichkeiten. Wir könnten das Schloss Lichtenstein besuchen und Prinzessinnen spielen, eine kleine Wanderung zur Unterhose unternehmen (die offiziell Schönbergturm heißt) mit anschließendem Würstchengrillen oder einen Ausflug zur Sommerbobbahn machen. Der Vorteil an meinem Wohnort ist, dass sich reihenweise Familienattraktionen in der Nähe befinden. Der Nachteil ist, dass nichts davon einem Tagesprogramm entspricht. Wir wären eine Zeitlang von zuhause weg, ja, aber es ist so sicher wie das Amen in der Kirche, dass die beiden danach trotzdem durch den Garten tollen wollen. Als einzige Ganztagesoption fällt mir das Traumland ein. Mit seiner Märchenwelt und den Fahrattraktionen ist genug geboten, um dort einen Tag verbringen zu können. Außerdem gibt es Essen, Trinken, Bänke und Tische für eine Pause. *Das ist es!*, rufe ich mir innerlich zu und fühle mich gleich entspannter.

Um die Mädchen auf meine Pläne vorzubereiten, schreibe ich Kathrin eine WhatsApp-Nachricht, in der ich ihr ankündige, was ich geplant habe.

Wie? Du willst mit Mia und Emma ins Traumland? Unter all die Menschen? Was ist denn jetzt auf einmal los?, fragt sie schon nach wenigen Augenblicken zurück.

Stimmt. Sie hat recht. Und ich habe darüber keinen Moment nachgedacht. Mein Gehirn war derart damit beschäftigt, eine Lösung zu finden, die die Kleinen und mich von Dennis fernhält, dass ich nicht einen einzigen Gedanken daran verschwendet habe, was das Alternativprogramm für mich bedeutet. Egal, schließlich habe ich an diesem denkwürdigen Tag in der Eisdiele ohnehin beschlossen, mich endlich häufiger in die Öffentlichkeit zu wagen. Und mal ehrlich: Wie könnte etwas bedrohlicher sein als die aufkeimenden Gefühle für meinen Nachbarn? Ich würde alles, wirklich alles tun, wenn ich ihm nur aus dem Weg gehen kann.

Am nächsten Morgen lausche ich mit gespitzten Ohren auf das Brummen von Kathrins und Marcels Auto. Ich möchte einen fliegenden Start hinlegen, um den Kindern gar keine Chance zu geben, zuerst Maisie zu begrüßen. Ich habe bereits einen Rucksack mit ein paar Snacks und Trinken gepackt, mich eingecremt, Sonnenschutz für die Kleinen mitgenommen und Schuhe angezogen. Auch der letzte Toilettengang ist erledigt. Es kann also losgehen. In dem Moment, in dem ich das Vorfahren eines Autos höre, reiße ich schon die Tür auf. Geschwindigkeit ist angesagt. Zwischen dem Eintreffen der Familie und unserer Abfahrt darf nicht viel Zeit vergehen, wenn ich nicht Gefahr laufen will, in Dennis' Fänge zu geraten.

Nach dem Öffnen der Haustür spule ich innerlich einige Sekunden zurück, weil während all dieser Überlegungen eine Sache zu viel passiert ist. Ich lande noch einmal beim Tür-Aufreißen und stelle fest, dass der Rest der gleichzeitigen Gedankengänge bereits von der Realität überholt wurde. Flüssige Schokoküsse rinnen in mein Herz und ich bleibe wie angewurzelt stehen. Dennis muss gerade Anlauf genommen haben, um bei mir zu klingeln. Vermutlich hat ihn das ankommende Auto kurzzeitig abgelenkt, denn er ist zusammengezuckt, als ich schwungvoll die Tür geöffnet habe, und dreht sich nun zu mir um, sodass ich, wie von einem Schockzauber getroffen, erstarre. Ich merke, dass meine Kinnlade der Schwerkraft folgt und sich meine Augen weiten. Doch zu darüber hinausgehenden Reaktionen bin ich nicht in der Lage.

»Friederike, wie schön, dich endlich wiederzusehen!«, stößt er aus, nachdem er sich von seinem kleinen Schreckmoment erholt hat.

Ich bleibe stumm und werde glücklicherweise einer Antwort entbunden, weil Mia und Emma aufgeregt auf mich zu rennen. Nach einer ausgelassenen Begrüßung wenden sie sich an meinen Nachbarn.

»Dennis, wir gehen heute ins Traumland«, trällert Emma mit ungebremster kindlicher Freude.

Dennis wirft mir einen überraschten Blick zu. Kann ich ihm nicht verdenken. Ich bin bloß froh, dass er keine Ahnung davon hat, dass er es ist, der mich aus dem Haus treibt.

»Da gibt's ganz viele tolle Sachen«, bringt sich Mia ein. »Märchenhäuser und Spielplätze und Karussells und ein Riesenrad und eine Wildwasserbahn und ...«

»Ist ja gut, Mia«, stoppt Kathrin amüsiert das Mitteilungsbedürfnis ihrer älteren Tochter. »Hey, Dennis, nett, dich zu treffen. Hast du dich gut eingelebt?«

»Danke, alles bestens«, antwortet er und schenkt meiner Schwester ein Lächeln, das Schübe an Eifersucht durch meinen Körper jagt.

Mein Schwager hat sich uns inzwischen ebenfalls genähert. »Hi, ich bin Marcel, Kathrins Mann. Freut mich, dich kennenzulernen. Kathrin hat bereits berichtet, dass Friederike einen sympathischen neuen Nachbarn hat.«

»Hallo, Marcel. Freut mich genauso.« Mit einem charmanten Lächeln, das zu meiner Beruhigung nicht weniger Schmelz besitzt als das, das eben in Kathrins Richtung gewandert ist, fügt er hinzu: »Und danke für den sympathischen Nachbarn.«

Marcel antwortet mit einem Grinsen. Okay, die zwei scheinen sich zu mögen. Allerdings ist ja auch die Frage, wie man einen von den beiden nicht mögen kann, wenn sie selbst mit jemandem wie mir zurechtkommen.

»Dann verschwinden wir mal«, verkündet Marcel mit einem leidenden Gesichtsausdruck. »Meine Frau hat beschlossen, dass wir einen neuen Esstisch brauchen.«

»Falsch, mein Schatz. Ich habe das nicht beschlossen. Wir *brauchen* einen neuen Esstisch. Und das weißt du. Unserer ist nicht ausziehbar und folglich regelmäßig zu klein, wenn eine andere Familie zu Besuch kommt.« Sie zwinkert Dennis verschwörerisch zu. »Er tut nur so, als müsse er leiden. Im Grunde genommen kann er sich kaum etwas Schöneres vorstellen, als in meiner Gesellschaft durch die Möbelhäuser zu schlendern.«

»Das glaube ich aufs Wort«, lacht Dennis und ein weiteres Schokolächeln schmilzt auf seinen Lippen dahin. Ich koche innerlich vor unterdrückter Wut. Warum kann ich das nicht – locker, leicht und unverbindlich ein wenig flirten und damit gleich zwei Männer auf einmal in meinen Bann ziehen ...

Mit ein paar letzten Verhaltensregeln für den Nachwuchs und einem fröhlichen Winken an uns verschwindet das Ehepaar zum Auto. Ehe ich mir darüber Gedanken machen kann, wie ich die Begegnung mit

Dennis schnellstmöglich beende, führt Mia die Unterhaltung fort. »Kommst du mit, Dennis?«

»Au ja, Dennis«, singt Emma. »Und Maisie muss auch mitkommen.«

»Genau«, bestätigt Mia. »Ich, Emma, Tante Ricky, du und Maisie. Alle zusammen. Das wird bestimmt lustig.«

Bevor hier etwas Fürchterliches passiert, ist Handeln angesagt, und zwar schnell. »Das wird nichts, ihr zwei. Dennis hat sicher andere Pläne.« Meine Stimme überschlägt sich fast, und ich wage nicht, Dennis anzusehen.

»Och, wenn ich es mir recht überlege, könnte ich meine Vorhaben für heute verschieben«, meldet er sich zu Wort und klingt dabei seltsam provokativ.

Ich stehe mit dem Rücken zur Wand und weiß vor lauter Verzweiflung kaum noch, was ich tun soll. Deswegen werfe ich alles in die Waagschale, was geht. »Dennis, das Traumland ist wirklich nur für Kinder interessant. Glaub mir, für dich wäre das langweilig. So willst du deinen Samstag bestimmt nicht verbringen.«

»Wie könnte etwas langweilig sein, das mir die Gesellschaft von drei reizenden jungen Frauen beschert?«, gibt er zurück und zwinkert meinen Nichten zu, die daraufhin in ein vergnügtes Kichern ausbrechen.

»Wir sind doch keine jungen Frauen«, kräht Emma. »Wir sind kleine Mädchen.«

»Ach, ist das so?«, erkundigt sich Dennis und spielt neckisch mit den Augenbrauen.

»Du hättest absolut nichts davon und der Eintritt ist ziemlich teuer«, führe ich die Argumentationskette fort.

Dennis ignoriert mich und flüstert den beiden verschwörerisch zu: »Eure Tante Ricky will mich nicht dabei haben, merkt ihr das?«

»Wieso willst du Dennis nicht dabei haben?«, wendet sich Mia entrüstet an mich.

»Es ist nicht so, dass ich Dennis nicht dabei haben möchte, ich dachte nur, wir machen uns einen Mädelstag«, kämpfe ich mich weiter durch diese Unterhaltung, die mich mehr und mehr an den Rand des Wahnsinns treibt. Hat sich denn das ganze Universum gegen mich verschworen?

»Mädelstag ist doof«, befindet Emma. »Mit Dennis und Maisie ist es viel schöner. Kommt ihr jetzt mit oder nicht?«

»Selbstverständlich kommen wir mit. Es ist mir eine Ehre, Ladys.« Mit einer angedeuteten Verbeugung neigt er sich den Mädchen zu, die bereits wieder ausgelassen kichern.

Ich kapituliere. Ja, das Universum hat sich gegen mich verschworen. Und dieser Mann obendrein. Ich bin stinksauer. Warum achtet er meine Wünsche nicht? Wieso kann er sich nicht einfach aus meinem verdammten Leben fernhalten?

Es muss doch Hunderte von Frauen geben, die sich nichts Schöneres vorstellen könnten, als seine Zeit geschenkt zu bekommen. Warum krallt er sich ausgerechnet an mir fest wie eine Klette, die man nicht loswerden kann?

Meine Wut hat sich immer noch nicht gelegt, als wir an den zahlreichen kleinen Häuschen vorbeilaufen, in denen Märchensequenzen liebevoll in Szene gesetzt wurden. Mia und Emma rennen begeistert die Wege entlang und zeigen sich gegenseitig ihre Entdeckungen. Ich laufe hinter ihnen her und bemühe mich, Dennis, der Maisie an der Leine führt, nicht zu beachten. Trotzdem spüre ich seine Anwesenheit im ganzen Körper, der verrücktzuspielen scheint, sowie er in der Nähe ist.

Als wir am ersten Karussell vorbeikommen, das wirklich bloß für Kinder geeignet ist, bleibt mir nichts anderes übrig, als mich neben meinem Nachbarn auf eine Bank zu setzen, während die beiden Mädchen freudig auf die kurze Schlange zustürmen, die sich am Eingang gebildet hat. Sie haben sich an den Händen genommen und geben damit ein Bild ab, das mich anrührt. Ein paar Erinnerungen an Kathrin und mich blitzen auf, wenngleich wir früher nicht ein einziges Mal hier waren. Freizeitparks waren etwas, das wir allenfalls vom Erzählen kannten oder vielleicht von Kindergeburtstagen, zu denen dann jedoch nur meine Schwester eingeladen wurde. Unseren Eltern war diese Art der Freizeitgestaltung zu anstrengend und zu wenig intellektuell. Mit Dingen, die lediglich Spaß machen, ohne dabei einem tieferen Sinn zu folgen, fingen sie nichts an.

»Wieso war es dir so wichtig, dass ich nicht mitkomme?«, drängt sich Dennis in all die Gedanken. »Ich dachte, dir wäre inzwischen klar, dass von mir keine Gefahr ausgeht.«

Ich seufze. Die Erinnerungen an Kathrin und mich haben mich ein bisschen milder gestimmt. Ein Teil der Wut ist verraucht, aber da ist immer noch jede Menge Frust, dass ich plötzlich die Kontrolle über mein sicheres Leben verloren habe. Und Frust, dass ich nicht den Hauch einer Ahnung habe, wie ich ihm meine aussichtslose Lage erklären soll. »Ich habe mich in dich verliebt und will diese Gefühle unbedingt wieder loswerden«, geht wohl kaum.

»Mir ist klargeworden, dass wir keine Freunde sein können«, versuche ich es stattdessen.

»Aha. Und wieso können wir keine Freunde sein?«

»Weil es eben nicht funktioniert. Ich kann generell mit niemandem befreundet sein.« Ja, das könnte helfen, es zu einer prinzipiellen Entscheidung zu machen, die nichts mit ihm als Person zu tun hat.

»Friederike, bitte verzeih mir, wenn ich deutlich werde: Das ist Blödsinn!«

»Nein, ist es nicht.«

»Und ob. Glaub mir, ich könnte mit vielen Menschen befreundet sein. Aber es war mir selten so wichtig, jemanden meinen Freund oder meine Freundin nennen zu dürfen wie bei dir.«

»Wichtig? Bei mir?« Ich bin zu überrascht, um die Deckung aufrechtzuerhalten, und starre ihn ungläubig an. Wieder lässt mich der warme Schimmer in seinen Augen den Halt verlieren. Ich bin froh, dass ich sitze, denn ich könnte nicht garantieren, dass mir andernfalls die Knie gehorchen würden. »Wieso?«

»Weil ich denke ... Nein, weil ich mir sicher bin, dass wir einander das geben können, was wir brauchen, um alte Wunden zu heilen. Ich bin kein Stalker, Friederike, und würde in jeder anderen Situation deinen Wunsch auf Rückzug achten. Ich glaube sowieso nicht, dass man Menschen vor was auch immer retten kann, wenn sie nicht gerettet werden wollen. Außerdem sollte sich meiner Meinung nach niemand einbilden, besser in einem fremden Leben Bescheid zu wissen als der Betreffende. Doch in deinem Fall weiche ich von all diesen Überzeugungen ab, weil ich unbedingt dein Freund sein will, weil ich mich in deiner Nähe so wohl fühle wie bei keinem Menschen sonst, weil uns etwas verbindet, das sich nicht in Worte fassen lässt, und weil ich mir tausendprozentig sicher bin, dass man in deine Mauer nur ein Loch bohren kann, wenn man sehr, sehr hartnäckig ist.« Er lacht kurz auf. »Entschuldige bitte, dass ich gerade einen Buchtitel zitiere. Irgendwie ist dieses Bild stimmig, auch wenn du selbstverständlich mit dieser Protagonistin, Rosi, ganz viel *nicht* gemein hast.«

Ich bin hin und her gerissen zwischen unbändiger Freude, die mein Herz springen lässt wie einen Flummi, und abgrundtiefer Verzweiflung, weil die Schlinge um den Hals immer enger wird und mir die Luft abschnürt. Ich kann Dennis nicht loswerden. Das macht er mir unmissverständlich klar. Und ein Teil von mir will ihn ja gar nicht loswerden. Nur, wie soll das laufen? Kann eine Freundschaft funktionieren, wenn eine der Beteiligten bis über beide Ohren verliebt ist? Und was geschieht dann mit meinem Herzen? Doch andersherum: Was ist der Plan B? Dennis wohnt nebenan, und der heutige Tag hat mir deutlich vor Augen geführt, dass ich ihm nicht aus dem Weg gehen kann – egal, wie sehr ich mich darum bemühe. Tatsächlich müsste ich dazu wegziehen. *Aber ich bin gekommen, um zu bleiben*, schießt es mir wieder durch den Kopf. Meine Güte, eigentlich mag ich dieses Lied, doch so langsam fange ich an, es zu hassen ...

»Was macht es dir so schwer?«, dringt Dennis' Stimme in meine Gedanken, während ich wie durch einen Schleier sehe, dass die beiden kleinen Mädchen kurz winken und sich dann ein weiteres Mal für eine Karussellfahrt anstellen.

Ich kann ihm nicht entgehen und komme nicht umhin, ihm wenigstens einen Teil der Wahrheit zu offerieren. »Ich hatte noch nie Freunde und habe Angst davor, verletzt zu werden.« Daran ist jedes Wort richtig, und dennoch verbirgt es das, was mich am meisten umtreibt.

»Glaubst du, das verstünde ich nicht? Und denkst du, es ginge mir anders? Jeder empfindsame Mensch, der nicht gerade ein Soziopath ist, kennt diese Gefühle. Ich kann dir nur versichern, dass ich dir immer Wertschätzung, Respekt und Freundschaft entgegenbringen werde und dass ich alles Menschenmögliche tun werde, um dich nicht zu verletzen.«

»Absichtlich nicht, aber unabsichtlich?« Habe ich das wirklich laut ausgesprochen? Erschrocken fahre ich zusammen.

»Ja, das ist das Risiko bei sämtlichen zwischenmenschlichen Beziehungen«, entgegnet er ruhig und ernst. »Natürlich kann dir niemand die Garantie geben, dass er dir nicht unabsichtlich und unbemerkt Schmerz zufügt. Doch welche Alternativen gibt es? Wegen dieser Gefahr ein Leben in Einsamkeit und Rückzug zu führen? Nein, Friederike, das ist keine Lösung, nur ein Ausweichen. Ganz ehrlich, ich kann es mit meiner persönlichen Geschichte, aus der ich gelernt habe, wie schnell alles vorbei sein kann, einfach nicht mitansehen, dass sich eine schöne junge Frau mit einem wunderbaren Herzen, einem brillanten Verstand und einem liebenswerten Wesen um ihr eigenes Glück betrügt. Ich werde tun, was in meiner Macht steht, um das zu verhindern. Du wirst mich nicht mehr los, Friederike Bartholdy. Und das verstehe ich nicht als Drohung, sondern als Versprechen, für dich da zu sein. Ich bin dein Freund, nicht dein Feind.«

Oh ja, du bist viel zu sehr mein Freund, denkt mein Verstand, während mein Herz mit entrücktem Blick auf Wolke sieben davonschwebt.

Heilende Hände

In den Tagen darauf bemerke ich eine Veränderung. Seit ich nach dem letzten Aufbäumen meines Widerstands begriffen habe, dass ich Dennis nicht aus dem Weg gehen *kann*, versuche ich es gar nicht erst. Und das hat Folgen, die ich nie erwartet hätte. Zwar denke ich nicht weniger an ihn, aber dafür anders. Ich stelle verwundert fest, dass es wesentlich unanstrengender ist, ihn in meinem Alltag zu akzeptieren, als ihn daraus ausgrenzen zu wollen. In der Zeit vor unserem gemeinsamen Ausflug ins Traumland, der mir am Ende ein rundherum schönes und entspanntes Erlebnis mit zwei überglücklichen Mädchen beschert hat, kreisten meine Gedanken ununterbrochen darum, wie ich die Abläufe organisieren kann, um ihm nicht zu begegnen. Dadurch war jeder Moment von Angst und Anspannung überlagert. Nun ist Dennis immer noch in meinem Bewusstsein präsent, aber auf eine andere positive Weise.

Außerdem habe ich eine Strategie ausgetüftelt, die unserer Freundschaft eine unbekannte Nuance verleiht. Ich akzeptiere, dass mein Herz auf ihn reagiert und mein Körper nie dagewesene Reaktionen zeigt. Ich lasse das mit einer Deutung zu, die mir Linderung verschafft: indem ich es als neue Erfahrung genieße und dankbar bin, eine Facette des Mensch-Seins kennenzulernen, von der ich dachte, sie würde mir auf ewig verborgen bleiben. Ich bin zu lange ich gewesen, um mich Illusionen hinzugeben. Folglich mache ich mir keine Hoffnungen, seinem Herzen ginge es ähnlich wie meinem. Allerdings lässt sich das ungewohnte Gefühl ohne die Sehnsucht, zurückgeliebt zu werden, ganz gut aushalten. Vor Kurzem habe ich in einem Magazin ein Zitat der Schriftstellerin Pearl S. Buck gelesen, das mich sehr berührt hat und das perfekt zur derzeitigen Situation passt. »Viele Menschen versäumen das kleine Glück, während sie auf das große vergebens warten.«

Das kleine Glück ist es, erstmals einen echten Freund zu haben. Nein, ich muss mich korrigieren, weil ich sonst Gottfried und Anita Unrecht tun würde. Das kleine Glück ist es, zum ersten Mal im Leben den Gedanken zulassen zu können, dass ich wertvoll genug bin, um jemandes Freundin zu sein. Und damit ist es auch schon wieder ein großes Glück. Mit diesen Deutungen in Verbindung mit dem Verzicht auf unerfüllbare Sehnsüchte komme ich mit den Gefühlen für den neuen Nachbarn zurecht. Entsprechend fühle ich mich in der Lage, den nächsten Schritt zu gehen ...

Um mir den Druck zu nehmen, unter Zugzwang zu stehen, verheimliche ich meine Pläne so lange wie möglich. Erst als ich sehe, dass mein Nachbar anfängt, die Klappstühle aus dem Keller in den Garten zu tragen, schlendere ich mit wild jagendem Puls zum Lattenzaun und rufe: »Hallo, Dennis.«

»Friederike!«, ruft er aus, während seine Augen so intensiv aufleuchten, dass der Schokobrunnen zu sprudeln beginnt. »Wie geht es dir? Wir haben uns in den letzten Tagen gar nicht mehr gesehen.«

»Mir geht es gut. Und selbst?«

Moment. Spreche ich etwa Smalltalkisch?

»Prima, alles bestens«, funkelt er mir mit einem Lächeln entgegen, das mich geradewegs in den Himmel katapultiert.

Nervös räuspere ich mich. »Ich wollte dich fragen, ob ich dir bei den Vorbereitungen helfen kann.«

»Helfen? Bei den Vorbereitungen? Heißt das ...?«

»Ja, ich dachte, ich könnte heute mal zu deiner Runde kommen. Also, wenn du mich dabei haben willst.«

»Wow! Jetzt bin ich platt.« Seine ganze Miene beginnt zu strahlen und in der Umgebung wird es auf einmal noch ein paar Grad wärmer. »Selbstverständlich will ich dich dabei haben. Nichts lieber als das.«

Erneut hüstele ich, weil ich gerade nicht auf die Einsatzfähigkeit meiner Stimme vertraue. »Darf ich rüberkommen?«

»Ich bitte darum.«

In einvernehmlichem Schweigen gruppieren wir die Stühle im Kreis und tragen die Getränke nach draußen. Zum ersten Mal stehe ich in Dennis' Haus und wandere mit den Blicken über die Einrichtung. Gemütlich sieht es bei ihm aus. Eine großzügige Sofalandschaft lädt zu entspannenden Stunden ein und der große Esstisch ist geradezu prädestiniert für gesellige Zusammenkünfte. Gesunde Zimmerpflanzen, die einen grünen Daumen verraten, sorgen für eine wohnliche Atmosphäre, die durch die Landschaftsfotografien an den Wänden verstärkt wird. Die Küche verfügt über eine breite Theke, über die sich Speisen und Getränke in den Essbereich reichen lassen und an der drei Barhocker thronen. Frische Gewürze auf der Fensterbank deuten an, dass hier auch gern gekocht wird.

Natürlich fehlen mir Vergleichsmöglichkeiten, weil ich noch nie die Wohnung eines Mannes gesehen habe, aber ich hätte sie mir zumindest nicht so vorgestellt. Nicht so gemütlich und nicht so – im allerpositivsten Sinne – höhlenmäßig.

Als wir schließlich im Garten die letzten Vorbereitungen abgeschlossen haben und sich die Zeiger der Uhr der Ankunftszeit der Trauerrunde nähern, merke ich, wie mein Herz anfängt, noch schneller zu klopfen, als es das ohnehin schon tut. Meine Güte, was mute ich mir da zu? Außer in der Schulklasse (daran denke ich lieber nicht) oder an der Uni war ich nie mit einer Gruppe Menschen zusammen. Und in beiden Fällen war ich eher ein anonymer Teil. Nun werde ich auf einmal zu einem Mitglied in einem Kreis, in dem es keine Anonymität gibt. Bin ich dem gewachsen? Eine Panikattacke ist bereits wieder verdammt nahe. Ich konzentriere mich darauf, ruhig ein- und auszuatmen, so wie ich es immer tue, wenn ich in Gefahr bin, von der Angst überrollt zu werden.

Plötzlich spüre ich zwei warme Hände, die sich von hinten auf meine Schultern legen, und höre eine tiefe

Stimme, die beruhigend sagt: »Friederike, vertrau mir, du bist hier in Sicherheit.«

Tränen schießen in meine Augen, Tränen der Rührung und der Erleichterung. Ich hätte nie gedacht, mich jemals von einem Menschen dermaßen verstanden zu fühlen. Wie hat er nun schon wieder gespürt, was in mir vor sich geht? Und wie kann es sein, dass eine so kleine Berührung meinen Körper, meine Seele und meinen Geist in einen tiefenentspannten Zustand beamt. Alles in mir wünscht sich, dass er seine Hände nie, nie mehr von meinen Schultern löst, doch leider wird das durch das Eintreffen des ersten Gastes unterbunden.

»Hallo, Therese«, ruft Dennis der gekrümmten Gestalt zu, die am Haus vorbei in den Garten schlurft, und eilt ihr entgegen. »Schön, dass du da bist. Du bist die Erste aus unserer Stammrunde. Aber wir haben erfreulichen Zuwachs bekommen. Meine Nachbarin Friederike wird heute dabei sein. Komm, ich mache euch bekannt.«

Dennis begleitet die weißhaarige Frau zu mir, deren runzliges Gesicht mich ahnen lässt, dass sie bereits ein hohes Alter erreicht hat. »Therese, das ist Friederike.«

Die Seniorin studiert so intensiv meine Züge, dass die gerade niedergekämpfte Beklommenheit umgehend zurückkehrt. Erneut landet eine Hand auf meiner Schulter und die Gefühlsaufwallung ist besiegt. »Friederike, aha. So ein hübsches junges Ding und schon am Trauern. Ach ja, manchmal ist das Leben ungerecht.«

Ich möchte protestieren, die Situation erklären, doch da treffen bereits die anderen ein. Ich schüttele mechanisch Hände, versuche, mir Namen zu merken, aber die Nervosität ist viel zu groß, um auf ein funktionsfähiges Gehirn zurückgreifen zu können. Die ganze Zeit über bleibt Dennis in der Nähe und verleiht mir dadurch die Kraft, die ungewohnte Herausforderung durchzustehen. Auch als wir unsere Plätze im Kreis einnehmen, sorgt er dafür, dass ich auf dem Stuhl neben seinem lande. Meine Blicke streifen durch die Runde. Sechs Frauen in den unterschiedlichsten Altersklassen sind gekommen. Die Jüngste dürfte ungefähr gleich alt sein wie ich, die Älteste ist mit Sicherheit Therese, die ich auf mindestens achtzig schätzen würde. Als mein Blick wieder bei Dennis landet, empfängt mich ein warmherziges Lächeln, in dem derart viel Freundschaft mitschwingt, dass mein Herz Sprünge vollführt wie ein frischgeborenes Fohlen. Der Vergleich ist gar nicht mal schlecht, denn es fühlt sich tatsächlich wie neugeboren an.

»Hallo, ihr Lieben«, eröffnet er das Treffen. »Ich freue mich, dass wir uns an diesem sommerlichen Freitag begegnen. Und wie ihr seht, begrüßen wir heute ein neues Mitglied in unserem Kreis. Friederike ist nicht bloß meine Nachbarin, sondern darüber hinaus eine Freundin, die mir wichtig ist. Deswegen bedeutet es mir eine Menge, dass sie der Einladung gefolgt ist. Ich denke, dass ihr euch im Laufe der gemeinsamen Stunden noch besser kennenlernen werdet. Deshalb würde ich gern auf eine große Vorstellungsrunde verzichten und den Abend lieber genauso beginnen wie sonst. Ihr wisst:

Alles darf, nichts muss. Jede von euch ist eingeladen, zu erzählen. Wenn ihr nur zuhören möchtet, ist das ebenfalls willkommen.«

In diesem Moment würde ich Dennis am liebsten um den Hals fallen. Wenn man davon absieht, dass ich gar nicht weiß, was es heißt, einem Mann um den Hals zu fallen. Ich bin mir sicher, dass diese Worte, die er allgemein in die Runde gesprochen hat, ausdrücklich an mich gerichtet waren. Er will mir die Zuversicht vermitteln, dass hier nichts geschehen wird, was ich nicht möchte. Schon wieder kämpfe ich gegen die Tränen an.

»Okay, ich fange an«, verkündet Therese mit einer Festigkeit in der Stimme, die nicht zu ihrer sonstigen körperlichen Gebrechlichkeit zu passen scheint, und erhebt sich entschlossen, um mit kleinen Schritten zur Schaukel zu tippeln. Ächzend lässt sie sich darauf nieder.

»Es ist jetzt sechs Monate her, seit mein Theo gegangen ist«, beginnt sie ihre Erzählung, »nach siebzig gemeinsamen Jahren ...«

Meine Gedanken schweifen ab. Siebzig Jahre? Dann war das wohl nichts mit den geschätzten achtzig Jahren Lebensalter. Lieber Himmel, sie muss um die neunzig sein. Schlagartig erscheint sie mir nicht mehr gebrechlich. Für diese Menge an absolvierter Lebenszeit ist sie sogar ausgesprochen rüstig.

Sie wippt vorsichtig auf der Schaukel hin und her, die Füße auf dem Boden stehend, als wolle sie sich beruhigen wie ein Kind, das in der Wiege Entspannung findet. In diesem Moment verstehe ich, warum in Dennis'

Garten eine Schaukel hängt. Sie ist der Wohlfühlanker in einer Runde, in der das Leid dominiert. Und es gibt einen weiteren Wohlfühlfaktor – einen äußerst lebendigen: Maisie steht inzwischen neben Therese und legt den Kopf in den Schoß der Trauernden.

Einen Teil von Thereses Ausführungen habe ich nicht mitbekommen, aber ich bemühe mich, mit der Aufmerksamkeit wieder zu ihr zurückzufinden. »... immer noch schwer. Ich vermisse Theo. Das ganze Erwachsenenleben lang war er an meiner Seite. Ich musste mir nie darüber Gedanken machen, wer ich allein bin. Ich war dauernd Bestandteil eines Paares, niemals Einzelperson. Bei aller Trauer, die mich manchmal regelrecht zu Boden drückt, hat es auch etwas Erhellendes, die Einzelperson Therese kennenzulernen und mir zu überlegen, wer sie ist, was sie ausmacht. Ich bin jetzt einundneunzig und erfahre Dinge über mich, die ich vorher nicht wusste. Ich finde, dafür sollte ich dankbar sein. Und ich versuche, mir das jeden Tag vor Augen zu führen, wenn ich in einem schwarzen Loch zu versinken drohe. Ihr Lieben, so viel von mir für heute.«

»Danke, Therese«, sagt Dennis nach einer Pause, in der alle nach unten geblickt haben und durch ihre eigenen Gedankenwelten geirrt sind. »Gibt es jemanden, der dazu eine Frage hat oder etwas anmerken will?«

Als außer mehrfachem Kopfschütteln keine Reaktion erfolgt, erhebt sich die nächste Frau von ihrem Platz. Eine nach der anderen erzählen sie, wo sie gerade stehen – die ungefähr Gleichaltrige, die ihre Lebensgefährtin bei einem Kletterunfall verloren hat; die beiden Seniorinnen, die ihre langjährigen Ehemänner begraben mussten; die Frau in den mittleren Jahren, die plötzlich mit zwei Teenagern allein da steht, weil sich ihr Mann aufgrund beruflicher Schwierigkeiten das Leben genommen hat; und die in Tränen aufgelöste Mutter, die nicht verarbeiten kann, dass ihre Tochter nie wieder heimkehren wird, weil sie unglücklich vom Fahrrad gestürzt und mit dem Schädel auf der Bordsteinkante aufgeschlagen ist. Jede der leidgeschüttelten Frauen wird von Maisie flankiert, die abwechselnd die Pfoten oder den Kopf auf die Knie der Erzählenden bettet. Ich habe bislang nicht verstanden, was es mit dem Begriff »Therapiehund« auf sich hat. Nun darf ich live erleben, wie beruhigend der Einfluss des gutmütigen Tieres ist und wie viel Trost die Trauernden darin finden, mit den Händen über Maisies weiches Fell zu streichen.

Als Letzter erhebt sich Dennis und schlendert mit ruhigen Bewegungen zur Schaukel. Den riesigen Mann auf dem tief angesiedelten Brett sitzen zu sehen, hat etwas Erheiterndes, und ich gebe mir alle Mühe, das aufkommende Lachen zu unterdrücken, weil es vollkommen fehl am Platz wäre.

»Gut, dann bin ich wohl dran«, erklärt er in einem besinnlichen Tonfall. »Ihr wisst, bei mir sind es fünf Jahre, seit ich allein bin. Fünf Jahre, in denen ich getrauert habe und in denen ich mir nicht vorstellen konnte, jemals ein neues Leben zu beginnen. Fünf Jahre, in denen ich es nicht geschafft habe, Sabrina loszulassen –

sie zu lieben, zu ehren, sie als Erinnerung zu bewahren, aber ihr eben auch den Platz zu verleihen, den sie innehat: in meinem Rücken, in der Vergangenheit. Eine Gegenwart gab es nicht mehr für mich, eine Zukunft erst recht nicht. Doch in den letzten Wochen hat sich plötzlich etwas verändert. Die Enge um den Brustkorb lässt nach. Ich merke, wie sich mein Herz weitet, wie es Eindrücke in meinem Umfeld anders wahrnimmt und sich öffnet für Empfindungen, die ich schon sehr lange nicht mehr hatte.« Er schluckt und räuspert sich, während mein Puls seine Frequenz stürmisch erhöht. *Empfindungen, die er schon sehr lange nicht mehr hatte?* Was für Empfindungen und vor allem für wen?

»Ich habe langjährige Freundschaften zurückgefahren, mich einfach nicht bei den Leuten gemeldet, die mir einmal viel bedeutet haben, weil ich das Gefühl hatte, nicht mehr bei ihnen andocken zu können, keinen Bezug mehr zu ihrer Welt zu haben. Doch jetzt gerade stelle ich fest, dass darunter einige sind, zu denen ich wieder in Verbindung treten möchte. Und es kommen plötzlich neue Menschen dazu, die ich gern um mich habe, die mir helfen, mich sogar heilen von etwas, von dem ich dachte, es könne nie geheilt werden. Dafür bin ich momentan am dankbarsten. Ich bin dankbar für dich, Friederike. Es war ein großes Geschenk, ausgerechnet im Haus neben dir zu landen. Mir ist klar, du weißt es nicht, kannst es auch nicht wirklich nachvollziehen, aber trotzdem ist es wahr, dass du mir guttust – mit deinem Wesen, deiner Ruhe, deiner Verbundenheit zur Natur, dem liebevollen

Umgang mit deinen Nichten, deinem Tiefgang. Danke, dass du mich ein Freund sein lässt!«

Die letzten Sätze hat Dennis in meine Richtung gesprochen, während seine Augen so sehr geleuchtet haben, dass mein Herz plötzlich nur noch aus einem Meer aus Schokoküssen besteht. Ich bin gerührt, habe Tränen in den Augenwinkeln und kann kaum glauben, was gerade geschehen ist. Er lügt doch nicht, oder? Nein, das würde er niemals tun, nicht vor all diesen leidgeschüttelten Menschen. Auch wenn ich überhaupt nicht fassen kann, dass ein Mann wie er ein Freund von Friederike Bartholdy sein will, spüre ich die Aufrichtigkeit in seinen Worten. Das konfrontiert mein Selbstbild mit einem Fremdbild, von dem ich nicht geglaubt hätte, dass es existieren könnte. Auf einmal werde ich von solchen Glückswellen geflutet, dass ich es fast nicht aushalten kann.

Dieses Glück, das in mir sprudelt wie ein überhitzter Schokobrunnen, bringt mich dazu, aufzustehen, zur Schaukel zu gehen, die Dennis inzwischen freigegeben hat, und mich dort niederzulassen. Mit einem derart wilden Gefühlsmix einfach ruhig auf meinem Platz sitzen zu bleiben, erscheint mir plötzlich völlig unmöglich.

Noch nie im Leben habe ich vor Menschen gesprochen. Sogar die Lehrer in der Schule akzeptierten bei Referaten, dass ich bloß eine schriftliche Fassung einreiche. Sie wussten, dass es für mich ein Spießrutenlaufen geworden wäre, vor der Klasse in Aktion zu treten. Doch jetzt, nach der berührenden Ansprache von Dennis, traue ich es mir schlagartig zu, meine Geschichte vor anderen auszubreiten.

Auch ich räuspere mich, bevor ich zu sprechen beginne. »Hallo und danke, dass ich hier sein darf.« Mein Blick wandert zu den Füßen, die spielerisch ein paar Grasbüschel ankicken, während ich die Schaukel sanft hin und her wackeln lasse. »Ich weiß nicht so recht, wie ich anfangen soll. Meine Geschichte unterscheidet sich von euren Erzählungen. Ihr alle habt einen Menschen verloren, der euch nahestand. Bei mir ist das nicht so. Ich habe meine Eltern beerdigt, ja. Allerdings war ich bei ihrer Trauerfeier so intensiv mit meiner Wut beschäftigt, dass ich sie nicht beweinen konnte. Und vielleicht ist es für mich ja viel beklagenswerter, dass ich mich verloren habe, obwohl ich immer noch da bin. Ich bin ein Mobbingopfer. Die Schulzeit war die schlimmste Phase meines Lebens. Meine Mutter hat mir altmodischere Sachen angezogen, als ihr es euch vorstellen könnt, sodass ich aussah wie die vom anderen Stern. Also, nicht wörtlich genommen. Natürlich habe ich mich selbst angezogen, aber sie hat mich geschickt dazu manipuliert, ihre Auswahl nicht in Frage zu stellen. ›Kind, darin siehst du entzückend aus‹, erklärte sie mir zum Beispiel, wenn sie mir eine Pluderhose aus der Stadt mitbrachte, die komplett aus der Zeit gefallen war. Klar hätte ich die mit Grandezza zum persönlichen Style erheben können, doch wie sollte mir das gelingen, wenn ich sie eigentlich gar nicht tragen wollte, sondern damit nur ihrem

Wunsch nachkam? Sie hat mich mit selbstgestrickten Norwegerpullis bedient, die ich selbstverständlich nicht ablehnen konnte, weil sie sie ja so viel Mühe gekostet haben, was sie mir permanent aufs Butterbrot schmierte. Im gleichen Stil hat sie mich genötigt, die geflochtenen Zöpfe zu akzeptieren, die nach der Grundschule keine außer mir trug. Dasselbe galt für die große Hornbrille, die damals schon unmodern war. Kurz: Ich war ein Alien. Je länger das andauerte, umso mehr futterte ich. Schokolade wurde zum Allheilmittel, zum Trost für die dunklen Stunden, zum Lieferanten von Glückshormonen. Ich konsumierte gewaltige Mengen davon und wurde entsprechend dick, was die Situation natürlich weiter verschlimmerte. Irgendwann kam dann noch die Zahnspange dazu und ich war endgültig verunstaltet. Die ganzen neun Jahre des Gymnasiums diente ich als Fußmatte, auf der sich alle die Füße abtraten. Ich wurde ausgegrenzt, verspottet, beleidigt und – sorry, wenn ich dieses unschöne Wort verwende – verarscht. Bei meinen Eltern stieß ich auf keinerlei Verständnis. Da hörte ich eher Sprüche wie: ›Es ist doch wertvoll, anders zu sein.‹ Ich wollte aber nicht anders sein. Ich wollte einfach nur ein Teil der Gruppe sein. Normal. Dazugehören. Das haben sie nie begriffen. Vor allem haben sie nie begriffen, dass sie mich durch meine Loyalität zu ihnen an den Rand der Gemeinschaft gedrängt haben und dass ich damit todunglücklich war. Natürlich hätte ich aufbegehren können – so wie meine jüngere Schwester Kathrin –, doch ich kam gegen den verzweifelten Wunsch, es ihnen recht zu machen, sie nicht zu enttäuschen, nicht an. Dazu war die emotionale Abhängigkeit, in die sie mich von klein auf getrieben haben, zu stark.«

Ich schlage die Hände vors Gesicht, weil mich das Aufleben dieser Erinnerungen mitnimmt und mich in die schmerzhafteste Zeit meines Lebens zurück katapultiert. Erneut spüre ich warme Hände auf meinen Schultern, bei denen nicht der Hauch eines Zweifels besteht, zu wem sie gehören. Eine andere Hand reicht mir ein Taschentuch. Je länger die Wärme der Berührung in meine Zellen eindringt, desto ruhiger werde ich. Ich drehe mich zu Dennis um, sehe die gesunde Schokolade in seinen Augen und nicke ihm dankbar zu. Er schenkt mir ein Lächeln, das die Liebe in meinem Herzen explodieren lässt, und setzt sich wieder auf seinen Platz.

»Irgendwann konnte ich es nicht mehr ertragen. Es war nicht so, dass ab und zu über mich gelästert worden wäre, sondern permanent. In jeder einzelnen Schulstunde wurde ich zum Mittelpunkt der allgemeinen Heiterkeit. Ich habe geschrien, geweint, bin sogar mit den Fäusten auf andere losgegangen, doch mit nichts konnte ich sie bremsen. Eines Tages habe ich eine bewusste Entscheidung getroffen: es an mir abperlen zu lassen. Ich habe gar nicht mehr zugehört, nicht mehr reagiert, habe stattdessen die Gedanken auf Erkundungstouren geschickt, mir Geschichten ausgedacht, ferne Welten bereist, die außerhalb des Raumes lagen, in dem ich mich gerade befand. Die Fantasie wurde neben der Schokolade zur großen Trösterin. Ich entdeckte, dass mir die meisten wohltuenden Geschichten einfallen, wenn ich in der Natur unterwegs bin. Ich fing an, spazieren zu gehen, zu wandern und zu joggen. Durch die viele Bewegung ließ die Lust auf Schokolade nach. Ich besiegte die Sucht, ohne sie überhaupt besiegen zu wollen. Es geschah einfach. Nach dem Abitur studierte ich Germanistik, zog dafür in eine entfernte Stadt und war frei vom Einfluss meiner Mutter. Die Zöpfe, die Norwegerpullis und die altmodische Kleidung waren damit Vergangenheit. Ich hätte eine andere werden und einen Neustart wagen können. Doch ich habe weiterhin die bezopfte, dicke Brillenschlange in mir gesehen, mit der niemand etwas zu tun haben will. Deswegen habe ich mich von allen ferngehalten, Kontaktangebote ausgeschlagen (wer konnte denn schon wissen, ob die mich nicht bloß wieder hereinlegen wollen?) und mich ins freiwillige Einzelgängertum zurückgezogen. Tja, und jetzt sitze ich hier und weiß nicht, was ich betrauern soll. Den Tod meiner Eltern, mit denen ich mich nicht mehr aussöhnen konnte, oder den Tod der kleinen Friederike, die nie zu der werden durfte, die sie hätte sein können?«

Mein Blick wandert zu Therese. »Weißt du, ich verstehe so gut, was du vorhin gesagt hast. Dass du dankbar bist, dich als Einzelperson kennenlernen zu können. Ich kenne mich ausschließlich als Einzelperson. Und ich fände es schön, wenn ich erfahren würde, wie ich als die Friederike wäre, die irgendwo wirklich dazugehört. Gemocht, geliebt, normal. Mehr will ich gar nicht, einfach normal sein. Aber diese Friederike ist vor langer Zeit gestorben.«

»Ist sie nicht«, flüstert Dennis.

Ich hebe das Gesicht und sehe ihn an. Eine Mischung aus Trotz und Spott wallt in mir auf. »Ach ja?«

»Ja, sie ist nicht gestorben. Das denkst du nur. Sie hat sich zurückgezogen, doch sie ist noch da. Sie ist vollkommen präsent, wenn du mit Mia und Emma zusammen bist oder mit Kathrin. Und sie zeigt sich in der Gegenwart von Gottfried und immer häufiger in meinem Beisein. Sie zeigt sich hier, auf dieser Schaukel. Und in diesem Moment ist sie Teil einer Gemeinschaft. Normal. Eine Trauernde unter Trauernden, die dazugehört.«

Ein zustimmendes Gemurmel brandet auf. »Ich mag dich, Mädchen«, erklärt Therese. »Ich mag dich auch«, ertönt eine Stimme nach der anderen. »Und ich mag dich sowieso«, beschließt Dennis den Reigen.

Ich sitze da. Sprachlos. Fassungslos. Und mir fällt nichts Besseres ein, als in ein ungehemmtes Schluchzen auszubrechen, in dem sich die ganze Pein meines Lebens zu entladen scheint. Auf einmal bin ich umringt von Menschen. Jeder fasst mich irgendwo an. Die Supertröster-Hände ruhen erneut auf meinen Schultern, und weitere Hände liegen auf meinen Armen. Ich hätte nie gedacht, dass sich menschliche Nähe so anfühlen kann. Maisie legt mit einem Winseln ihren Kopf auf meine Knie und schaut mich voller bedingungsloser Liebe mit ihren treuherzigen Augen an. Plötzlich bin ich in einem Fantasy-Film, in dem sich offene Wunden wie von Geisterhand durch irgendein magisches Elixier verschließen. Diese Menschen hier und der liebgewonnene Vierbeiner sind mein Elixier. All die groben Pflaster, die Sicherheitsnadeln und Tacker-Drähte um meine Seele fallen ab und weichen zusammenwachsenden Linien, die die Löcher schließen. Natürlich bleiben Narben zurück. Das ist unvermeidlich. Doch zum ersten Mal im Leben fühle ich mich wiederhergestellt. Verkratzt ja, aber dennoch ganz. Das Schluchzen ebbt ab, und ich lasse einen leicht beschämten Blick über die Gleichgesinnten wandern, die mich umringen. »Danke!«

Dennis löst als Letzter seine Hände. Ihn kann ich jetzt wirklich nicht ansehen, sonst würden meine Augen verraten, welche Gefühlsstürme gerade exklusiv für ihn in mir toben.

Bröckelnde Geheimnisse

»Hey du«, begrüßt mich Dennis, als ich ihm am nächsten Nachmittag auf sein Klingeln hin die Tür öffne.

Hat jemals irgendwer »Hey du« zu mir gesagt? Definitiv nicht. Es klingt hübsch, charmant, vertraut, fast schon liebevoll. Als würde ich dazugehören. Ich korrigiere mich: Ich gehöre dazu. Nicht zu allen, nein, aber zu einigen, wie ich seit gestern weiß.

»Ich dachte, ich schaue mal, wie es dir heute nach diesem aufrüttelnden Abend geht«, schiebt er hinterher. »Und ich habe uns Kuchen mitgebracht. Was hältst du von einem Kaffeetrinken auf der Terrasse?« Er wirkt nervös, so wie ich ihn sonst gar nicht kenne.

»Das ist ja lieb von dir«, lächele ich, und mein Herz zündet ein Trommel-Solo. »Komm rein.«

Ich lasse ihn in meine Höhle? Wirklich? Erstaunt stelle ich fest, dass es sich zwar aufregend, aber nicht furchteinflößend anfühlt.

Er folgt mir und schaut sich interessiert um, während ich in die Küche verschwinde, um Geschirr hervorzukramen. »Du hast es schön«, bemerkt er anerkennend.

»Ja, ich liebe dieses Haus. Und da sich fast mein ganzes Leben hier abspielt, habe ich viel Wert auf die Einrichtung gelegt.«

»Du arbeitest daheim?«

»Genau. Im ersten Stock ist das Arbeitszimmer. Allerdings sitze ich auch manchmal auf dem Sofa oder auf der breiten Liege auf der Terrasse, wenn ich schreibe – je nachdem, ob ich zwei Monitore brauche oder nicht.«

»Wenn du schreibst?«, erkundigt er sich überrascht. »Kathrin erzählte mir, du seiest Lektorin.«

Verflixt, wie konnte mir das passieren? Ich bin es nicht gewöhnt, einfach drauflos zu plappern, weil ich mich in niemandes Nähe so wohl fühle, dass ich diesbezüglich in Versuchung käme. Bis auf jetzt. Bis auf Dennis. Ich habe nicht nachgedacht, die Zunge sprechen lassen, wie es dem Gehirn gerade einfiel.

»Ähm«, stammele ich, während mir ein Schwall Blut in den Kopf schießt. »Ja, schon. So ein bisschen schreibe ich eben auch. Aber das weiß keiner.«

»Okay. Dann weiß es anscheinend nicht einmal Kathrin?«

»Das ist richtig. Es macht mir schlicht und ergreifend Spaß, und wie du dir sicher vorstellen kannst, habe ich keine Lust auf die Bewertungen anderer. Also gehe ich damit nicht hausieren.«

»Könnte ich etwas von dir kennen?«

»Keine Ahnung«, platzt es aus mir heraus. Sofort schäme ich mich für diese Lüge.

»Was schreibst du denn? Fachbücher, Kurzgeschichten, Romane, ein bestimmtes Genre?«

»Romane. Nichts Besonderes. Das ist auch gar nicht wichtig genug, als dass wir uns darüber unterhalten müssten. Und wie gesagt, es ist ein Geheimnis.«

»Na gut. Vielleicht verrätst du mir irgendwann mehr.«

»Ja, irgendwann.« *Wenn wir bis dahin noch Freunde sind*, denke ich. Zwar hat er mich mit den gestrigen Worten tief berührt und die Zweifel über seine ernsthaften freundschaftlichen Absichten zerstreut, doch ich mag weiterhin nicht glauben, dass sein zwischenmenschliches Interesse an mir von Dauer sein könnte.

Wir tragen das Geschirr nach draußen, und ich widme mich dem luxuriösen Kaffeevollautomaten, der die köstlichsten Kreationen zaubern kann. Dann nehmen wir einträchtig am großen Holztisch auf der Terrasse Platz.

»Hast du die Erlebnisse in der Trauerrunde gut verkraftet?«, erkundigt sich Dennis mitfühlend.

»Ja, sehr gut. Es ist einiges dabei passiert. Ihr habt mir tatsächlich geholfen, ein paar Wunden zu schließen. Das hätte ich nie für möglich gehalten.« Ein Grinsen zieht über mein Gesicht, als mir ein Bild in den Sinn kommt. »Meine Seele sieht nicht mehr ganz so stark nach einem Schweizer Käse aus«, amüsiere ich mich.

»Schweizer Käse?«, fragt Dennis und schaut mich verwundert an.

»Ja, voller Löcher – jetzt sind es etliche weniger«, entgegne ich und wackele neckisch mit den Augenbrauen. Wirklich. Ich wackele mit den Augenbrauen, obwohl ich mich nicht erinnern kann, das je zuvor getan zu haben. »Gut, ich gebe zu, das ist aus ›Harry Potter‹ geklaut. George behauptet, nachdem er bei einem Flugduell sein Ohr verloren hat und an der Stelle ein Loch klafft, er fühle sich wie ein Schweizer Käse.«

»Wenn du das sagst. Der Gag ist mir ehrlich gesagt nicht aufgefallen.«

»Aber mir. Und weißt du warum? Ich war derart im Harry-Potter-Fieber, dass ich nicht warten konnte, bis der letzte Band auf Deutsch erscheint. Deswegen habe ich ihn zuerst auf Englisch gelesen, und da sagt George, als er aus seiner Ohnmacht erwacht, zu Fred: ›I'm holey.‹ Der versteht ›holy‹ im Sinne von ›heilig‹ und denkt, sein Zwillingsbruder wäre verrückt geworden. Da wiederholt George ›holey‹ und deutet auf sein Ohr. Erst da kapiert Fred, dass die Rede von ›löchrig‹ ist. Ich war von dem Wortspiel damals hin und weg.« Dennis nickt verstehend und seine Augen leuchten erheitert auf.

»Als ich die Stelle las, dachte ich: ›Puh, wie will der Übersetzer das meistern?‹ Deshalb ging mein erster Blick in der deutschen Ausgabe auf diese Szene. Er hat es mit dem ›Schweizer Käse‹ gelöst. Fand ich bei Weitem nicht so gut wie den Gag im Original, aber ehrlich gesagt wäre mir selbst nichts Besseres eingefallen.«

»Lieber Himmel, was die Frau alles weiß«, stöhnt Dennis und lächelt mich liebevoll an, was mein Blut schlagartig in Schokoladenströme verwandelt. Danach könnte ich wieder süchtig werden.

»Na ja, schließlich habe ich jahrelang als Lektorin gearbeitet. Berufsbedingtes Interesse, würde ich sagen.«

Dennis stutzt und betrachtet mich fragend. »Jahrelang? Wieso jahrelang? Ich dachte, du wärst weiterhin Lektorin, auch wenn du inzwischen Romane schreibst ...«

Ich schlucke schwer. Will ich wirklich eine Lüge nach der anderen abfeuern? Ich habe den ersten Freund meines Lebens im platonischen Sinne, versteht sich Kann ich diesen neuen Lebensabschnitt auf Heimlichkeiten aufbauen? Nein, ausgeschlossen!

»Na gut, dann eben die ganze Wahrheit: Ich arbeite nicht mehr als Lektorin. Das muss unbedingt unter uns bleiben. Ich bin Vollzeit-Autorin und veröffentliche unter Pseudonym, das ich aber niemandem verrate, auch dir nicht. Bitte versteh das.« Flehend sehe ich ihn an und hoffe, dass er nicht die Überschreitung dieser Grenze von mir fordert.

»Natürlich verstehe ich das. Du musst mir nichts sagen, was du nicht sagen willst. Wir lassen das Thema einfach. Einverstanden?«

»Danke, Dennis. Und nicht nur dafür. Danke, dass du mich überredet hast, eurem Kreis beizutreten. Und danke, dass du so geduldig mit mir warst.« Seine Hand liegt dicht neben meiner auf der Tischplatte. Es wäre ein Leichtes, sie zu ergreifen und zu drücken, und ich sehne mich danach in einem unvorstellbaren Ausmaß, aber der Sprung über die Hemmschwelle ist zu groß, als dass ich ihn bewältigen könnte.

»Wie war der Abend für dich?«, frage ich, um mich von der körperlichen Nähe zu ihm abzulenken.

»Er war gut. Schmerzhaft und befreiend. Außerdem hatte er Folgen.« Mit einem geheimnisvollen Lächeln sieht er mich an und mein Herz springt beinahe vor Aufregung aus der Brust. »Fällt dir nichts auf?«

Ich mustere ihn nachdenklich. Das sollte ich lieber sein lassen, zumindest was das Verharren meines Blicks auf den schokoladigen Augen betrifft. Ich studiere seine Züge, die aussehen wie immer, seine gewohnt legere Kleidung, die Haare, die ich zu gern einmal anfassen würde. Wie fühlt sich wohl Männerhaar an? Nichts Außergewöhnliches zu entdecken – abgesehen davon, dass ich den ganzen Mann außergewöhnlich finde.

Dennis hebt seine Hände in die Höhe, sodass ich die Außenseiten sehen kann. Verwirrt betrachte ich sie. Was will er mir damit sagen? Und schlagartig begreife ich. Mein Puls beginnt zu jagen, und wilde, vollkommen realitätsferne Fantasien ergreifen von mir Besitz.

»Dein Ring ...«, stammele ich.

»Genau. Gestern Abend war ich mir plötzlich sicher, dass der Moment gekommen ist, um ihn abzulegen, Sabrina loszulassen und ihr einen Platz im Reich der schönen Erinnerungen zu geben. Das war sehr emotional, aber jetzt fühle ich mich befreit.«

»Ich ..., ich ...«, stottere ich. Wie reagiert man auf eine solche Offenbarung? Alle Worte erscheinen mir richtig und zugleich falsch. Ich weiß nicht, was ich sagen soll.

»Du musst das gar nicht kommentieren. Ich wollte es dir bloß erzählen. Und vielleicht kannst du mir an einem Punkt helfen? Was würdest du mit dem Ring machen? Momentan liegt er in meiner Nachttischschublade, zusammen mit Sabrinas Ehering.«

»Puh, da bin ich keine Expertin. Keine Ahnung. Ich war nie in dieser Situation.«

»Klar, verstehe. Stell dir vor, das wäre ein Roman, was würde dein Protagonist tun?«

»Wenn das ein Roman wäre ... Hm. Da fallen mir ein paar Möglichkeiten ein. Er könnte die Ringe einschmelzen und etwas Neues daraus formen lassen – etwas, das eine positive Erinnerung schafft. Oder er könnte sie an einem besonders schönen Platz beerdigen, zum Beispiel an einem Ort, der ihm und seiner verstorbenen Frau viel bedeutet hat. Oder vielleicht gibt es Angehörige, die die Ringe als Erinnerungsstück weitertragen wollen, wenn sie in einen anderen Schmuck verwandelt wurden. Hm, das sind die Einfälle, die mir spontan kommen.«

Ratlos sehe ich ihn an, während sich auf seiner Miene mehr und mehr ein Leuchten ausbreitet. »Die letzte Idee ist genial, Friederike. Sabrina hatte eine ältere Schwester, Leona, und deren Tochter war ihr Patenkind. Nächstes Jahr wird sie konfirmiert. Ich könnte Leona vorschlagen, aus den Ringen etwas arbeiten zu lassen, das die Konfirmandin an ihre Tante erinnern soll, die an diesem Tag nicht dabei sein kann. Die beiden hingen sehr aneinander. Ich bin mir sicher, dass sie sich darüber unbändig freuen würde.«

Voller Begeisterung springt Dennis von seinem Stuhl auf. Seine Augen strahlen und verwandeln sich in Schokoküsse, garniert mit ein paar Tränentropfen. »Würdest du mir einen Wunsch erfüllen, Friederike?«

»Äh, welchen?«, will ich überfordert wissen, weil ich kaum weiß, wie ich die neu entflammte Schokoladensucht in den Griff bekommen kann.

»Darf ich dich bitte, bitte umarmen? Damit ich nicht vor lauter Dankbarkeit explodiere.«

Lieber Gott im Himmel (falls du dort bist), was tust du mit mir? Ich merke, wie der Blutstrom aufhört zu fließen, weil sich sämtliche Partikel im Kopf zusammengerottet haben. Und mein Herz klopft so wild, dass ich Angst habe, in der nächsten Sekunde tot zusammenzubrechen.

»Bitte, Friederike«, höre ich Dennis' Stimme und werde dadurch wieder in die Außenwelt zurückgeholt.

Mit wackligen Beinen stehe ich auf, unfähig, mich weiter zu bewegen. Ich fühle mich wie in Trance und weiß kaum, was ich tue. Ehe ich mich's versehe, lehne ich an einem riesigen, warmen, wohlduftenden Oberkörper, werde von zwei langen Armen umschlungen und sanft am Rücken berührt. Ganz von allein umschlingen meine Arme den Mann vor mir. Meine Wange drückt sich an eine kräftige Brust, in der gleichmäßig ein ruhiger Herzschlag erklingt. Ich möchte mich auflösen und mit ihm verschmelzen, mich nie mehr aus dieser Umklammerung befreien müssen und in keiner Sekunde meines Lebens an einem anderen Ort sein. Wellen aus Liebe, Wärme und Geborgenheit breiten sich in mir aus. Die erste richtige Umarmung eines Mannes. In Filmen habe ich sie gesehen, in Büchern darüber gelesen, sogar davon geschrieben, doch nichts hält der Realität auch nur im Entferntesten stand. Ich erlebe einen Moment reiner Glückseligkeit, und viel schneller, als mir lieb ist, ist er vorbei.

Vollkommen benebelt taumele ich danach auf meinen Platz zurück und greife, bloß um beschäftigt zu sein, nach der Kaffeetasse, deren Inhalt längst kalt geworden ist. Ich kann Dennis unmöglich anschauen, ohne dass er mitbekommt, wie sehr meine Gefühle außer Rand und Band geraten sind. Zum Glück scheint auch ihm nicht der Sinn nach Konversation zu stehen, und wir tun das, was wir von Anfang an gut miteinander konnten: Wir schweigen.

Als er sich nach einer gefühlten Ewigkeit erhebt und für die schöne Zeit bedankt, habe ich mich zumindest so weit beruhigt, dass ich ihm wieder flüchtig in die Augen sehen kann. Er haucht mir einen Kuss auf die Wange – das zweite erste Mal des heutigen Tages – und verschwindet durch den Garten.

*

Immer noch aufgewühlt schaue ich am nächsten Tag draußen nach dem Rechten, allerdings nur an der Front, die zu Gottfried zeigt. Wenigstens vorübergehend brauche ich Abstand zu Dennis. Ansonsten wäre ich in höchster Gefahr, mich planlos in seine Arme zu stürzen und damit alles zu zerstören, was gerade wie ein zartes freundschaftliches Pflänzchen zwischen uns heranwächst.

Den Vormittag habe ich im Büro verbracht und wie wild auf die Tastatur eingeprügelt – nicht im gewalttätigen Sinne, sondern im kreativen. Endlich flutschte es mal wieder bei meinem aktuellen Projekt und der Roman ist jetzt um zwanzig Seiten länger geworden.

Als ich durch ein »Hallo, Schätzle« aus meinen Arbeitsgedanken gerissen werde, hat das eine herrlich beruhigende Wirkung. Seit Gottfrieds Krankenhausaufenthalt schaue ich mindestens jeden zweiten Tag nach ihm, wobei meine Bedenken unbegründet zu sein scheinen. Die Medikamente tun ihm offenkundig gut, denn er sieht aus wie eine wandelnde Gesundheitswerbung und hat sich seine alte Energie zurückerobert. Die Augen leuchten wie noch nie, und ich bin dankbar dafür, mir um einen wichtigen Pfeiler meines Lebens weniger Gedanken machen zu müssen. Entsprechend freue ich mich, dass wir uns heute spontan über den Weg laufen.

»Hallo, Gottfried. Ist das nicht ein traumhaftes Wetter zurzeit?«

»Absolut. Und wie geht's dir so, Mädle?«

»Mir geht's prima. Keine besonderen Vorkommnisse.«

»Na, na, na«, gibt er mit gespielter Strenge zurück. »Wir wollen aber mal hübsch ehrlich bleiben.«

»Was meinst du?«, frage ich beklommen und befürchte das Schlimmste.

»Du vergisst, dass ich dein Nachbar bin. Und als solcher habe ich gesehen, dass Dennis gestern Nachmittag für geraume Zeit auf deiner Terrasse saß. Wir beide wissen, dass das nicht unter ›keine besonderen Vorkommnisse‹ läuft ...«

»Ach, das war doch nichts. Wir haben uns bloß unterhalten. Am Freitagabend war ich bei seiner Trauerrunde. Das hat gutgetan. Und bei so etwas lernt man sich logischerweise besser kennen. Jedenfalls wollte er sich nur erkundigen, wie es mir nach dem aufregenden Abend geht.«

»Bei Kaffee und Kuchen?«, hakt Gottfried trocken nach, als wolle er mir klarmachen, dass das für ihn nicht so belanglos aussieht.

»Mensch, Gottfried, das ist ja hier schlimmer als in einem totalitären Überwachungsstaat. Big Gottfried is watching you, oder was?«

Er lacht schallend. »Ich versuche ja bloß, gut Wetter zu machen für den Anschlag, den ich auf dich vorhabe.«

Ich runzele die Stirn. »Was ist los? Brauchst du wieder Begleitung bei einer Trauerfeier? Kein Problem. Ich bin inzwischen in der Übung. Trauerfeier, Trauerrunde und Co. Habe ich alles im Angebot.«

»Nein, nein, keine Trauerfeier.« Er schiebt sich den Strohhut so weit nach hinten, dass ich befürchte, er würde gleich zu Boden segeln. Nervös krault er sich an seiner Platte und schaut angespannt auf seine Füße.

»Gottfried, muss ich mir Sorgen machen? Nun sag schon: Was ist los?«

»Also, ich war ja im Krankenhaus.«

»Lieber Nachbar, stell dir vor, das ist mir bekannt«, spotte ich, bevor Panik in mir aufsteigt. »Oh nein,

Gottfried, sag nicht, es gibt doch einen besorgniserregenden Befund.«

»Nein, nein, gar nicht, Mädle, alles prima bei mir. Es ist bloß so, dass ...«

»Gottfried, wenn du in diesem Stil weitermachst, ist mein göttlicher Friede dahin. Was ist derart schlimm, dass du nicht mit der Sprache rausrücken magst?«

»Na ja, also, es sind ja viele Menschen in einem Krankenhaus.«

»Ach was! Das ist mir noch nie aufgefallen«, gebe ich augenrollend zurück.

»Nicht nur Patienten, sondern auch Ärztinnen, Ärzte, Physios und das Pflegepersonal.«

»Schon wieder eine Neuigkeit für mich. Herzallerliebster Gottfried, würdest du mir einen Gefallen tun und endlich zum Punkt kommen?«

Er stöhnt auf. »Lass uns auf die Terrasse gehen. Ich bekomme das so nicht hin.«

»Gottfried!«, seufze ich. »Du veranstaltest doch sonst nicht eine derartige Show. Ich stehe kurz vor einer Panikattacke, weil ich bereits den Untergang der Menschheit befürchte, so wie du dich anhörst.«

»Na ja, um den Untergang der Menschheit geht's nicht, aber vielleicht um meinen persönlichen.«

Ich schüttele den Kopf, verlasse mein Grundstück und laufe an seinem Haus vorbei in den Garten. »Meinetwegen. Zweite Runde. Wir schauen, ob es im Sitzen besser flutscht.« Entschlossen begleite ich ihn in Richtung Terrasse, rücke ihm einen Stuhl zurecht und nehme ihm gegenüber Platz. Ich lehne mich vor, lege die Unterarme auf die Tischplatte und fixiere ihn. »Also?«

»Es geht um Annemarie«, stößt er hervor.

Stirnrunzelnd betrachte ich ihn. »Welche Annemarie?«

»Dr. Annemarie Fischer.«

»Aha. Kenne ich nicht. Und was ist mit ihr?« Von Minute zu Minute werde ich verständnisloser und beginne allmählich, an Gottfrieds geistiger Gesundheit zu zweifeln.

»Sie ist die Chefärztin der Inneren Medizin.«

»Hm.« Ich ziehe mit der rechten Hand girlandenförmige Kreise durch die Luft, um ihm zu signalisieren, dass ich gebannt auf weitere Erklärungen warte.

»Sie ist ja quasi ein junges Mädle und ich bin ein alter Mann. Aber trotzdem, irgendwie haben wir uns angefreundet.«

»Du und ein junges Mädle, das schon Chefärztin ist.« So langsam verstehe ich nur noch Bahnhof. Lieber Himmel, ist Gottfried etwa dement oder kurzzeitig geistig verwirrt?

»Na ja, alt oder jung kommt drauf an, von wo aus man guckt«, verkündet er in breitem Schwäbisch.

»Okay, also wie alt ist jetzt das junge Mädle? Und was ist der Kern der Geschichte?«

»Höchstens Anfang sechzig. Wir haben uns ein paar Mal getroffen, und nun würde ich sie gern zu mir einladen. Ich möchte bloß nicht, dass es aussieht, als hätte ich unehrbare Absichten.«

»Präzisiere unehrbare Absichten!«

»Ach, Mädle, du weißt schon. Nicht, dass sie denkt, ich will sie rumkriegen.«

Ich brauche meine ganze Selbstbeherrschung, um nicht loszuprusten. Ja, genau diese Angst hätte ich bei Gottfried als Allerersten. Aber vielleicht liegt das Fehlen entsprechender erotischer Fantasien bei mir lediglich daran, dass uns etliche Altersjahrzehnte trennen. Laut bringe ich nur ein bemüht neutrales »Aha« hervor.

»Und deshalb ...«

»Okay, ich vermute mal, jetzt komme irgendwie ich ins Spiel.«

»So ist es, Schätzle.« Er schiebt seinen Strohhut noch weiter nach hinten, und es passiert, was passieren musste: Er segelt zu Boden. »Hoppla.«

Ich springe auf, um ihn aufzuheben. »Also, Gottfried, ich habe nicht auf die Uhr gesehen, aber gefühlt eiern wir bereits seit einer halben Stunde um das eigentliche Thema herum. Du kriegst deinen geliebten Hut bloß zurück, wenn du mir endlich sagst, was Sache ist.«

Er kratzt sich über seine unbedeckte Kopfplatte und schaut mich gequält an. »Du wirst nicht begeistert sein.«

»Das ist nach der langen Vorrede zu vermuten. Langsam habe ich dich im Verdacht, mich zu manipulieren. Indem du so tust, als ob du etwas ganz Fürchterliches wolltest, spekulierst du darauf, dass ich am Ende über die Wahrheit dermaßen erleichtert bin, dass ich einem Gefallen zustimme, dem ich unter anderen Umständen aus dem Weg gegangen wäre. Liege ich da richtig?«

Ein weiteres Mal kratzt er sich und sieht dabei ein bisschen aus wie Stan Laurel. »Nein, ich bin mir relativ sicher, du findest es wirklich fürchterlich.«

Ich atme tief durch. »Gottfried, fürchterlich oder nicht. Raus damit!«

»Na gut«, seufzt er. »Wie gesagt, ich möchte nicht, dass es wie ein romantisches Date daherkommt. Und darum dachte ich, ich mache einen Nachbarschaftskaffee und lade sie dazu ein.«

»Einen Nachbarschaftskaffee?«

»Ja, mit Dennis und dir und Annemarie. Zu viert. Kann ich jetzt bitte den Hut wiederhaben? Ich fühle mich sonst so nackt.«

Mechanisch reiche ich ihm seine obligatorische Kopfbedeckung. Deswegen die Einleitung. Und deswegen hat er sich Hoffnungen gemacht, als er gestern Dennis und mich auf der Terrasse gesehen hat. Ich betrachte meinen Nachbar-Freund nachdenklich. Hm, eigentlich ja eine kleine Bitte für jeden »normalen« Menschen, aber für mich? Die andere Frage ist: Kann ich das Gottfried wirklich abschlagen, so flehentlich wie er mich anschaut?

Den Strohhut hat er noch nicht wieder aufgesetzt. Stattdessen knetet er ihn nervös in seinen Händen. Meine Güte, muss ihm das wichtig sein! Nein, in einem solchen Fall kann ich ihn nicht im Stich lassen. Schließlich verlangt er nichts, was mich in eine unbekannte Panikzone führen könnte. Ich glaube kaum, dass von einer über sechzigjährigen Ärztin, die Gottfried mag, Attacken auf meine Seele zu befürchten sind.

»Meinetwegen«, stoße ich mit einiger Überwindung hervor.

Sofort leuchten seine Augen auf und die Augenbrauen wandern verblüfft nach oben. »Du bist echt einverstanden? Auch damit, dass ich Dennis einlade?«

»Ja«, gebe ich knapp zurück.

»Ha, das war überraschend einfach, mein Schätzle«, lacht er, springt auf und zieht mich in eine stürmische Umarmung. Die zweite in zwei Tagen. Da ziehen ganz neue Gewohnheiten in mein Leben ein ...

Violinen, Gitarren und Tänze

Die Terminfindung für das Treffen mit Gottfrieds Flamme erweist sich als gar nicht so leicht. Zwar sind er und ich terminlich flexibel, doch bei Annemaries Dienstplänen und Dennis' Rednerterminen gleichzeitige freie Zeitfenster zu entdecken, stellt sich als kompliziert heraus. Am Ende schaffen wir es und einigen uns auf den Donnerstag der übernächsten Woche. In den Tagen dazwischen laufen Dennis und ich uns regelmäßig über den Weg, aber größere Zusammenkünfte ergeben sich nicht. Bei ihm stehen um diese Jahreszeit etliche samstägliche Hochzeitstermine an sowie die üblichen Trauerfeiern, die zumeist werktags abgehalten werden.

Während ich zögerlich die Haustür hinter mir zuziehe, um zu der Verabredung zu gehen, bin ich mächtig aufgeregt. Schon wieder ein neuer Mensch, der in mein Leben tritt. Und dann gibt es ja auch noch den, der mich ohnehin permanent innerlich beschäftigt. Wenigstens ist dieser Zustand mittlerweile ein bisschen alltäglicher geworden und wirft mich nicht mehr komplett aus der Bahn. Ich konnte sogar ein paar außerordentlich produktive Schreibtage einlegen, was mich der Deadline inzwischen optimistischer entgegenblicken lässt.

Auf der Straße warten bereits Maisie und Dennis, der Blumen aus seinem Garten gepflückt und zu einem farbenfrohen Strauss arrangiert hat. Ich bin mit einer

Sektflasche bewaffnet, von der ich hoffe, dass wir sie öffnen werden. Ein Hauch von Leichtigkeit im Kopf kann nichts schaden.

»Hallo, Dennis«, begrüße ich ihn, von einer gewaltigen Welle der Schüchternheit geflutet.

»Hey, Friederike, wie schön, dass wir endlich mal wieder Zeit miteinander verbringen!«, schmettert er mir fröhlich und vollkommen unverkrampft entgegen. »Ich habe deine Nähe vermisst.«

Ich merke, wie meine Knie zittrig werden und habe Mühe, halbwegs aufrecht in seine Richtung zu laufen. Nach einem kurzen Blick in meine Augen, der ausreicht, um mir einen Zuckerschock zu bescheren, fasst er mich an den Schultern, beugt sich nach unten und platziert neben jeder meiner Wangen ein Luftküsschen. Sein viel zu vertrauter Geruch steigt mir in die Nase. Ich spüre seine Körperwärme und kann den Drang, mich gegen seine Brust zu werfen, nur mit äußerster Selbstbeherrschung niederkämpfen. Zum Glück gibt es Maisie, der ich mich mit intensiven Streicheleinheiten zuwende, um damit mein Gefühlschaos zu verbergen.

»Wie ist es dir ergangen in den letzten eineinhalb Wochen?«, erkundigt er sich. »Ich bin von einem Termin zum nächsten gerast. Schade, dass deswegen die Trauerrunde ausfallen musste. Vielleicht hätten wir uns sonst wenigstens da gesehen.«

»Ja, ich wäre gekommen«, bestätige ich und wundere mich über mich selbst. Ja, ich wäre wirklich gekommen. Seltsamerweise übermannt mich keine Angst mehr, wenn ich an diese Runde denke. Im Gegenteil. Ich freue mich sogar schon, morgen wieder daran teilzunehmen. »Mir geht es gut. Alles im grünen Bereich. Ich war produktiv. Und wie hast du deine Terminrallye überstanden?«

Dennis lacht so fröhlich, dass mir das Herz vor Glück beinahe zerspringt. »Bestens. Wie immer. Es waren interessante Begegnungen mit Liebe, Freude, Trauer, Emotion – alles, was zum Leben dazugehört.«

Liebe ...

Es muss wundervoll sein, bei Hochzeiten dabei zu sein und sich an den Gefühlen der Paare und ihrer Angehörigen zu erfreuen. Ich war erst bei einer Hochzeit – bei Kathrin und Marcel. Und es war die ultimative Herausforderung, den Tag durchzustehen. Auch damals hatte ich bereits die Technik des Tarnens und Unsichtbar-Werdens perfektioniert. Ein schlichtes, unauffälliges Kleid, eine strenge Hochsteckfrisur, nach unten gesenkter Blick und ein Beobachtungsposten am Rand der Menge reichen in aller Regel, um wie ein Chamäleon mit der Umgebung zu verschmelzen. Trotzdem habe ich von meinem Standort aus das Glück der beiden genossen und mich an ihrer Freude geweidet.

Wie schön muss es sein, sich in die erste Reihe zu trauen, eine Ansprache zu halten und dafür zu sorgen, dass die Emotionen noch größer werden und einen besonderen, ganz persönlichen Rahmen bekommen. Ich stelle mir Dennis vor, wie er mit seiner beeindruckenden Statur und dem warmherzigen Glitzern in den Augen vor eine Hochzeitsgesellschaft tritt und die Anwesenden mit einer seiner schöngeistigen Reden verzaubert. Wie unvergesslich es wohl wäre, das mitzuerleben?

»Hallo, Frau Nachbarin«, holt er mich aus den rosaroten Tagträumen und wedelt mit den Händen vor meinem Gesicht herum. »Wo bist du denn gerade?«

Ich schrecke auf und betrachte ihn mit einem scheuen Lächeln. »Ich habe mir dich gerade bei einer Hochzeit vorgestellt und dachte, dass es bestimmt interessant wäre, dich dabei in Aktion zu sehen.«

»Ach, das ließe sich einrichten, kein Problem«, erklärt er so locker, als ob es für mich wirklich kein Problem wäre. Und wahrscheinlich will er mir genau das vermitteln. »In den meisten Fällen werde ich zumindest zum Sektempfang eingeladen. Und dann wird mir eigentlich immer angeboten, meine Frau oder Freundin mitzubringen. Ich erkläre jedes Mal, dass ich solo bin. Aber natürlich wäre es mir eine Riesenfreude, wenn du mitkämst.«

Meine Gefühle brauen sich zu einem gigantischen Hurrikan zusammen, in dessen Mitte ein verführerischer Schokokuss thront. Es wäre ihm nicht peinlich? Noch nicht einmal, wenn die Leute denken könnten, dass wir zusammengehören?

Oh, wenn ich mir bloß vorstelle, das könnte Realität werden ...

In Windeseile schiebe ich die verbotenen Sehnsüchte beiseite und laufe mit besonders zügigen Schritten weiter zu Gottfrieds Haus.

»Warte, Friederike«, hält mich Dennis auf. »Das war nicht nur so dahin gesagt. Ich würde mich wirklich über deine Begleitung freuen.«

Ich bleibe wie erstarrt stehen. Wie soll ich reagieren und wie darf ich das interpretieren? Ist das einfach ein freundschaftlicher Vorschlag oder steckt etwas anderes dahinter? Schluss jetzt, mit diesen vollkommen schwachsinnigen Gedankengängen!

»Danke, Dennis, ich weiß das Angebot zu schätzen«, murmele ich ins Nirgendwo. »Vielleicht irgendwann einmal.«

»Du meinst, eine Hochzeit wäre dir im Moment noch eine Nummer zu groß?«, fragt er verständnisvoll.

Auch das lässt sich in jede erdenkliche Richtung interpretieren, weswegen ich es bei einem schlichten »Ja« belasse.

Nach unserem Klingeln öffnet Gottfried mit freudiger Miene die Tür. »Wie schön, dass ihr da seid!«, ruft er uns zufrieden entgegen. »Annemarie ist bereits da.«

Mein Herzschlag beschleunigt sich über das Niveau hinaus, das er seit dem Zusammentreffen mit Dennis erreicht hat. Eine Unbekannte, der ich gleich begegnen werde ... Hoffentlich verachtet sie mich nicht.

Unser Gastgeber führt uns durch die Diele und das geräumige Wohnzimmer direkt auf die Terrasse.

»Annemarie, darf ich dir meine Lieblingsnachbarn vorstellen«, eröffnet er die Begrüßungsrunde. »Das sind Friederike und Dennis. Der brave Vierbeiner, der dich jetzt schon anhimmelt, ist Maisie.« Friederike und Dennis – warum klingt das wie Musik in meinen Ohren? An die Melodie könnte ich mich gewöhnen.

»Freut mich sehr«, wendet sich eine sympathisch wirkende Frau an mich, die ich jünger geschätzt hätte als von Gottfried angekündigt. Ihr Pagenkopf ist blond (wahrscheinlich gefärbt, aber gekonnt) mit einzelnen grauen Akzenten. Das sieht hübsch und würdevoll aus. Unfassbar blaue Augen schenken mir einen freundlichen Blick, und das breite Lächeln um ihren Mund wirkt ungekünstelt. Ich mag sie sofort und spüre das beruhigende Gefühl, dass von ihr keine Bedrohung ausgeht.

Ich ergreife die entgegengestreckte Hand und erwidere: »Ich freue mich ebenfalls«, während ich sie vorsichtig drücke.

»Hallo, Annemarie«, schaltet sich Dennis ein, nachdem sie sich ihm zugewendet hat. »Schön, Sie kennenzulernen.«

»Bitte nicht ›*Sie*‹. Sonst komme ich mir noch älter vor, als ich ohnehin schon bin.« Sie lacht über ihre eigene Bemerkung und entblößt dabei zwei gepflegte Zahnreihen. In ihren Wangen vertiefen sich kleine Grübchen, die ihr eine charmante Ausstrahlung verleihen. Ich bin hin und weg von ihrem Erscheinungsbild und ihrem selbstverständlichen Auftreten. Kein Wunder, dass Gottfried Feuer gefangen hat.

»Und ihr wohnt also im Haus nebenan?«, beginnt sie ein unverbindliches Gespräch, während sich ihre Hände damit beschäftigen, Maisie zu kraulen, die das sichtlich genießt. Doch dieses berührende Bild kann mich nur kurzzeitig von der Aussage ablenken, die sie gerade gemacht hat und die mich so sehr verwirrt, dass ich die frisch erworbenen Smalltalkisch-Kenntnisse gleich wieder verliere. Zum Glück springt Dennis ein.

»Friederike lebt im Haus nebenan. Ich bin erst vor Kurzem in das übernächste Haus eingezogen.«

Annemaries Blicke schießen irritiert zwischen uns hin und her. »Ach, dann seid ihr gar kein Paar. Da habe ich wohl etwas missverstanden. Tut mir leid.«

Die bereits bestens bekannte Standard-Röte in Dennis' Gegenwart breitet sich auf meinen Wangen aus, und ich ziehe es vor, konzentriert meine Schuhspitzen zu betrachten.

»Das muss dir nicht leidtun. Wir kennen uns noch nicht so lange. Momentan sind wir einfach Freunde.«

Momentan? Was heißt da »momentan«? Will er damit andeuten, wir könnten irgendwann auch etwas anderes sein? Ausgeschlossen! In letzter Zeit höre ich Flöhe husten. Andauernd geht die Fantasie auf eine unangebrachte Weise mit mir durch.

Um mich abzulenken und den fragenden Blicken von Annemarie zu entgehen, bestätige ich entschlossen: »Genau!«

Eine halbe Stunde später sitzen wir deutlich entspannter um den Kaffeetisch und unterhalten uns. Einen Großteil meiner anfänglichen Nervosität habe ich inzwischen verloren. Ich schüttele verwundert den Kopf, als ich realisiere, dass ich das Zusammensein mit diesen drei Menschen tatsächlich genieße. Annemarie berichtet von ihrer Arbeit in der Klinik und von ihren beiden erwachsenen Kindern, die in ihre Fußstapfen treten. Ich erfahre, dass sie schon seit zehn Jahren Witwe ist und sich seitdem voll und ganz auf ihren Beruf konzentriert.

Nach einer Weile kommt die obligatorische Frage: »Und was machst du, Friederike?«

Ich hüstele verlegen. Jetzt und hier, in Dennis' Beisein eine komplette Lüge abzufeuern, bekomme ich nicht hin. Deswegen lege ich einen Teil der Karten auf den Tisch. »Ich bin Lektorin und schreibe auch ein bisschen.«

»Ach, das klingt spannend. Was für Bücher lektorierst du denn, und was schreibst du?«

»Die Antwort auf beide Fragen lautet: Romane.«

»Romane, wow! Kenne ich etwas von dir?«

»Höchstwahrscheinlich nicht. Ich veröffentliche unter einem geschlossenen Pseudonym. Aus diesem Grund rede ich nicht gern über diese Arbeit.«

»Verstehe.« Sie schenkt mir ein Lächeln, das mir signalisiert, dass sie nicht weiter in mich dringen wird.

»Wo bist du aufgewachsen? Hast du schon immer auf der Schwäbischen Alb gelebt? Dein Zungenschlag klingt nicht danach.«

»Nein, ich bin in Reutlingen großgeworden. Aber meine Eltern kommen aus dem Norden. Vermutlich kann ich deswegen kein Schwäbisch sprechen.«

»Und du, Dennis, woher stammst du? Bei dir hört man allenfalls einen minimalen Akzent.«

»Ich habe bislang mein ganzes Leben in Stuttgart verbracht.«

»Oh, in der Großstadt. Wie fühlt sich da der Wechsel in diese ländliche Idylle an?«

»Wunderbar. Ich wohne sehr gern hier. Die Ruhe tut mir gut, und«, er wirft Annemarie einen verschwörerischen Blick zu, »mal ehrlich: Wo kann man sonst so wundervolle Nachbarn finden?«

»Da hast du sicher recht«, schmunzelt sie und schenkt Gottfried ein liebevolles Lächeln, das ihm das Blut in die Wangen treibt. »Ja, das ist auf dem Land etwas anderes als in der Stadt. Ich habe ebenfalls tolle Nachbarn. Nur die kulturellen Angebote fehlen mir. Bis zum nächsten Konzertsaal ist es eine ziemliche Fahrerei. Da ich musikverrückt bin, ist das für mich der einzige Wermutstropfen an der abgeschiedenen Wohnlage.«

»Zu welcher Art Konzerte gehst du denn?«, erkundigt sich Dennis, während Gottfried beschwingt in die Küche verschwindet, um für Kaffee-Nachschub zu sorgen.

»Am liebsten mag ich Klassik oder auch Musicals. Da ich selbst Klavier spiele, gehe ich am meisten in Klavierkonzerten auf. Spielst du ein Instrument?«

»Ja, Gitarre.«

»Gitarre?«, frage ich mit einem begeisterten Juchzen, das so schnell kommt, dass ich es nicht unterdrücken kann.

»Ja, warum?«, fragt er mit seiner sonoren Stimme, in der ein Lächeln mitklingt, das mich dahinschmelzen lässt.

»Ach, es ist bloß so, dass ich Gitarren liebe. Ich finde die Klänge so wunderbar zart und emotional, dass ich stundenlang zuhören könnte. Als Kind habe ich mir nichts sehnlicher gewünscht, als dieses Instrument zu erlernen, aber meine Eltern haben mir eine Geige in die Hand gedrückt, mit der Begründung, das sähe an einem Mädchen hübscher aus.« Wieder einmal rollt eine Welle der Bitterkeit über mich hinweg. Warum nur konnten sie mir nie den Raum geben, den ich mir ersehnte? Warum musste ich immer eine andere sein als die, die ich bin? Warum war ich als ich niemals gut genug?

»Hey, kein Problem«, holt mich Dennis in die Gegenwart zurück. »Du kommst einfach mal zu mir. Ich zeige dir ein paar Griffe, und wir schauen, wie es dir gefällt. Um das Gitarre-Spielen zu lernen, ist es nie zu spät. Ich kann dich gern bei den ersten Schritten begleiten.«

»Ist ja interessant«, schaltet sich Annemarie in die Unterhaltung ein. »Ich habe bislang noch nie gehört, dass jemand einem Kind das Erlernen eines Instruments verwehrt, weil ein anderes kleidsamer ist. Aber witzigerweise habe ich dieselbe Begründung neulich in einem Roman gelesen. Und auch da ging es um eine Geige.«

»Stimmt«, bestätigt Dennis und klingt, als grübele er gerade intensiv über die betreffende Stelle und das dazugehörige Buch nach. Mir wird abwechselnd heiß und kalt. Es ist definitiv keine gute Idee von mir, unter Menschen zu gehen und mich in lockere Gespräche verwickeln zu lassen, in denen ich die Vorsicht vergesse und Dinge ausplaudere, die niemand wissen muss. Das ist verdammt dünnes Eis. Denn ich weiß ganz genau, wieso den beiden mein Statement bekannt vorkommt.

Jetzt gilt es, die Unterhaltung rasch in eine andere Richtung zu lenken. Glücklicherweise taucht Gottfried just in diesem Moment wieder auf und stellt eine Kanne frisch gebrühten Kaffees auf den Tisch. Außerdem kann ich froh sein, dass er nicht gehört hat, was ich so unbedacht vor mich hin geplappert habe. Schließlich hat er gerade erst »Ein Loch in der Mauer« gelesen. Rundherum perfektes Timing also!

Die sich bietende Gelegenheit nutze ich sofort. »Wie habt ihr euch eigentlich kennengelernt?«, frage ich und lasse meine Blicke zwischen Annemarie und Gottfried hin und her wandern. »War Annemarie deine behandelnde Ärztin, Gottfried?«

»Nein, ich habe eine Runde über das Klinikgelände gedreht und da sind wir uns begegnet. Wir kamen ins Gespräch, sprangen von einem Thema zum nächsten und haben gemerkt, dass uns der Austausch so viel Freude macht, dass wir ihn fortsetzen wollen. Stimmt's, Annemarie?« Gottfried schenkt seiner neu gewonnenen Freundin ein Lächeln, das man nur als verliebt bezeichnen kann. Ich atme beruhigt auf, als ich feststelle, dass von ihr ein ebensolches zurückkommt.

»Genau. Und ich hätte nie im Leben gedacht, in meinem Alter noch mal einen so interessanten Mann kennenzulernen.« Erneut röten sich die Wangen meines Nachbarn.

Einen Moment lassen die beiden ihre Blicke ineinander versinken, und ich weiß kaum, wo ich hinschauen soll. Ich spüre, dass Dennis mich ansieht, tue aber so, als würde ich es nicht bemerken. Hier, mit diesem frisch verliebten Pärchen, ist es noch viel schwieriger, meine Gefühle im Zaum zu halten.

Deswegen bin ich mächtig erleichtert, als Annemarie die Unterhaltung fortführt. Zumindest bis zu dem Augenblick, als ihre Worte in meinem Gehirn nicht nur ankommen, sondern auch verarbeitet werden.

»Übrigens haben wir tolle Pläne«, verkündet sie. »In Reutlingen werden Sommer-Tanzkurse angeboten. Gottfried und ich haben beschlossen, in der zweiten Ferienhälfte an einem Anfängerkurs teilzunehmen. Hättet ihr Lust, uns zu begleiten? Das macht bestimmt Spaß.«

Habe ich gerade richtig gehört? Tanzen? Mit Dennis? Und mit anfassen? Nein, das schaffe ich nicht. Es ist schon hart genug, mit ihm befreundet zu sein und dabei sämtliche Sehnsüchte zu verbannen. Aber tanzen und gleichzeitig die Kontrolle bewahren? Unmöglich.

»Ich habe früher sehr gern getanzt«, höre ich Dennis sagen. »Ich weiß nicht ... Friederike, wie siehst du das?«

»Äh, ich? Ich halte das für keine gute Idee.«

Die blauen Augen von Annemarie ruhen nachdenklich auf mir. »Ich könnte mir vorstellen, dass du das magst, Friederike. Du liebst Musik, du bewegst dich gern. Damit bekommst du alles unter einen Hut.«

Ich hole tief Luft. »Ja, das ist richtig. Ich habe es nur nicht so mit dem ›Unter-Menschen-Gehen‹.«

»Okay, kann ich nachvollziehen«, antwortet sie verständnisvoll, und ich atme erleichtert auf.

»Mädle, spring über deinen Schatten«, mischt sich Gottfried ein. Zu früh gefreut! »Ich tue es ja auch. Ich hätte nie gedacht, mit fast achtzig noch mit dem Tanzen anzufangen, aber wer könnte diesen Augen widerstehen.« Er wirft seiner Angebeteten einen Luftkuss zu. »Du schaffst das. Wenn du es nicht für dich tust, tu es für mich. Dann blamieren wir uns wenigstens zu zweit.«

Ratlos wandert mein Blick zu Dennis – in der Hoffnung, von seiner Seite Unterstützung zu bekommen. Er möchte doch bestimmt genau wie ich schnellstmöglich aus dieser Nummer herauskommen. Anstelle eines abwehrenden Kopfschüttelns sehe ich jedoch tanzende Schokoküsse in seinen Augen.

»Ich würde mich sehr freuen«, sagt er und zuckt mit den Schultern. »Du entscheidest.«

Gottfried brummt: »Mädle, gib dir einen Ruck«, und ehe ich begreife, was ich tue, stimme ich zu.

Abstrakte Unterhaltung

Es ist bereits neun Uhr abends, als es an der Tür klingelt. Verwundert betrachte ich die Zeiger meiner Armbanduhr und erhebe mich von der gemütlichen Terrassenliege, um zu schauen, wer etwas von mir möchte. Komisch, früher hätte ich eine solche Störung als Zumutung empfunden. Heute weiß ich, dass nur Dennis oder Gottfried als späte Besucher in Frage kommen und jeden der beiden sehe ich von Herzen gern. Den einen davon noch mit einer gewaltigen Portion mehr Herz. Und als ob es mir zustimmen wolle, beginnt es wie verrückt zu klopfen, als ich Dennis im Display erkenne.

»Hey, Dennis, eine späte Überraschung. Was gibt's?«

Dennis schaut mich schuldbewusst an und kaut auf seiner Unterlippe. »Ich muss dir was sagen, Friederike.«

»Okay.«

Er muss mir etwas sagen und sieht alles andere als glücklich aus. Was ist passiert? Geht es um Annemarie und Gottfried? Oder habe ich irgendetwas falsch gemacht? Fällt der morgige Trauerabend aus? Hat es etwas mit dem Tanzen zu tun? Ja, natürlich! Was denn sonst? Er hat es sich überlegt und entschieden, dass er doch nicht mit mir tanzen will. Kann ich nachvollziehen. Also lag ich richtig mit meiner Einschätzung.

»Dennis, gar kein Problem. Mach dir keine Gedanken, du musst nicht mit mir tanzen gehen. Ich bin sowieso nicht scharf auf einen Tanzkurs.«

»Was?« Er starrt mich fassungslos an. »Nicht mit dir tanzen gehen? Bist du verrückt? Ich freue mich darauf wie ein kleiner Junge.« Ein kurzes Grinsen huscht über sein Gesicht. »Na ja, vielleicht eher wie ein großer Junge.«

Mein Herz stolpert, während Unmengen an Steinen davon herunter purzeln. Es tanzt schon jetzt einen Tango oder etwas Ähnliches. Eine unbändige Freude durchflutet mich in heißen Wellen.

Der besorgte Blick, den er mir präsentiert, beamt mich jedoch schnell in die Gegenwart zurück. »Du machst aber keinen Rückzieher, Friederike, oder doch?«

»Äh. Ich dachte ja nur, dass ...«

»Egal, was du dachtest, du dachtest jedenfalls falsch. Ich möchte sehr gern mit dir tanzen gehen, klar?« Seine Augen ruhen eindringlich auf mir und passen sich den Bewegungen meines tanzenden Herzens an.

»Okay«, hauche ich und weiß kaum, wohin mit der Verlegenheit.

Einen Moment schweigen wir uns an, bis Dennis den Gesprächsfaden wieder aufnimmt. »Es handelt sich um etwas ganz anderes. Darf ich reinkommen?«

»Natürlich. Lauf einfach durch zur Terrasse. Magst du ein Glas Wein mittrinken?«

»Gern.«

Nachdem ich ein zusätzliches Weinglas aus dem Schrank genommen habe, marschiere ich mit nervösen Zuckungen meines Innenlebens zurück in den von Windlichtern beleuchteten Außenbereich. Ich setze mich ihm gegenüber, schenke ein und stelle das gefüllte Glas vor ihm auf den Tisch.

»Ich brauche erst mal einen Schluck«, murmelt er und greift nach dem Stiel. Mit betretenem Gesichtsausdruck prostet er mir zu. »Auf dich, Friederike.«

Ich hebe ebenfalls mein Weinglas und recke es ihm stumm entgegen. In mir herrschen nur Befangenheit (Was musste ich auch diese doofen Windlichter anmachen? Romantischer geht's ja wohl nicht mehr) und Sorge, was gleich auf mich zurollen wird.

Dennis leert das halbe Glas, stellt es wieder ab und lehnt sich in seinem Stuhl zurück.

»Okay, Friederike. Mittlerweile kenne ich dich ganz gut. Einige Dinge, die dich beschäftigen, sind mir in unseren Gesprächen bereits begegnet. Es scheint mir das Wichtigste zu sein, dir immer die Wahrheit zu sagen und dein Vertrauen nicht zu missbrauchen. Richtig?«

Ich belasse es bei einem Nicken, weil ich vor lauter Aufregung nicht weiß, ob ich meiner Kehle ein zustimmendes Geräusch entlocken könnte.

»Und deshalb muss ich dir etwas gestehen, was dich bestimmt nicht begeistern wird.« Er legt eine Pause ein und ich sterbe tausend Tode. Hat er eine Frau kennengelernt und sich verliebt? Will er nicht mehr mit mir befreundet sein? *Blödsinn*, maßregelt mich die schlüssig denkende Friederike, deren Herz nicht von einem ängstlichen Liebesschleier umgeben ist. *Vor wenigen Minuten hat er noch beteuert, dass er mit dir tanzen gehen will.*

Nur, was ist es dann?

»Bitte glaub mir: Ich habe dir nicht nachspioniert oder so. Ich habe auch nicht gezielt nach Hinweisen gesucht, was du für Romane schreibst. Ich habe nicht einmal darüber nachgedacht, weil mir bewusst ist, wie wichtig es dir ist, diese persönliche Seite von dir nicht öffentlich zu machen ...«

Aha, war ja eigentlich logisch. Den winzigen Augenblick am heutigen Nachmittag hatte ich schon wieder vergessen, weil die Unterhaltung weiterlief und mich die Tanzerei weitaus mehr beschäftigt hat. Aber jetzt ist mir dieser Moment mit der Gitarre und der Violine schlagartig vollkommen präsent. Und sofort verstehe ich, welches Bekenntnis auf mich wartet. Überrascht stelle ich fest, dass ich erleichtert bin, statt verzweifelt zu sein. Letzteres wäre die für mich normalere Reaktion – mit einem gleichzeitigen Anwerfen des Kopfkinos, was alles geschehen kann. Stattdessen bin ich einfach bloß froh. Doppelt froh: Weil es nichts Schlimmeres ist, das Dennis in petto hat, und weil er damit direkt zu mir kommt, ohne mich über sein Wissen im Dunkeln zu lassen.

»Du willst mir sagen, dass du mein Pseudonym enttarnt hast«, unterbreche ich ihn.

Erstaunt hebt er die Augen, die sich starr auf die Tischplatte geheftet hatten. »Ja. Annemarie hat mich mit der Nase darauf gestoßen, weil ich ebenfalls wusste, dass ich diese Formulierungen mit der Geige und der Gitarre schon einmal gelesen habe. Ich habe es nur nicht mit dem Buchtitel in Verbindung bringen können. Beim

Abendessen fiel dann mein Blick auf ›Ein Loch in der Mauer‹, das ich nachgekauft habe, nachdem ich es an Gottfried verschenkt hatte. Da wurde mir plötzlich klar, dass du Larissa Green sein musst. Spontan war ich erleichtert, weil mich deine Reaktion im Krankenhaus verwirrt hatte. Ich dachte, wie kann es sein, dass dieses zauberhafte Buch Friederike nicht genauso berührt hat wie mich? Und schlagartig habe ich begriffen, dass du einfach schnell das Thema wechseln wolltest, um deine Tarnung nicht zu verlieren. Ich habe es wirklich nicht darauf angelegt, dein Pseudonym zu knacken.«

»Das weiß ich doch«, gebe ich sanft zurück, weil mir seine Sorge näher geht, als ich es je für möglich gehalten hätte. »Du kannst ja nichts dafür, dass ich so drauflos geplappert habe. Als ich den Fauxpas bemerkt habe, war es schon zu spät.«

»Dann bist du nicht sauer auf mich?«

»Wie könnte ich sauer sein? Du hast nichts getan. Danke, dass du mir gleich die Wahrheit sagst, Dennis. Du hast recht, das ist wichtig für mich.« Ich schlucke, um ein paar Tränchen, die sich in den Augenwinkeln tummeln, zurückzudrängen.

»Ich werde es nie einer Menschenseele verraten. Versprochen.«

»Danke«, krächze ich mühsam.

»Darf ich dir gestehen, dass ich dich jetzt, wo ich weiß, was du schreibst, noch mehr ... Äh, also, ich meine, dass ich jetzt noch mehr mit dir befreundet sein will, als es schon zuvor der Fall war. Unglaublich, wie du erzählen kannst. Und unglaublich, was du an Gedanken und Gefühlen in dir trägst. Davor ziehe ich den Hut.«

»Hey, nichts Besonderes.« Meine Stimme klingt nach Reibeisen.

»Doch, das ist es. Aber ich höre auf, dich in Verlegenheit zu bringen, und wechsle das Thema. Was sagst du zu Gottfried und Annemarie?«

»Oh, die zwei sind so süß«, lache ich. »Ich finde es toll, wenn man in dem Alter noch mal die Liebe findet.«

»Dann gefällt dir das also?«

»Was genau meinst du?«, hake ich irritiert nach. Worüber sprechen wir gerade?

»Na ja, ich war mir nicht sicher, wie du der Liebe generell gegenüberstehst. Bei deiner Bemerkung zu meinen Hochzeitsreden dachte ich bereits, du scheinst solche Events prinzipiell zu mögen. Aber ... Ach, keine Ahnung. Vergiss die blöde Frage. Ich wollte nur deine Einstellung kennenlernen.«

Er macht sich Gedanken über meine Einstellung zur Liebe? Wieso? Da taucht erneut diese verrückte kleine Stimme auf, die mich glauben machen möchte, auch für ihn könnte mehr zwischen uns sein. Doch ich schicke sie gleich wieder weg. Versponnene Illusionen sind das Letzte, was ich brauchen kann. Dann kehren wir besser zu Gottfried und Annemarie zurück.

»Sagen wir mal so: Ich freue mich dermaßen für die beiden, dass sie mich dazu inspiriert haben, Rosi in der Fortsetzung, über die ich bereits die ganze Zeit nachdenke, die Liebe finden zu lassen.«

»Im Ernst?« Überrascht starrt er mich an.

»Na ja, ich muss erst mal mit dem Verlag sprechen. Außerdem habe ich bis jetzt kein konkretes Storyboard, aber ja, ich hätte Lust darauf. Und ich denke, dass das eine schöne, zarte Liebesgeschichte abgeben würde.«

»Hey, spannend. Und in wen könnte sie sich verlieben?«

»Hm, überlege ich mir noch. In ›Ein Loch in der Mauer‹ fängt sie ja am Ende an, wieder ein paar Kontakte zu Menschen zuzulassen. Vielleicht schließt sie sich über eine neugewonnene Bekannte einer Seniorengruppe an und lernt da einen Mann kennen. Oder über ihre kesse kleine Freundin.«

»Okay, und wie könnte er heißen?«

»Pfff, Namensfindung ist für mich generell das Schwierigste. Da habe ich jedes Mal das Gefühl, dass es nur zwanzig Namen pro Geschlecht gibt, was natürlich Quatsch ist. Für den Moment könnte ich ihn ja Konrad nennen. Rosi und Konrad. Klingt doch ganz gut ...«

»Ja, warum nicht. Und was erleben Rosi und Konrad dann so?«

»Das kann ich dir gar nicht sagen. Ich habe zwar, wenn ich mit dem Schreibprozess beginne, Ideen auf meinem Denkbrett, was alles passieren könnte, aber am Ende verwende ich davon maximal die Hälfte. Dafür kommen beim Schreiben spontan neue Handlungsstränge dazu, die ich oft noch nicht einmal am Anfang einer Szene auf dem Schirm hatte. Das fühlt sich an, als wären die Protagonisten frei handelnde Charaktere, die einfach treiben, was sie wollen. Ich bin bloß die, die aufschreibt, was sie mir diktieren.«

»Faszinierend. Ich dachte immer, es gäbe einen festen Plot und der wird ›abgearbeitet‹.«

»Ach, das macht jeder anders. Und nicht nur das. Es ist sogar bei jedem Buch unterschiedlich. Ich hatte bereits Geschichten, die ich vorher genau durchstrukturiert habe und die diesem Rahmen gefolgt sind, und andere, die organisch gewachsen sind, bei denen ich lediglich das Ende kannte, aber nicht den Weg dorthin.«

»Wow! Lass uns zu Rosi und Konrad zurückkommen. Sie erleben etwas, das du dir ausdenkst oder das beim Schreiben entsteht ... Und wie schafft es Konrad, Rosis Herz zu erobern? Das stelle ich mir herausfordernd vor.«

»Hm. Das wird tatsächlich nicht einfach. Ich könnte mir vorstellen, dass sie sich schon frühzeitig zu ihm hingezogen fühlt. Das Problem bei ihr wird sein, den Mut aufzubringen, sich auf ihn einzulassen.«

»Weiß sie denn, dass er sie liebt?«

»Darüber habe ich ebenfalls noch nicht nachgedacht. Aber das ist eine interessante Frage. Keine Ahnung, wie ich das anlegen soll. Ich überlege gerade, ob es ihr helfen würde, das zu wissen, oder ob es sie eher unter Druck setzen und auf Abstand gehen lassen würde.«

»Ja, genau dieser Punkt würde mich auch beschäftigen. Was sagt dein Bauchgefühl? Soll er ihr seine Gefühle gestehen oder besser nicht?«

»Ich denke schon, dass er ihr seine Gefühle gestehen muss, weil sie es niemals tun wird. Dazu ist sie mit ihren dreiundsechzig Jahren zu viele Male enttäuscht worden. Doch er wird den richtigen Zeitpunkt erwischen müssen. Auf keinen Fall darf er die Karten zu früh auf den Tisch legen, sonst schlägt er sie in die Flucht.«

»Okay, da steckt Konrad ordentlich in der Klemme. Wie kann er denn spüren, wann der richtige Zeitpunkt ist?«

»Hm. Zunächst muss er ihr Vertrauen gewinnen. Und wahrscheinlich wird sie irgendwann anfangen, ein paar nahezu unmerkliche Signale auszusenden. Keine Ahnung. Vielleicht die Art, wie sie ihn ansieht oder wie sie von ihm spricht. Schwierig. Möglicherweise könnte er sich ja Verbündete suchen, die sie beobachten und herausfinden, wie sie ihn betrachtet, wenn er es nicht merkt. So ganz klischeehaft eben. Oder er macht winzige Schritte auf sie zu und testet bei jedem einzelnen aus, ob sie zurückschreckt. Dann stoppt er und tritt wieder einen Schritt zurück. Er darf sie nicht überfordern. Ich denke, dass er bei Rosi alle Register seiner Feinfühligkeit ziehen müsste.«

»Okay. Und was für ein Typ Mann ist Konrad? Wie kann ich ihn mir vorstellen?«

»Er muss es ernst meinen. Ein Hallodri, der von Frau zu Frau eilt, geht gar nicht. Er sollte warmherzig sein, ihr Ruhe schenken und ein vertrauenswürdiges Wesen besitzen. Vielleicht könnte er jemand sein, der es ebenfalls nicht immer leicht gehabt hat und der deshalb in der Lage ist, sie zu verstehen. Ein Mann, der geduldig ist und nicht gleich aufgibt. Sie benötigt Sicherheit und er die Fähigkeit, sie zu vermitteln. Und er muss sie von ganzem Herzen lieben, um ihr die Zeit zu geben, die sie braucht. Ein Mensch mit Empathie und Warmherzigkeit, der sich nicht von Oberflächlichkeiten beeindrucken lässt, sondern in die Tiefe schaut. Hm. Ja, so in etwa. Für den Moment fällt mir nicht mehr ein. Auch das entsteht beim Schreiben. Ich lerne meine Protagonisten selbst erst kennen, wenn sie agieren. Ich kann im Vorfeld ein grobes Bild im Kopf haben, fein und akzentuiert wird es jedoch frühestens, wenn die Figuren handeln – obwohl sie natürlich fiktiv sind.«

»So eine fiktive Figur, also beispielsweise wie Konrad oder Rosi, sind die inspiriert von realen Personen?«

»Ja, manchmal. Oft steckt Autobiografisches in den Geschichten. Nie komplett, aber zumindest Facetten der Realität. Und klar habe ich ab und zu Figuren, deren Startpunkt eine existierende Person liefert. Doch dann entwickelt sich die Figur weiter und wird zur eigenständigen Persönlichkeit, die nichts mehr mit der Inspirationsgeberin zu tun hat.«

Ich hänge meinen Überlegungen nach und nicke grüblerisch mit dem Kopf auf und ab. »Ja, so könnte ich das anlegen. Ojemine, Dennis, gerade haben wir mal schnell ein Buch mit den beiden Haupt-Protagonisten entworfen. Irre! Du hast mir mit deinen Fragen unglaublich geholfen, eine Basis zu schaffen, an der ich jetzt feilen kann. Schade, dass ich erst noch einen anderen Abgabetermin habe. Die Geschichte kitzelt mich in den Fingern. Auf jeden Fall tausend Dank!«

»Sehr gern geschehen, Friederike. Auch ich habe viel dabei gelernt. Deswegen habe *ich* zu danken.« Er erhebt sich von seinem Stuhl. Ein heiteres Lächeln zuckt um seine Mundwinkel. »Das war wirklich aufschlussreich.«

Ich springe ebenfalls auf, während er in meine Richtung läuft. Als er mich erreicht hat, hält er vor mir inne und sieht mich im Schein der flackernden Kerzen mit einem atemberaubenden Blick voller verführerischer Schokoküsse an. Dann legt er seine Hände auf meine Schultern und haucht mir einen echten Kuss auf die Wange. Für einen Moment kommt es mir vor, als spielten seine Finger mit meinen Haaren. »Gute Nacht, Friederike«, murmelt er leise und verschwindet in die Dunkelheit.

Ich bleibe einen Augenblick bewegungslos stehen und spüre den federleichten Berührungen nach. Eine unstillbare Sehnsucht greift nach meinem Herzen. Wie in Zeitlupe läuft unsere Unterhaltung über den Buchplot ein weiteres Mal in mir ab. Und plötzlich umklammert mich eine Frage, die noch vor Sekunden überhaupt nicht existierte:

Was, wenn wir gar nicht über Rosi und Konrad geredet haben?

Tanzende Schokoküsse

Bevor ich mich am folgenden Morgen auf den Weg ins Arbeitszimmer begeben kann, steht Dennis vor der Tür.

»Hey du, gut geschlafen?«

An dieses »Hey du« könnte ich mich echt gewöhnen, bis an den Rest meines Lebens. Innerlich schüttele ich den Kopf und besinne mich lieber auf eine Antwort. »Danke, ja. Und selbst?«

»Hervorragend«, antwortet er und grinst mich dabei zufrieden an. »Ich habe einen speziellen Grund, warum ich dich so früh überfalle, eigentlich sogar zwei. Gestern habe ich vergessen, dir zu sagen, dass die Trauerrunde heute erneut ausfallen muss, weil mir für ein Hochzeitsvorgespräch nur dieser Termin angeboten wurde.«

»Schade«, entgegne ich mit ehrlichem Bedauern und warte gespannt auf sein zweites Anliegen.

»Stimmt. Dafür kommt jetzt eine gute Nachricht, finde ich zumindest. In der kommenden Woche habe ich Geburtstag.« Einen Moment lang wird seine Miene ernst. »In den letzten Jahren stand mir der Sinn nicht nach Feiern. Inzwischen hat sich das verändert. Deswegen habe ich mich spontan zu einer Geburtstagsparty am nächsten Samstag entschieden. Ich habe dir ja erzählt, dass ich meine Freunde seit Ewigkeiten vernachlässige. Und ich würde gern diesen Anlass nutzen, um mal wieder mit meinem allerengsten Kreis zusammenzukommen. Darum bitte ich dich ...«

»Ach, ist doch kein Problem, wenn es ein bisschen lauter wird. Das stört mich nicht. Im Gegenteil. Ich gönne dir von Herzen eine schöne Party.«

»Äh, okay.« Einen Moment lang starrt er mich verwirrt an, dann wandert ein Ausdruck des Begreifens über seine Miene. »Ich bin nicht gekommen, um dich vor etwaigem Lärm zu warnen und um Verständnis zu bitten. Ich bin gekommen, um dich einzuladen.«

Einladen? In seinen allerengsten Kreis?

»Das geht nicht, Dennis«, platzt es spontan aus mir heraus.

»Ja, ich wusste, dass das kommt.« Er kramt in seiner Hosentasche und fördert einen Zettel zu Tage, den er mit einem schelmischen Grinsen entfaltet. »Und deswegen bin ich vorbereitet. Ich habe eine geradezu gerichtsreife, astreine Argumentation.« Er sieht auf den Papierfetzen und beginnt seinen Vortrag, als würde er ein Referat in der Schule halten. »Erstens: Es kommen ausschließlich warmherzige Menschen, die mindestens so nett sind wie die in unserer Trauerrunde. Zweitens: Wir werden bloß neun Leute sein, also kein riesiger Menschenauflauf. Und das auch nur, wenn alle Zeit haben. Drittens: Von diesen neun Personen bist eine du, bleiben folglich acht. Viertens: Von diesen acht fallen Annemarie, Gottfried und ich als Gefahrenquellen weg, weil wir dir vertraut sind. Schon landen wir bei lediglich fünf Unbekannten. Fünftens: Zwei dieser Unbekannten sind meine Eltern, die mich großgezogen haben und mithin ähnliche Werte vertreten wie ich. Im Grunde genommen kennst du sie bereits, weil du mich kennst. Somit wären es nur drei echte Fremde: Ein befreundetes Pärchen und mein langjährigster Freund. Sechstens: Für mich bist du der wichtigste Gast an diesem Tag, weil du mir dazu verholfen hast, die Vergangenheit hinter mir zu lassen. Siebtens: Ich blase alles ab, wenn du nicht kommst, weil es mir ohne dich keinen Spaß macht. Achtens: Das kannst du niemals mit deinem Gewissen vereinbaren. Neuntens: Mir das anzutun, wird dich lebenslang traumatisieren, und das willst du nicht. Zehntens: Ich bitte dich wirklich inständig, mir diesen großen Wunsch zu erfüllen.« Er faltet den Zettel zusammen und steckt ihn dorthin zurück, wo er ihn hervorgezaubert hat.

»Was sagst du zu meiner Zehn-Punkte-Liste?«, fragt er und betrachtet mich mit einer ungewöhnlichen Mischung aus Ängstlichkeit und Entschlossenheit.

Anstelle einer Antwort lache ich los, frei und ungebändigt. Wie sollte ich einer solchen Einladung widerstehen können? Die Szene muss ich mir unbedingt merken. Die könnte ich für Konrad nutzen. »Herr Anwalt, das war ein überzeugendes Plädoyer. Ich gebe Ihrem Antrag in sämtlichen Punkten statt.«

»Wow, wirklich?« Ein gigantisches Strahlen erobert seine Züge und die Schokokussglasur in seinen Augen glänzt damit um die Wette. »Das war erstaunlich leicht.«

»Na ja, Vorbereitung ist alles. Und du warst bestens vorbereitet.«

»Apropos Vorbereitung. Hättest du Lust, mir dabei ein bisschen zur Hand zu gehen? Erstens würde mich das freuen, und zweitens kannst du dann entspannt nacheinander die Gäste kennenlernen und siehst dich nicht der ganzen Meute auf einmal gegenüber.«

»Was? Nur zwei Punkte auf der Liste? Da bin ich Besseres von dir gewöhnt.«

Wir lachen beide und schauen uns an. Wäre das hier ein Roman, würde ich schreiben: »glückstrunken«. Aber es ist kein Roman, sondern die Wirklichkeit. Ist es vorstellbar, dass Dennis sich in diesem Augenblick genauso fühlt wie ich? Mit einem vor Freude übersprudelnden Herzen, einem rasanten Kribbeln im Bauch, das sich in sämtliche Körperregionen ausdehnt, selbst in die unerforschten, und ein Gefühl der schwebenden Unverwundbarkeit auslöst?

»Sag mir nur, wann ich da sein soll ...«

»Hm. Die Gäste kommen um sechs Uhr abends. Vielleicht um drei? Dann können wir uns zwischendurch noch einen gemütlichen Kaffee gönnen.«

»Ja, Kaffee klingt immer gut. Alles klar, ich bin um drei bei dir.«

»Ich freue mich, Friederike. Sehr.«

»Ich freue mich auch.« Und ja, das stimmt, trotz der unbekannten Menschen, die mir unter anderen Umständen Angst machen würden. Aber was soll mir schon passieren, wenn ich Dennis in der Nähe habe und wenn ich, Friederike Bartholdy, die Ex-Zopf-Brummer-Brillenschlange, das Spott-Objekt Nummer eins der ganzen Schule, der wichtigste Gast auf der Party dieses unglaublichen Mannes bin?

Mit einem letzten zartschmelzenden Blick wendet er sich ab und macht sich auf den Weg zu seinem Heim. »Ach, Dennis«, rufe ich ihm hinterher.

»Ja?«, fragt er erwartungsvoll und dreht sich wieder zu mir um.

»Wann in der nächsten Woche hast du eigentlich Geburtstag?«

»Am Mittwoch.«

»Okay, danke. Alles klar. Dir noch einen schönen Tag.«

»Den hab ich, meine Liebe. Den hab ich!«

*

Mit nervöser Unruhe fiebere ich dem Mittwoch entgegen, denn ich habe einen für meine Verhältnisse ungeheuerlichen Entschluss gefasst, der sämtliche Verhaltensmuster sprengt, denen ich das komplette Erwachsenenleben lang gefolgt bin.

Um drei Uhr nachmittags schleiche ich mich vorsichtig in den Garten und spähe über den Zaun auf Dennis' Grundstück. Ich entdecke ihn auf der Terrasse, wo er mit der Kaffeetasse in der einen Hand mit der anderen Maisie krault, die sich genüsslich über seine Füße gelegt hat.

»Dennis?«, rufe ich.

Er blickt auf und sieht in meine Richtung. »Friederike!«, ruft er zurück. »Maisie, lass mich mal aufstehen.«

»Nein, nein, bleib ruhig sitzen. Ich wollte nur fragen, ob ich kurz zu dir rüberkommen darf.«

»Selbstverständlich«, brummt er. »Du darfst sogar lang rüberkommen.«

Ich lache unsicher und antworte: »Okay, bin gleich da.«

»Prima, die Gartenpforte ist nicht zugeschlossen. Du kannst einfach zu mir auf die Terrasse kommen.«

»Mach ich.«

Mit einem letzten Durchatmen hebe ich behutsam die Torte an, die bereits in einem Transportbehälter steht, und begebe mich auf den Weg zu meinem Nachbarn. Mit wild schlagendem Herzen drücke ich die Klinke des Törchens hinunter und laufe mit zittrigen Knien an der Hausseite entlang.

»Hey, Dennis«, begrüße ich ihn und meine Stimme überschlägt sich beinahe. »Ich habe eine Geburtstagstorte für dich gebacken. Na ja, ich dachte, wenn du erst am Samstag feierst, wäre vielleicht wenigstens ein Geburtstagskaffee nett. Und ich dachte, ich komme einfach unangemeldet vorbei. Eventuell freut dich das ja. Also wenn nicht, kein Problem. Dann kann ich auch wieder verschwinden. Ich will mich nicht aufdrängen oder so, aber sofern du Lust hast ...«

»Stopp, Friederike. Alles gut.« Seine Tonlage klingt, als müsse er ein scheuendes Pferd beruhigen. »Das ist eine richtig tolle Überraschung, über die ich mich sehr freue.« Er hat Maisie inzwischen weggeschoben und kommt in meine Richtung. »Darf ich dir die Torte abnehmen? Hmmm, die sieht lecker aus.«

»Na ja, ich dachte, weil wir neulich Schokoküsse gegessen haben und du gesagt hast, dass du die magst. Jedenfalls, alles Gute zum Geburtstag!«

»Vielen Dank. Das ist ja süß von dir. Also im wahrsten Sinne des Wortes.« Er lacht und deutet auf die Schokokuss-Torte, die er auf dem Tisch abgestellt hat. Und ja, ich weiß, Schokokuss-Torte ... Ich konnte einfach nicht widerstehen, wenn ich schon ständig in Schokokuss-Augen schauen muss. Okay, darf. Oder will ...

»Darf ich bitten?«, fragt er und breitet die Arme aus.

»Äh, was jetzt? Möchtest du mit mir tanzen?«

»Auch das ist eine wundervolle Idee. Ich dachte allerdings eher an eine kleine Geburtstagsumarmung, aber vielleicht geht ja sogar beides.«

»Ach so. Ja, klar. Natürlich.« Langsam nähere ich mich den ausgebreiteten Armen und lege die Hände auf seine Schultern. »Noch mal herzlichen Glückwunsch«, murmele ich. Ich drücke ihn vorsichtig an mich, bevor ich mich mit einem Räuspern wieder von ihm abstoße.

»Vorschlag«, sagt er mit einem Schmunzeln, »wir genießen erst die leckere Torte und danach verbrennen wir ein paar Kalorien bei einem Tänzchen. Was meinst du? Dann können wir in unserer ersten Tanzstunde am Montag allen zeigen, wo der Hammer hängt.« Ein breites Grinsen erobert sein Gesicht, und mir bleibt gar nichts anderes übrig, als loszulachen.

Dennis mustert aufmerksam meine Miene und erneut beginnt mein persönlicher Schokobrunnen zu sprudeln. »Du siehst bezaubernd aus, wenn du lachst,

Friederike. Ich finde, wir sollten dafür sorgen, dass du das häufiger tust.« Er wendet sich ab und marschiert in die Küche, während ich innerlich bebend auf der Terrasse zurückbleibe und meine Verwirrung in Form von Streicheleinheiten für Maisie abreagiere.

»Wie sieht's aus?«, fragt er mich zwei Tortenstücke später. »Hast du Lust auf ein Geburtstagstänzchen?«

»Aber ich kann doch gar nicht tanzen.«

»Klar kannst du das. Du weißt es nur noch nicht. Wir probieren es mit einem langsamen Walzer. Der Grundschritt ist ganz einfach.«

Dennis führt mich auf die Wiese und stellt sich neben mich, sodass wir in einer Linie stehen. In aller Ruhe macht er mir die Tanzschritte vor. »Eins, zwei-drei«, zählt er. »Eins, zwei-drei.«

Ich versuche, ihn so gut wie möglich zu imitieren, und merke, dass ich den Rhythmus in Nullkommanichts draufhabe.

»Du machst das fantastisch«, lobt er mich. »Ich sehe schon, du bist bereit für Stufe zwei. Dann können wir es gleich so angehen, dass es sich richtig schön anfühlt. Auf eins senkst du den Fuß ab und gehst leicht ins Knie, und auf zwei-drei tanzt du auf den Zehenspitzen und streckst dich. Komm, wir probieren das zusammen.« Er greift nach meiner Hand und führt mich in die korrekten Aufwärts- und Abwärtsbewegungen. Die Wärme, die von dieser Berührung ausgeht, veranlasst mich beinahe zum Aufstöhnen. Glücklicherweise habe ich mich im Griff, auch wenn ich merke, dass mein Blut in sanft perlenden Blasen durch den Arm pulsiert.

»Super, Friederike. Du bist ein Naturtalent. Wusste ich's doch. Und jetzt machen wir das Ganze in Tanzhaltung. Herr oder Frau Kapellmeister, Musik, bitte.«

Er grinst mich an, nimmt sein Handy, scrollt eine Weile darauf herum und lässt ein Instrumentalstück erklingen. Danach baut er sich vor mir auf und bringt seine Arme so in Position, wie ich es ab und zu in Tanzszenen in Filmen gesehen habe.

»Du legst deinen linken Arm auf meinem rechten so ab, dass deine linke Hand auf meinem Oberarm liegt. Und mit der rechten Hand greifst du nach meiner linken. Schau, sie wartet schon auf dich.«

Eine hektische Röte schießt mir ins Gesicht. Ich weiß beim besten Willen nicht, wo ich hinschauen soll. Mit starrem Blick fixiere ich den Rand seines T-Shirts. Wenigstens dort lauert keine Gefahr. Zumindest, wenn man davon absieht, dass ich darüber die Haut seines Halses sehe, die Schlüsselbeinknochen, den markanten Adamsapfel und den Bartansatz. Innerlich zittere ich und habe große Angst, es auch für ihn erkennbar zu tun. Wie in Trance führe ich seine Anweisungen aus. Und ohne zu wissen, wie ich dorthin gekommen bin, stehe ich plötzlich genauso da, wie er es mir erklärt hat. Die Unterseite meines linken Arms fühlt die weichen Härchen, die seine Haut bedecken, und meine vergleichsweise zierliche rechte Hand verschwindet in seiner Pranke, die mir in einem Maße Schutz und Geborgenheit verspricht, wie ich es nie zuvor erlebt habe. Ich komme gar nicht dazu, diese Eindrücke zu verarbeiten, denn nun beginnt Dennis, mich mit sanftem Druck der Hand, die auf meinem linken Schulterblatt liegt und von dort aus kribbelnde Wellen durch den Körper schickt, über die Wiese zu dirigieren. Ich brauche einen Moment, um zu begreifen, was ich zu tun habe. Und dann macht es schlagartig »Klick«. Ich habe begriffen, wie Tanzen funktioniert. Ich lehne mich gegen seine Hand, vergesse alles um uns herum und genieße das Zusammenspiel aus seiner Wärme, den Berührungen, der Musik und dem Einklang unserer Körper, die sich darin wiegen.

Das erste Musikstück ist vorbei, das zweite beginnt übergangslos. Dennis dreht mich immer schwungvoller über das Gelände. Es fühlt sich an, als würden wir zu einer Person verschmelzen. Ich hatte noch nie einen Rausch. Aber jetzt kommt es mir vor, als würden in meinem Blut süße Drogen pulsieren, aus deren Abhängigkeit ich mich nicht mehr befreien kann und will. Ich könnte nicht sagen, wie viele Runden wir gedreht haben, bis sich Maisie an dem ihr unbekannten Spiel beteiligt und wild bellend um uns herum tanzt.

»Maisie, was soll denn das?«, lacht Dennis seinem Hund entgegen und löst sich von mir. »Willst du mittanzen? Das geht nicht, du Stimmungskiller.«

Stimmungskiller? War er etwa gerade genau wie ich im Himmel? Ich mustere ihn schüchtern, doch er widmet sich so intensiv dem Tier, dass ich seine Miene nicht entschlüsseln kann.

Geburtstagsvorbereitungen

Solange Dennis noch mit Maisie beschäftigt ist, rufe ich ihm einen Abschiedsgruß zu und verschwinde in meine sichere Höhle. Mein Zustand befindet sich irgendwo zwischen Bangen und Hoffen. Mit Dennis zu tanzen war eine Ausnahmeerfahrung. Ein Erlebnis, das sich meine Fantasie niemals hätte ausmalen können – als würden sich all meine Sinne zu etwas Neuem zusammenfügen. Wie eine Komposition, die aus bekannten Tönen etwas Einzigartiges kreiert. Oder ein Buch, das sich aus nichts weiter als Schriftzeichen zusammensetzt, die in ihrer Kombination etwas entstehen lassen, was es zuvor nicht gegeben hat. Mein Herz quillt über vor Liebe, und mir wird klar, dass es schon lange das Stadium der Schwärmerei oder Verliebtheit hinter sich gelassen hat.

*

Erst am Freitag sehe ich Dennis wieder, als ich bei der Trauerrunde aufkreuze. Ich warte bewusst mit dem Erscheinen, bis ein paar Teilnehmerinnen eingetroffen sind. Morgen werde ich mit Dennis stundenlang allein sein, das weiß ich, doch heute brauche ich noch ein wenig distanzierte Verarbeitungszeit, um mich zumindest ansatzweise in einen ausbalancierten Zustand zu versetzen. Wir begrüßen uns herzlich, aber knapp, denn es sind bereits einige Gespräche im Gange. Während des

Abends stelle ich fest, dass es dieses Mal nicht einmal mehr halb so aufregend ist, dem Gruppenevent beizuwohnen wie beim ersten Anlauf. Die Menschen sind mir vertraut (bis auf einen Neuzugang) und freuen sich sichtlich über das Wiedersehen. Von Therese gibt es sogar eine innige Umarmung. Ich fühle mich zuhause und angenommen. Am Ende der Zusammenkunft ist der letzte Rest Befangenheit verschwunden – zumindest, was die Gruppe angeht. Im Hinblick auf Dennis sieht das vollkommen anders aus ...

Dennoch merke ich, dass mir dieser Abend als Vorbereitung für den morgigen ein wenig geholfen hat. Wenn ich an die Geburtstagsfeier denke, rast mein Puls. Seinen Freunden und vor allem seinen Eltern zu begegnen, macht mir Angst.

Was, wenn sie mich nicht mögen?

Was, wenn sie mich mit komischen Blicken bedenken und sich fragen, was Dennis mit einer wie mir zu tun hat?

Was, wenn ich wieder in die alten Muster zurückgebeamt werde und ihnen gegenüber kein Wort herausbringe?

Ich habe Angst, mich zu blamieren – und viel schlimmer: Ich habe Angst, Dennis zu blamieren.

Als ich am nächsten Nachmittag vor dem Kleiderschrank stehe, mache ich mir vermutlich zum ersten Mal in meinem Leben ausgiebig Gedanken über die Frage, was ich auswählen soll. Mich hat dieses Klischee »Ich habe nichts anzuziehen« bislang immer amüsiert, doch heute fühle ich mich ihm erstmals zugehörig. Ratlos schiebe ich die Bügel von rechts nach links und wieder zurück.

Meistens laufe ich in legeren und bequemen Jeans herum. Bei den Oberteilen mag ich Farbe, genauso wie ich es im Garten mag. Deswegen habe ich viele bunt gemusterte Teile und einfarbige, die dafür einen fröhlichen, knalligen Farbton besitzen. Ein paar Kleider gibt es auch. Allerdings ziehe ich sie selten an. Für sie entscheide ich mich eher an den ganz heißen Tagen, wenn ich es etwas luftiger brauche. Gut, wenn das kein heißer Tag ist, was dann? Und das gilt in mehr als einer Hinsicht. Also ein Kleid, beschließe ich.

Mein Blick bleibt an einem hängen, das ich vor einigen Wochen in einem Anfall plötzlich auftretenden Mutes gekauft und noch nie getragen habe. Es hing in der Boutique neben Anitas Buchladen im Schaufenster und hat mich bereits beim ersten Ansehen verzaubert. Der grüne, fließende Stoff liefert einen zarten Glanz in einem Ton, der genau zu meinen Augen passt. Das Oberteil ist wie ein Bustier geschnitten. Die aufgefächerten Ärmel sind nur in der Mitte des Kleides mit dem Bustier verbunden und legen sich wie Schärpen über die Oberarme. Dadurch sind die Schultern bloß halb bedeckt, und es entsteht ein dezentes, aber wirkungsvolles Dekolletee. Um die Taille sind ebenfalls Stoffbahnen geschlungen, die eine Wickelkleidoptik entstehen lassen. Der Rock umspielt in unzähligen lockeren Falten die Beine bis zu den Knien. Auch wenn ich mich sonst nicht für Mode interessiere, ist dieses Kleid einfach ein Traum und zieht sogar mich in seinen Bann. Soll ich alles auf eine Karte setzen, in die maximale Selbstüberwindung gehen, und es heute anziehen? Na ja, ein Blick kann wohl nicht schaden. Ich schlüpfe hinein und begutachte mich im Spiegel. Die kindliche Friederike mit den blonden Zöpfen, die in letzter Zeit wesentlich fröhlicher dreinschaut als bisher, lacht mir begeistert entgegen. Und die junge Frau, die ich daneben sehe, muss sich wirklich nicht verstecken. Selbst ich finde, dass sie hübsch aussieht. Ich drehe mich einige Male hin und her, bevor ich die Entscheidung als getroffen erkläre.

Die Haare habe ich am Morgen gewaschen und sie lufttrocknen lassen. Die üppigen Wellen, die dabei entstanden sind, fügen sich perfekt ins Gesamtbild. *Gut*, nicke ich der Frau im Spiegel zu. *So machen wir das.*

Mit einer gewaltigen Nervosität, die mein ganzes Wesen einnimmt, begebe ich mich auf den Weg zu Dennis. Diesmal wähle ich den offiziellen Eingang und klingele an der Haustür. Nach wenigen Augenblicken öffnet er mit einem strahlenden Lächeln die Tür. Dann fällt sein Blick auf mich und seine Mimik verändert sich. Mit geweiteten Augen und offenem Mund starrt er mich an. Es dauert ein paar Sekunden, bis er sich gefangen hat.

»Friederike, du siehst aus wie eine Prinzessin, unwiderstehlich. Ich glaube, ich lade auf der Stelle David aus. Der ist Single, und das ist mir viel zu gefährlich, ihn mit dir zusammenzubringen.«

»Blödsinn«, murmele ich und konzentriere mich darauf, die verlegene Röte schnell wieder aus dem Gesicht zu verscheuchen. Um ihm nicht zu zeigen, wie sehr mich seine Worte in Aufregung versetzen, schaue ich stur zu Boden. Wenn ich ihn jetzt ansehe, kann ich meine Gefühle nicht länger vor ihm verbergen.

»Wie wäre es mit einer Umarmung zur Begrüßung?«

»Klar«, gebe ich mich cool, während mir auffällt, wie weit ich mich inzwischen von der Friederike entfernt habe, die ich noch vor wenigen Wochen war.

»Komm her, du.« Er drückt mich an sich und meine Arme schlingen sich um seine Taille. Erneut landet meine Wange an seiner Brust. Für einen winzigen Augenblick schließe ich die Augen, um diese allumfassende Sinneswahrnehmung zu genießen und für später festzuhalten. Dann räuspere ich mich und ziehe mich wieder zurück.

»So, was kann ich tun?«, versuche ich, die Befangenheit zu überspielen.

»Einiges, dir wird nicht langweilig werden«, lacht er.

Er dirigiert mich in die Küche, die einem Schlachtfeld gleicht, und erklärt mir, was er alles zubereiten möchte. Ich freue mich, als ich höre, dass er ein Grillfest geplant hat. Zum einen stelle ich mir dabei die Atmosphäre lockerer vor als bei einem Menü, und zum anderen komme ich nicht so oft in diesen Genuss, weil sich Grillen für mich allein einfach nicht lohnt.

Wir beratschlagen kurz, wer was macht. Dennis mustert mein Kleid und beginnt dann in einer Küchenschublade zu kramen. Nach einer Weile hat er gefunden, was er sucht, und richtet sich wieder auf.

»So, meine Liebe, wir können auf keinen Fall riskieren, dass dein traumhaftes Kleid Schaden nimmt. Und ich entschuldige mich ausdrücklich für das Aussehen, das ich dir jetzt verleihe. Aber leider ist das die einzige Schürze, die ich besitze. Sie war ein typisches Gag-Geschenk.«

Mit amüsiert zuckenden Mundwinkeln geht er auf mich zu und zieht mir vorsichtig die Schlaufe über den Kopf. Sanft, fast schon zärtlich, greift er nach meinen Haaren und entwindet sie der Schlinge, damit sie frei über den Rücken gleiten können. Dann widmet er sich den Bändern und führt sie mit seinen langen Armen um meinen Körper herum, um sie an der Rückenseite zuzuschnüren. Dabei kommt er mir nah, sehr nah.

Zu nah.

Überhaupt nicht nah genug.

Mir stockt der Atem. Erstarrt stehe ich vor ihm und warte, was als Nächstes passiert. Er tritt einen Schritt zurück, begutachtet sein Werk und funkelt mich mit einem frechen Grinsen an. »Ich habe nie zuvor jemanden gesehen, an dem ein Männer-Bierbauch so bezaubernd aussieht wie an dir.«

Für einen Sekundenbruchteil verstehe ich nicht und fühle mich in alte Zeiten zurückkatapultiert, in denen ich dick war und das permanent aufs Butterbrot geschmiert bekam, doch dann sehe ich an mir herunter und beginne unbändig zu lachen. Durch den

Schürzenaufdruck ziert mich tatsächlich ein Bierbauch mitsamt männlichen Hängebrüsten und Brusthaar.

»Es ist zwar geradezu eine Schande, dein Kleid und vor allem dich derart zu entstellen, aber es dient ja einer guten Sache. So, Mr. Bierbauch, legen wir los.«

»Wehe, wenn du noch einmal Mr. Bierbauch zu mir sagst«, necke ich ihn. »Dann verlasse ich umgehend diese Veranstaltung hier.«

»Ui, das sind schwere Geschütze. Das kann ich auf keinen Fall riskieren. Ab sofort bin ich brav.«

Schade eigentlich, schießt es mir durch den Kopf, und ich kann kaum glauben, was mein Gehirn an Gedanken produziert.

Danach gehen wir konzentriert unserer Arbeit nach. Ab und zu bekomme ich eine Kostprobe mit einem Löffel in den Mund geschoben. Wenn er mich dabei mit seinen Schokokuss-Augen erwartungsvoll ansieht und mit der Hand dicht vor meinen Lippen verharrt, fühle ich mich, als wäre ich direkt im Schlaraffenland gelandet. Es ist auf eine unbeschreibliche Weise schön, mit ihm in der Küche zu stehen. Ruhig, vertraut, immer wieder lustig und vor allen Dingen unbeschwert. Ich kann mich nicht erinnern, dass mir Vorbereitungen (egal für was) jemals einen solchen Spaß beschert haben.

Um halb sechs sind wir fertig und machen es uns auf der Terrasse gemütlich, wo uns Maisie hocherfreut begrüßt. Dennis überlässt mir die bequeme Liege und kredenzt mir einen alkoholfreien Cocktail.

»Fühlst du dich gewappnet für den Abend?«, fragt er mitfühlend, nachdem wir ein paar Minuten schweigend die Pause genossen haben.

»Danke, dass du fragst«, antworte ich und schenke ihm ein schüchternes Lächeln. »Einigermaßen. Vielleicht magst du mir noch ein bisschen was über deine Gäste erzählen?«

»Sicher. Gern. Also: Gottfried ist ein Nachbar und Annemarie ist seine Angebetete ...«

»Was du nicht sagst, du Scherzkeks. Du vergeudest kostbare Zeit.« Ich werfe ihm einen aufgesetzt empörten Blick zu.

»Na gut«, lacht er. »Fangen wir mit meinen Eltern an. Sie heißen Juliane und Jürgen. Beide sind inzwischen im Ruhestand. Mein Papa war Zahnarzt und meine Mutter hat das Praxisteam gemanagt. Ganz klassisch wie in der Werbung. Kennst du das noch aus den Neunzigern? Mit der Zahnarztfrau, die erzählt, welche Zahncreme empfehlenswert ist? Als kleiner Junge habe ich meine Mutter gefragt, warum sie nicht im Fernsehen auftritt. Unglaublich. Das ist ja gar nicht so lange her, und dennoch wirkt der Spot, als wäre er Jahrhunderte alt. Heute würde es bei sowas einen gewaltigen Shitstorm geben.«

»Zurecht«, murmele ich. »Und ich habe mir damals überlegt, wieso es keinen Zahnärztinmann gibt ...«

»Absolut. Okay, zurück zum Thema. David ist mein bester Freund. Wir kennen uns seit der Abi-Zeit, weil wir in einem Jahrgang waren. Wir sind durch dick und dünn gegangen. Aber nach Sabrinas Tod habe ich mich von ihm zurückgezogen, wie von allen Menschen. Trotzdem bin ich mir sicher, dass wir wieder da anknüpfen können, wo wir früher einmal standen. Er versteht, dass ich zum Trauern allein sein musste. Ich habe letzte Woche lange mit ihm telefoniert, und es fühlte sich an, als hätten wir uns bloß wenige Tage nicht gesehen. Gut, dann fehlen nur noch Marie und Jonathan. Die beiden waren unsere besten Freunde, wenn es darum ging, mit einem anderen Pärchen etwas zu unternehmen. Wir konnten nächtelang durchquatschen, waren auf einer Wellenlänge und hatten jedes Mal einiges zu lachen. Von ihnen habe ich mich vor allen Dingen zurückgezogen, weil ich sie fest mit Sabrina verbunden habe. Wir waren immer zu viert unterwegs. Das zu dritt fortzusetzen, erschien mir unvorstellbar, viel zu schmerzhaft. Außerdem war ich unbändig wütend, dass sie zusammenbleiben dürfen, während wir vom Leben auseinandergerissen wurden.« Nachdenklich blickt er in die Ferne und ich lasse ihm einen Moment seine Ruhe.

»Wie ist es für dich, sie nach der langen Zeit wiederzusehen? Ohne Sabrina?« In mir arbeitet ein heftiger Gefühlsmix. Natürlich gibt es da Berge an Mitgefühl, die mir Tränen in die Augen treiben. Aber auch hässlichere Gefühle sind beteiligt. Ein bohrender Stachel der Eifersucht sticht in mein Herz. Diese Frau hat ihm so viel bedeutet, und ich wünsche mir sehnlichst, für ihn gleich wichtig sein zu können. Doch ich befürchte, dass das unmöglich ist. Eine gewaltige Angst tobt in mir, dass sein Herz nie für jemand anderes frei sein wird. Und selbst wenn, warum sollte es sich dann ausgerechnet für mich entscheiden?

»Ich bin fein damit«, beendet er meine Gedankenspiralen. »Als ich sagte, ich könne sie jetzt loslassen, war das nicht nur eine leere Worthülse. Ich werde weiterhin voller Liebe an sie denken, aber eben als einen Bestandteil der Vergangenheit. Deswegen kann ich Marie und Jonathan inzwischen entspannt gegenübertreten. Ich freue mich sehr, dass sie die Einladung angenommen haben und mir meinen Rückzug nicht nachtragen. Möglicherweise haben wir heute nicht mehr so viel gemeinsam wie früher. Sie leben immer noch in Stuttgart und sind typische Stadtmenschen, die es umtriebig mögen. Davon habe ich mich weit entfernt. Doch ich glaube, dass gelegentliche Treffen nett sein könnten. Ab und zu in die große Stadt zu kommen, ist ja auch eine spannende Abwechslung. Und vielleicht magst du mal mitkommen?« Dennis' Blick wandert zu mir, und mein Herz beginnt schon wieder aufgeregt zu klopfen.

»Vielleicht«, antworte ich zögerlich. »Jetzt versuche ich erst einmal, den heutigen Abend zu meistern«, lache ich, obwohl wir beide wissen, dass es da eigentlich gar nichts zu lachen gibt.

Dennis erhebt sich von seinem Stuhl, kommt in meine Richtung und setzt sich auf den Rand der Liege. Vorsichtig greift er nach meiner Hand und streicht gedankenverloren über den Handrücken. Sämtliche Härchen an den Armen feiern eine Stehparty, während meine Atmung in den Notbetrieb schaltet.

»Ich bin so viel wie möglich an deiner Seite, Friederike. Außerdem kannst du auf Gottfried und Annemarie zählen. Wann immer du in irgendeiner Form Unterstützung oder Rückendeckung von mir brauchst, sag mir Bescheid. Okay?«

Ich nicke. Bereits diese kleine Körperbewegung kostet mich eine gewaltige Anstrengung, weil mein Gehirn allenfalls im Minimalmodus funktioniert.

»Und noch was: Danke, dass du hier bist. Ich weiß, wie groß dieser Schritt für dich ist, und kann kaum glauben, dass du ihn für mich gehst. Du solltest wissen, dass mich das unfassbar glücklich macht.« Seine Augen versinken in meinen. Für einen Moment hört die Welt auf, sich zu drehen. Und dann geschieht etwas Ungeheuerliches. Dennis beugt sich vor und gibt mir einen Kuss auf die Stirn. Keinen flüchtigen, sondern einen bewussten, der die Lippen schürzt und sie sanft meine Haut streicheln lässt.

Ein Klingelton, der wie aus einem fremden Universum ertönt, bringt mich zurück aus dem Paradies, in das ich kurzzeitig gebeamt wurde. Dennis wirft mir einen letzten langen Blick zu, drückt noch einmal meine Hand und erhebt sich. Als Nächstes höre ich Gelächter und Stimmengewirr.

Freude, Drama und ein Kuss

Ein Ehepaar in den späten Sechzigern tritt auf die Terrasse, widmet sich erst dem aufgeregt schwanzwedelnden Hund und mustert mich dann überrascht, während ich reichlich verlegen von einem Bein auf das andere trete. Dennis eilt an meine Seite und legt locker einen Arm um meine Schultern.

»Mama, Papa, das ist Friederike, meine Nachbarin.« Er deutet zu meinem Grundstück und bringt lächelnd hervor: »Uns trennt nur ein Gartenzaun.«

»Herrlich, das ist ja eine prachtvolle Idylle, die Sie da haben«, entgegnet die Frau und reicht mir die Hand. »Ich bin Juliane Bahnmüller, die Mutter dieses Prachtburschen.« Ihre tiefblauen Augen funkeln mich freundlich an. Der blonde Bob wippt schwungvoll hin und her, wenn sie redet. Dennis hat nicht zu viel versprochen. Sie strahlt eine natürliche Herzlichkeit aus.

»Dann bin jetzt wohl ich dran«, mischt sich der Mann neben ihr ein und betrachtet mich mit einem gemütlichen Lächeln, das seine schokoladenbraunen Pupillen zum Leuchten bringt. Immerhin weiß ich nun, von wem Dennis seinen zartschmelzenden Glasurglanz in die Wiege gelegt bekommen hat. »Jürgen Bahnmüller, Dennis' Papa. Schön, Sie kennenzulernen.«

»Ganz meinerseits.« Auch wir schütteln uns die Hände, während Dennis' Arm weiterhin auf meinen Schultern ruht.

Seine Mutter lässt glückliche Blicke zwischen uns hin und her schwenken. Plötzlich werden ihre Augen feucht. »Es tut so gut, dich wieder mit einer Frau an der Seite zu sehen«, flüstert sie und betrachtet ihn mit einer seltsamen Mischung aus Freude und Traurigkeit.

»Mama, das ist lieb von dir. Allerdings sind Friederike und ich momentan einfach sehr enge Freunde.«

Da ist es erneut, das »momentan«, genau wie im Gespräch mit Annemarie. Ist jetzt vielleicht der passende Zeitpunkt, um die Realität zuzulassen? Kann ich Dennis' Gefühle für mich wirklich weiterhin als bloße Freundschaft ansehen? Oder sind meine Hoffnungen und Sehnsüchte gar nicht so unbegründet wie ich es mir seit Wochen einrede? Er lädt mich ein, ihn zu einer Hochzeit zu begleiten, umarmt mich, tanzt mit mir durch den Garten, hält meine Hand, küsst mich – zumindest auf die Wangen und heute auch auf die Stirn ... Und er diskutiert mit mir, wie Konrad Rosi für sich gewinnen könnte. Kann ich das alles als belanglos abtun? Wenn mich meine gigantische Angst vor einer unrealistischen Träumerei nicht davon abhalten würde, wäre die Antwort ein klares Nein.

Dennis' Mutter tupft sich mit einem Taschentuch über die Augen und schenkt mir ein warmherziges Lächeln. »Friederike, jedenfalls freue ich mich, dass ihr Nachbarn seid und dass ihr euch angefreundet habt. Ich will ehrlich sein. Ich war gegen Dennis' Umzug auf die Alb. Aber wenn ich sehe, was für ein Paradies er hier geschaffen hat, war es wohl doch der richtige Schritt.«

»Wow, Mama, dass ich das noch erleben darf!«, spottet ihr Sohn, mildert es jedoch mit einem liebevollen Blick ab.

Ein weiteres Klingeln an der Tür beendet das Vierer-Gespräch. Dennis drückt mich einmal kurz an sich und zieht dann seinen Arm von meinen Schultern, die sich schlagartig nackt und verletzlich anfühlen.

Als Nächstes treffen Annemarie und Gottfried ein, die mühelos in eine angeregte Unterhaltung mit Dennis' Eltern kommen. Ich halte mich ein wenig im Hintergrund und beobachte. Nicht, weil ich mich vor den anderen fürchten würde, sondern weil ich es einfach spannend finde, mitzuerleben, wie unbeschwert und selbstverständlich Fremde zu Freunden werden, oder zumindest zu Bekannten.

Kurz darauf tritt ein junger Mann mit schwarzgelockten Haaren, einem markant geschnittenen Gesicht und dunklen, fast schon schwarzen Augen auf die Terrasse. Dennis ist gerade in der Küche beschäftigt, sodass ich ihn dieses Mal nicht an meiner Seite habe, als es ans Vorstellen geht. Der Neuankömmling lässt seinen Blick über die Anwesenden schweifen, der an mir hängenbleibt, nachdem er bemerkt hat, dass das Vierergrüppchen der etwas Älteren in eine lebhafte Diskussion verwickelt ist. Ein anerkennendes Lächeln erobert seine Züge und er kommt geradewegs auf mich zu. Ohne Dennis fühle ich mich merkwürdig schutzlos, doch ich hole tief Luft, weil ich die Situation allein meistern will.

»Hi, ich bin David«, begrüßt er mich. »Und wer bist du? Ich habe dich noch nie bei Dennis gesehen.«

»Ja, das stimmt«, gebe ich ein wenig steif zurück. »Wir haben uns erst kennengelernt. Mein Name ist Friederike, und ich wohne da, im Haus nebenan.« Mit dem Finger deute ich auf mein Grundstück.

»Ah, alles klar. Also seid ihr Nachbarn?«

»Nachbarn und enge Freunde«, korrigiert Dennis, der von mir unbemerkt an meine Seite getreten ist und seinen Arm wieder dort platziert, wo ich ihn am liebsten immer hätte.

»Okay«, erwidert David langgezogen. »Und ich dachte, ich könnte diese märchenhafte Prinzessin hier anbaggern.«

»Untersteh dich!«, lacht Dennis.

Ein zweites Mal an diesem Tag gerät mein Schutzwall ins Wanken. Sagt er das nur, weil das so ein Spielchen unter Männern ist? Will er mich schützen, weil er weiß, dass ich sonst in Panik ausbreche? Oder will er seinem Freund klarmachen, dass er die Finger von mir lassen soll, weil er mich mag, also richtig mag?

»Alles klar, Kumpel«, beruhigt sein Gegenüber und hebt abwehrend die Hände wie ein Fußballer nach dem Foul. *Ich hab' nichts getan!*

Bevor ich weiter über die offenen Fragen nachdenken kann, treffen die letzten Gäste ein. Sie haben auf das Klingeln an der Haustür verzichtet und sind einfach den Stimmen in den Garten gefolgt.

»Hallo, allerseits«, rufen sie winkend in die Runde.

Dennis greift nach meiner Hand, nickt mir aufmunternd zu und führt mich zu den Unbekannten. Ich wage kaum zu atmen, weil ich fürchte, selbst eine winzige Bewegung könnte den Zauber dieser Berührung, die ich am liebsten nie wieder aufgeben würde, zerstören.

»Hey, ihr zwei, wie schön, euch endlich wiederzusehen!«

»An uns lag es ja nicht«, gibt die hübsche dunkelhaarige Frau mit dem zarten Teint ein wenig spitz zurück. Doch sie zuckt dabei die Schultern und macht ein bedauerndes Gesicht, was der Bemerkung die Schärfe nimmt.

»Stimmt, Marie. Ich weiß, ich wiederhole mich: Aber ich freue mich wirklich riesig, dass ihr gekommen seid.«

Er zieht sie in seine Arme und ich muss mich ernsthaft bremsen, um nicht empört »Stopp!« zu rufen. Dann wendet er sich dem hageren Mann an ihrer Seite zu und klopft ihm freudig auf den Rücken. »Jonathan, alter Freund. Danke, dass ihr hier seid.«

»Hey, Dennis. Liebend gern. Wir haben uns sehr gefreut über die Einladung.«

Eine Weile stehen die drei da und sehen einander stumm an. Wie merkwürdig muss es sich anfühlen, nach einer so langen Zeit zusammenzukommen und zu wissen, dass ein Mensch fehlt, der immer dazugehörte ... Plötzlich verspüre ich ein heftiges Mitgefühl mit ihnen. Ich möchte mich leise aus dem Staub machen, um das Wiedersehen nicht zu stören, doch Dennis hält mich auf.

»Warte, Friederike. Bitte bleib hier.« Er greift erneut nach meiner Hand und zieht mich sanft zu den anderen zurück. Als wäre es ein unausweichliches Ritual, legt er wieder den Arm um mich und wendet sich an seine Freunde.

»Ihr zwei, das hier ist Friederike, meine Nachbarin und enge Freundin.«

Marie wirft mir einen Blick zu, den ich nicht so recht deuten kann. Ich spüre nur, dass er mich verunsichert. Ein bisschen so, als wäre ich nicht willkommen. Jonathans Miene hingegen mustert mich freundlich, offen und interessiert. Wir schütteln uns zwar alle höflich die Hände, dennoch fühle ich mich unwohl.

Nach einer munteren halben Stunde, in der sich unterschiedliche Grüppchen formiert haben und es einiges an Wiedersehensfreude zu feiern gab, findet sich die Gästeschar am großen, ausgezogenen Terrassentisch wieder, auf dem Dennis und ich eine fröhliche Tafel kreiert haben. Farbenfrohe Servietten, bunte Windlichter und ein paar Lampions, die später für eine gemütliche Beleuchtung sorgen sollen, kreieren eine einladende Atmosphäre. Und die köstlichen Düfte, die vom Grill herüberwehen, regen gewaltig den Appetit an.

Dennis hat Tischkärtchen aufgestellt, was ich bei einer lockeren Sommer-Grillparty ungewöhnlich finde. Ich bin mir sicher, er hat es mir zuliebe getan, denn ich entdecke mein Kärtchen neben seinem, das an der Stirnseite steht, die dem Grill am nächsten ist. Auf seiner anderen Seite nimmt seine Mutter Platz, sodass ich ihr gegenüber sitze. Außerdem habe ich Gottfried bei mir.

Eine Weile geht es turbulent zu, bis jeder etwas auf dem Teller hat. Während der erste Hunger gestillt wird, ruht die Unterhaltung, von kurzen Bemerkungen, die den einen oder anderen Lacher hervorrufen, abgesehen.

Als es gilt, Nachschub zu organisieren, brummt David gutmütig: »Lass mal, Kumpel, ich löse dich ab.« Er schickt mir ein charmantes Augenzwinkern und schlendert zu seinem neuen Arbeitsplatz.

»Wie gefällt es dir denn jetzt so in der Einöde, Dennis?«, fragt Marie und unterbricht damit die Stille.

»Hervorragend«, antwortet Dennis, und ich nehme wahr, dass er minimal die Augenbrauen hochzieht. »Außerdem empfinde ich es nicht als Einöde. Es ist friedlich und beschaulich hier. Ich mag die Natur, die Ruhe, den eigenen Garten, die Gemütlichkeit der Menschen. Vielleicht ist es ein wenig wie eine Zeitreise. Raus aus dem hektischen Stadtleben in eine Welt, die noch in Ordnung ist. Hier grüßen sich die Leute, egal, ob man sich kennt oder nicht. Ganz zwanglos kommt man mit allen ins Gespräch und jeder passt auf jeden auf. Das tut mir gut. Und, hey, ich habe hier die besten Nachbarn, die man sich vorstellen kann.« Er sieht erst Gottfried an, dann bleibt sein Blick an mir hängen. Ein unglaubliches Lächeln, das mich in ein Zauberreich katapultiert, wartet in seinem Gesicht auf mich.

»Na ja, aber das Landleben ist doch ziemlich einfach gestrickt. Von Kultur oder so haben die Menschen hier in diesem bäuerlichen Umfeld ja wohl kaum eine Ahnung.«

»Du würdest dich wundern, wie viel kulturelle Intelligenz es hier gibt«, antwortet er und zwinkert mir verschwörerisch zu.

»Vielleicht ein bisschen. Jedenfalls ist es nicht vergleichbar mit Stuttgart, mit all den Cafés, Theatern, Kabaretts, Kinos, Konzerten. Und dann die Leute. Was willst du mit den Landeiern?«

Ich atme tief durch. Maries Blick schwingt immer wieder in meine Richtung. Auch wenn sie mich nicht direkt anspricht, sagt mir eine innere Gewissheit, dass ihre Reden mir gelten. Und das Problem ist, ich weiß nicht warum. Schlagartig werde ich in die alten Muster katapultiert. Die kleine pummelige Friederike mit den blonden Zöpfen fragt sich, was sie falsch gemacht hat.

Dennis greift nach meiner Hand, umhüllt sie mit seiner und drückt sie sanft. Er spürt, wie es mir gerade geht, und stärkt mir mit dieser zärtlichen Geste auf eine noch nie dagewesene Weise den Rücken. Plötzlich bin ich in Sicherheit. Marie kann mir nichts anhaben, egal, wie sehr sie es versucht.

Seine Mutter beobachtet die Berührung und wirft mir einen überraschten Blick zu. Ich erwidere ihn mit einem verlegenen Lächeln, woraufhin ein Strahlen ihr Gesicht erhellt. Sie weiß Bescheid, und in dieser Sekunde, während mich eine fremde Frau attackiert, weiß ich es auch: Das »momentan« wird zu etwas anderem führen, wenn ich es zulasse. Vielleicht brauche ich ein kleines bisschen mehr Zeit, bis ich springe und meine Komfortzone verlasse. Aber hier und jetzt fühle ich, dass ich es tun werde. Bald. Sehr bald. Und nicht nur mit einem zaghaften Sprung, sondern mit einem Riesensatz. Mit dem ersten entschlossenen Schritt, der aus der Komfortzone herausführt, fange ich sofort an.

»Ich für meinen Teil bin gern ein Landei, Marie«, nehme ich das Duell gegen sie auf. Ich ziehe meine Hand von Dennis weg und werfe ihm dabei einen dankbaren Blick zu. Das hier ist ein Kampf, den ich allein gewinnen möchte. Für mich und für meine Heilung. Trotzdem weiß ich, dass ich ihn nur führen kann, weil er neben mir sitzt. »Hier kann ich mir aussuchen, wann ich Menschen um mich haben möchte und vor allem welche. Ich bin in Reutlingen aufgewachsen. Obwohl diese Stadt größenmäßig nicht mit Stuttgart vergleichbar ist, existieren dort bei weitem nicht so viele Möglichkeiten, seine Ruhe zu finden wie hier. Für mich ist genau das etwas Kostbares. Außerdem ist es doch vollkommen okay, dass es Stadtpflanzen und Landeier gibt. Uns allen wird in dieser Region das große Geschenk gemacht, selbst entscheiden zu dürfen, wo und wie wir leben wollen, sodass es die persönlichen Bedürfnisse erfüllt. Vielleicht unterschätzt du uns Landbewohner ein wenig. Die Leute, die hier wohnen, sind keine Dorftölpel, sondern Menschen, die die Natur und das friedliche Umfeld lieben.«

»Klar, Leute, die entweder mit Strohhut oder vollkommen overdressed zu einer Grillparty kommen, sind keine Dorftölpel«, murmelt sie vor sich hin – durchaus mit der Absicht gehört zu werden, vermute ich. Ein wenig unbeholfen tätschelt Gottfried meinen Arm und ich schaue ihn bewegt an. Es ist wundervoll, solche Freunde im wahrsten Sinne des Wortes an der Seite zu haben.

»Marie, lass es gut sein«, schaltet sich ihr Mann ein. »David, was hast du denn noch Schönes auf dem Grill? Ich wäre bereit für eine zweite Runde.«

Ich kann es ihm nicht verdenken, dass er das Thema zu wechseln versucht. Die anderen geben ebenfalls alles, um sich ihm anzuschließen, doch trotzdem hat die fröhliche Stimmung einen Riss bekommen.

»Dein Kleid ist nach wie vor ein Traum – egal, wie viel Galle sie spuckt«, flüstert Dennis, während er sich dicht zu mir beugt. »Ich freue mich, dass du dich für uns so hübsch gemacht hast und vielleicht auch ein bisschen für mich.«

Nur für dich, denke ich und lasse mein Herz tollkühne Sprünge vollführen. Mit einem versonnenen Lächeln, voller Glücksgefühle und gleichzeitig unendlich verlegen schaue ich auf den Teller und blende dabei die aufgebrachte Frau am anderen Ende der Tafel komplett aus.

Es dauert zwar eine Weile, doch irgendwann kehrt die unbeschwerte Stimmung zurück und die versammelten Menschen unterhalten sich angeregt. Zwischenzeitlich hat Dennis die zahlreichen Teelichter und Lampions illuminiert, sodass sich eine romantische Atmosphäre im Garten ausbreitet. Maisie liegt zu seinen Füßen, die

Schnauze entspannt auf den Vorderläufen abgelegt. Wenn das keine Idylle ist, was dann?

Etliche hilfreiche Hände tragen kurze Zeit später dazu bei, dass die Essensreste in der Küche verschwinden. Dafür füllt sich der Tisch mit einem leckeren Tiramisu, frischem Obst und Kaffee. Mit begeisterten Kommentaren bedienen sich die Gäste an den Leckereien.

»Oh, wie cool, wieder einmal Tiramisu!«, ruft Marie euphorisch aus, doch irgendetwas klingt falsch an ihrem Tonfall. »Dennis, erinnerst du dich, wie wir früher gegenseitig versucht haben, uns dabei zu übertrumpfen? Unser inoffizieller Wettbewerb ›Wer macht das beste Tiramisu?‹ hat uns so viele lustige Momente beschert. Aber im Grunde genommen war Sabrina sowieso die Tiramisu-Königin. Schauen wir mal, ob du das auch kannst. Oder hat das deine Nachbarin zubereitet?« Die letzten Worte würgt sie hervor, als wäre ich etwas besonders Ekelerregendes.

»Das Tiramisu habe ich gemacht«, antwortet er höflich und zunehmend distanziert.

»Hm, lecker«, stößt sie aus. »Erinnerst du dich noch an den Mario-Kart-Abend, als wir stundenlang gespielt haben und dabei eine Riesenschüssel vertilgt haben. Mann, war das lustig!«

»Ich erinnere mich, aber ...«

»Sabrina hat jedes Rennen gewonnen«, unterbricht sie ihn. »Bis wir uns gegen sie verbündet haben. Herrje, war sie sauer. Und eine Viertelstunde später war alles wieder gut. Ich habe sie für ihr Temperament geliebt. In einer Sekunde ab durch die Decke und gleich danach voller Lachen und Liebe. Sie muss dir so sehr fehlen. Eine Frau wie Sabrina begegnet einem bloß einmal im Leben.«

Mittlerweile herrscht in der Runde betretenes Schweigen. Es ist unübersehbar, dass Jonathan Marie unter dem Tisch auf den Oberschenkel klopft und sie zu bremsen versucht, aber er scheint sie nicht zu erreichen.

»Du hast recht, Marie. Sabrina war einzigartig.« Ein schmerzhaftes Gefühl durchdringt sämtliche Fasern in meiner Brust. Wie soll je eine Frau auch nur ein winziges Plätzchen in Dennis' Herz erobern, wenn seine ganze Liebe einem Menschen gilt, der nicht mehr lebt? Jedwede Hoffnung, für mich gäbe es eine Chance, erscheint mir in dieser Sekunde im Gegensatz zu vorhin vollkommen abwegig. Ich habe allerdings nicht viel Zeit, diesen Gedanken nachzuhängen, denn er fährt ruhig und nachdenklich fort. »So wie wir alle einzigartig sind. Die Welt besteht zuhauf aus Persönlichkeiten, die uns in ihrer Unterschiedlichkeit mit ihrer Anwesenheit großartige Geschenke machen können. Jede und jeder auf seine individuelle Art und Weise. Ich finde, wir sind gut beraten, keine Konkurrenz zwischen ihnen entbrennen zu lassen, weil das niemandem gerecht würde. Natürlich kann ich mich an sämtliche Einzelheiten erinnern, die du gerade aus der Vergangenheit heraufbeschwörst, doch ich mag heute lieber mit den Lebenden feiern, als in die Vergangenheit zu reisen. Dies ist mein erster

Geburtstag seit langem, an dem ich eine kleine Party veranstalte, und ich möchte es gern in Frieden und im Hier und Jetzt tun. Einverstanden, Marie?«

»Einverstanden? Als ob ich da etwas zu sagen hätte. Du verrätst Sabrina, beschmutzt ihr Andenken, indem du dich mit dieser Person da abgibst«, ihr Kopf deutet aufgebracht in meine Richtung, »einer aufgeblasenen Landpomeranze, die deiner Frau nicht das Wasser reichen kann.« Mit jedem Wort schwillt ihre Stimme mehr an. Zornesröte liegt über ihrem Gesicht und Blitze zucken aus ihren Augen.

Ich merke, dass sich mein Puls beschleunigt. Dennoch mache ich eine spannende Entdeckung. Ich bin zwar aufgewühlt und ihre Tiraden treffen mich, aber anstelle von Hilflosigkeit fühle ich eher eine unbändige Wut, dass Marie, die ihr Festhalten an der Vergangenheit allen anderen aufdrängt, Dennis' hochverdiente Geburtstagsfeier aufmischt und dadurch die Stimmung zerstört. Ich möchte gerade zu einem deutlichen Kommentar ansetzen, als mir Dennis zuvorkommt.

»Diese zauberhafte Persönlichkeit neben mir mag ich sehr. Und ich gebe mich so viel mit ihr ab, wie sie und ich das wollen. Ich habe fünf Jahre gebraucht, um die Trauer loszulassen, und bin endlich dabei, mir eine Zukunft aufzubauen. Dieser Geburtstag war ein Startschuss. Ich habe nur Leute eingeladen, von denen ich dachte, dass sie sich mit mir freuen, und mit denen ich gern wieder mehr Zeit verbracht hätte. Anscheinend habe ich mich in deinem Fall in beiden Punkten geirrt.

Deswegen bitte ich dich, in deine geliebte Stadt zurückzukehren. Davon haben wir alle etwas.«

»Wie bitte?«, japst sie aufgebracht nach Luft. »Du schmeißt mich raus? Wegen der da?«

»Ich bitte dich freundlich, zu gehen. Weil du einen Gast grundlos attackierst. Und weil dieser Gast ein Mensch ist, der mir sehr wichtig ist.«

»Marie, in deinem eigenen Interesse: Es reicht!«, erklingt die inzwischen zornige Stimme von Jonathan. In die Runde spricht er: »Ich kann mich nur entschuldigen. Natürlich verschwinden wir. Und ich hoffe, dass ihr euch trotzdem noch einen schönen Abend macht. Von Herzen alles Gute, Dennis.«

Er greift nach der Hand seiner Frau und zieht sie entschlossen hinter sich her, während sie lautstark protestiert und weitere Beleidigungen vom Stapel lässt, die ich mir nicht merken will.

Nach dem Abgang des Ehepaars brandet für eine Weile empörtes Gemurmel auf, bei dem die Anwesenden ihrem Unmut Luft verschaffen und versuchen, sich zu beruhigen. Dennis holt seine Soundbar von drinnen nach draußen und schaltet leise Hintergrundmusik ein, was schnell eine entspannende Wirkung entfaltet. Eine Stunde später herrscht wieder eine Atmosphäre, als wäre nichts geschehen. Nur in mir ist alles durcheinandergeraten. Ich freue mich auf den Moment, in dem ich in die Ruhe meiner Höhle zurückkehren kann, um die vielfältigen Eindrücke und Veränderungen zu sortieren.

Da ich als Erste gekommen bin, befinde ich gegen Mitternacht, auch als Erste aufbrechen zu können, ohne Dennis damit zu verletzen. Ich flüstere ihm ins Ohr: »Ich würde jetzt gern heimgehen.«

»Natürlich«, flüstert er zurück und wendet sich dann an die anderen. »Ihr Lieben, ich bin in fünf Minuten wieder da. Ich begleite Friederike kurz nach Hause.«

»Hey, ich wohne nebenan. Das ist nicht nötig.«

»Nein, aber ich möchte es.«

Verlegen winke ich David, Annemarie und Gottfried zu und verabschiede mich ein wenig förmlicher mit Handschlag von Dennis' Eltern.

»Es war mir eine riesengroße Freude, dich kennenzulernen, Friederike«, sagt Juliane, die schon vor Stunden das Sie gegen ein entspanntes Du eingetauscht hat. Überschwänglich und mit einem verzückten Lächeln schüttelt sie mir die Hand.

Etwas nüchterner vermerkt Jürgen: »Geht mir genauso«, doch auch in seinem Blick liegt echte Herzlichkeit.

Befangen marschiere ich neben Dennis her, während wir sein Grundstück verlassen und schweigend das kurze Stück auf der Straße überbrücken. Er öffnet mein Gartentörchen und lässt mich durchtreten. Vor der Haustür wartet er ab, bis ich sie geöffnet habe.

»Danke, dass du gekommen bist, Friederike. Und es tut mir unendlich leid, dass meine Prognose, es kämen nur warmherzige, freundliche Menschen falsch war. Ich wollte, ich könnte das rückgängig machen.«

»Es gibt nichts, wofür du dich entschuldigen müsstest«, gebe ich ruhig zurück und füge etwas kecker hinzu: »Ich habe mich doch gar nicht so schlecht geschlagen, oder?«

»Oh nein, du hast dich hervorragend geschlagen. Ich bin unglaublich stolz auf dich. Darf der stolze Mann vielleicht um einen kleinen Abschiedskuss von der kämpferischen Lady bitten?«

»Natürlich«, antworte ich und kenne mich ab sofort selbst nicht mehr. Ich stelle mich auf die Zehenspitzen und küsse ihn behutsam auf die linke Wange, die er mir entgegenstreckt. Seine Bartstoppeln kitzeln meine Lippen auf die allerschönste Weise, und ich würde das gern viel länger auskosten. Er will mir seine andere Seite hinhalten und verharrt einen winzigen Augenblick mit seinem Gesicht direkt vor meinem. Dabei trifft mich sein Blick, und ich versinke in einem Bad aus schaumigen Schokoküssen. Nein, ich habe eine bessere Idee. Ehe ich weiß, was ich tue, drücke ich ihm einen kurzen, unbeholfenen und stürmischen Kuss auf den Mund.

Dann verschwinde ich durch die Tür. Als ich sie gerade geschlossen habe, fällt mir noch etwas ein und ich öffne sie wieder. Dennis steht da wie vom Donner gerührt, mit einem abwesenden, versonnenen und leicht ungläubigen Gesichtsausdruck.

»Wir sehen uns am Montag zum Tanzkurs, ja?«, schmettere ich ihm entgegen.

»Auf jeden Fall«, antwortet er, und dieses Mal ist er derjenige, der seine Stimme nicht im Griff hat.

Tänze zu zweit

Als ich endgültig allein bin, tanze ich erst einmal mit schwungvollen Walzerschritten durchs Haus. *Ich habe einen Mann geküsst, eins, zwei-drei*, jubiliert es in mir, und ich bin mir nicht so ganz sicher, ob ich immer noch ich bin. Okay, alles eine Frage der Maßstäbe. Das war bestimmt kein Filmkuss, weder was die Länge, noch was die Intensität angeht. Eigentlich war er sogar ziemlich keusch, dennoch hat er für mich den Übergang in ein neues Zeitalter markiert. Ich habe unaufgefordert, aus eigenem Antrieb einen Mann geküsst.

»Das ist eine Sensation«, würde Kathrin sagen, und in diesem Fall hätte sie recht.

Außerdem habe ich mich gegen eine Angreiferin gewehrt und konnte die alten Muster besiegen. Und ich bin Menschen begegnet, Dennis natürlich, aber auch all den anderen, die zu mir standen und mir durch ihr Wohlwollen den Rücken gestärkt haben.

Meine Gedanken wandern zu Rosi. Ich stehe jetzt ungefähr da, wo sie am Ende des Romans landet – umgeben von Menschen, die mich mögen und auf die ich mich einlassen kann. War das Verfassen dieses Buches so etwas wie eine selbsterfüllende Prophezeiung? Habe ich mir damit einen Lebensweg eröffnet, den es vorher nicht gab? Ja, bestimmt hat das eine Rolle gespielt. Doch die entscheidenden Faktoren waren meine Nichten, die mich auf eine kindlich-unschuldige Weise aus meiner

Höhle geschubst haben – und natürlich Dennis. Hier unterscheidet sich meine Geschichte von Rosis. Sie ist ihrem Dennis alias Konrad noch nicht begegnet. Eine Sache, die ich wirklich, wirklich ändern muss ...

Jeder andere als dieser eine, spezielle Nachbar hätte vermutlich Reißaus genommen. Er hingegen ist über alle Zurückweisungen hinweg geblieben, weil er etwas in mir sehen konnte, was ich selbst nicht kannte. Plötzlich empfinde ich eine derart tiefe Dankbarkeit, dass mir lautlose Tränen über die Wangen rinnen. *Lieber Gott, keine Ahnung, ob es dich gibt und ob du diesen komischen Namen magst, jedenfalls danke, danke, danke!*

Den ganzen Sonntag über hüpft und jubiliert mein Herz, und als es endlich Montagabend ist, droht es vor Freude zu zerplatzen. Verschwunden ist die Angst, zu einem öffentlichen Tanzkurs zu gehen. Da ist nur noch das heftige Glücksgefühl, in einer guten halben Stunde in Dennis' Armen unbeholfen, aber voller Lebenslust über die Tanzfläche zu gleiten.

Kurz vor sieben klingelt es an der Tür, die ich mit einem strahlenden Lächeln öffne. »Hallo, Dennis.«

Seine Mimik steht meiner in nichts nach. Einen Moment stehen wir uns einfach gegenüber und betrachten uns geistesabwesend. Vermutlich wirken wir gerade ein wenig debil. Macht nichts, denn genau so fühle ich mich auch und finde es herrlich. Ungewohnt linkisch tritt er auf mich zu und zieht mich in eine Umarmung, die ich genussvoll erwidere.

Nach ein paar Sekunden räuspert er sich. »Ähm, wir sollten los, denke ich.«

»Ja«, murmele ich und löse mich aus den Armen, die mich gleich wieder auf eine ganz andere Weise halten werden.

Da Annemarie und Gottfried sich einen schönen Nachmittag in Reutlingen gemacht haben, fahren wir allein die kurvige Straße ins Tal hinab. Wie schon so oft schweigen wir, weil wir wahrscheinlich gerade beide nicht wissen, über was wir wie reden sollten. Vielleicht ist es manchmal auch besser, gar nicht zu reden und das Leben stattdessen einfach geschehen zu lassen.

Als wir die Tanzschule betreten, haben sich bereits einige Menschen versammelt, die einander neugierig und ein wenig gehemmt beäugen. Es geht also nicht nur mir so, dass der Eintritt in eine neue Gruppe Unsicherheit auslöst ... Annemarie und Gottfried sind ebenfalls schon da. Als sie uns entdecken, springen sie auf und begrüßen uns mit herzlichen Umarmungen. Wir kommen sofort ins Gespräch und brechen damit das herrschende Schweigen. Immer mehr der Anwesenden schließen sich der Unterhaltung an, und nach ein paar Minuten ist die anfängliche Zurückhaltung verflogen.

Eine sichtlich gutgelaunte Frau tritt zu uns und stellt sich als unsere Tanzlehrerin Diana vor. Sie spricht einige einleitende Worte und erklärt, wie der Tanzkurs abläuft. Dann bittet sie uns, uns paarweise in einem Kreis aufzustellen. Der junge Mann, Hannes, der bislang an der Theke für die Getränke gesorgt hat, gesellt sich ebenfalls dazu und erzählt, dass er seine Kollegin beim Vortanzen unterstützen wird. Diana kündigt an, dass wir mit dem langsamen Walzer beginnen werden.

»Wusste ich's doch«, raunt mir Dennis zu und grinst mich frech an. »Da können wir gleich unsere Show zünden.«

»Wart's ab«, lache ich. »Vielleicht können die anderen viel besser tanzen.«

»Quatsch. Ausgeschlossen.«

Diana und Hannes führen mit einer Engelsgeduld den Grundschritt vor. Wir machen ein paar Runden Trockenübungen, bis ihn alle beherrschen. Anschließend bekommen wir die ersehnte musikalische Untermalung. Dennis und ich schweben wie eine Einheit über die Fläche, und schon wieder befinde ich mich im Himmel.

»Ihr mogelt doch!«, ruft uns Gottfried entgegen. »Gebt zu, ihr habt heimlich geübt.«

»Vielleicht sind wir ja Naturtalente«, kontert Dennis.

»Niemals«, protestiert Annemarie. »Ihr tanzt niemals zum ersten Mal zusammen.«

Dennis und ich schauen uns an und lachen über beide Backen.

In der Pause wendet sich Diana an Dennis: »Du hast früher bereits getanzt, richtig?«

»Mist, du ruinierst meine Tarnung«, scherzt er. »Ja, aber das ist eine Weile her.«

»Wo hast du es gelernt?«

»Ich habe damals in Stuttgart gelebt und war dort in der Tanzschule. Insgesamt sechs Jahre war ich dabei.«

»Sechs Jahre?«, platzt es aus mir heraus und ich sehe ihn fassungslos an. Das bedeutet, dass er noch wesentlich besser tanzen kann, als er mir bislang offenbart hat. Kein Wunder, dass es sich so schwebend anfühlt, mit ihm diese einfachen Schritte auszuführen.

»Das ist wirklich eine lange Zeit«, bestätigt Diana. »Da hast du schon jede Menge komplizierter Figuren kennengelernt. Allerdings vergisst man die wahrscheinlich, wenn man nicht regelmäßig übt.«

»Absolut. Viel bekomme ich nicht mehr zusammen, aber ich denke, dass ich schneller wieder hineinfinde.«

»Wieso tanzt du dann in einem Anfängerkurs? Du könntest auch in einem fortgeschritteneren Kurs einsteigen.«

»Wenn ich mit dieser bezaubernden Frau hier tanzen möchte, und das will ich unbedingt, marschiere ich eben erneut durch die Einstiegskurse.« Am liebsten würde ich ihn hier und jetzt auf der Stelle umarmen, küssen (diesmal richtig) und danach nie mehr loslassen.

»Wow!«, kommt es aus verschiedenen Mündern, und ein älterer Tanzkollege scherzt: »Das ist ja eine Ansage.«

Diana lächelt mit, kehrt jedoch rasch zu einem ernsteren Gesichtsausdruck zurück. »Wir schauen uns das zusammen an, aber so wie ihr zwei harmoniert, denke ich, dass ihr den einen oder anderen Kurs überspringen könnt, wenn ihr dabeibleiben möchtet.«

Den Rest des Kursabends verbringen wir mit weiteren Walzer-Runden und mit Disco-Fox. Überrascht bemerke ich, wie viel Spaß mir die schnellen Schrittfolgen machen, vor allem wenn keine Schlager aus den Lautsprechern dröhnen, was glücklicherweise nur einmal der Fall ist. Und da bei diesem Tanz die Haltung nicht so eng ist, habe ich eine Chance, Dennis anzusehen und mir von der überbordenden Freude, die von ihm zu mir hinüberschwappt, das Herz mit Glück füllen zu lassen. In den Pausen zwischen den Übungen lässt Dennis meine Hand gar nicht erst wieder los. Lohnt sich ja auch überhaupt nicht, finde ich, und denke nicht im Leisesten daran, dagegen zu intervenieren.

Nach eineinhalb Stunden sind wir alle ein wenig verschwitzt und zugleich sichtlich zufrieden mit dem Verlauf des Kurses. Deutlich entspannter als bei der Ankunft verabschieden wir uns voneinander und rufen uns »Eine schöne Woche und bis zum nächsten Mal!« zu. Von unserem Nachbarn und seiner Freundin trennen wir uns vor der Tür. Die beiden wollen den sommerlichen Abend auf Annemaries Terrasse ausklingen lassen. *Wer weiß, ob Gottfried in dieser Nacht überhaupt noch nach Hause fährt*, denke ich, schweige aber selbstverständlich diskret.

Während Dennis und ich der Stadt den Rücken kehren, fragt er: »Und, wie war die erste Tanzstunde für dich?«

»Wundervoll«, seufze ich. »Das hat wirklich Spaß gemacht. Bislang habe ich einiges verpasst, fürchte ich.«

»Und wenn schon. Dann ist es eben jetzt an der Zeit, das nachzuholen.«

»Hm.« Er hat recht. Ich habe eine Menge nachzuholen. Und ich habe nicht die leiseste Absicht, damit noch länger zu warten. »Hast du Lust auf ein Glas Wein auf der Terrasse?«, erkunde ich mich mutig.

»Unbedingt. Bei dir oder bei mir?« Lieber Himmel, dass mir diese Frage jemals gestellt werden würde, hätte ich nie für möglich gehalten – selbst wenn der Zusammenhang ein harmloser ist.

»Beides gut. Egal.«

»Na ja, dein Garten ist eher eine natürliche Wildnis. Wir könnten bei mir auf dem Rasen ein paar Extra-Tanzrunden drehen, wenn du magst.«

»Unbedingt«, lache ich.

»Hey, machst du mich nach?«

»Iwo«, behaupte ich langgezogen und lege so viel Ironie in dieses eine Wort, wie es nur geht.

»Ts, ts«, Dennis schüttelt den Kopf, »in letzter Zeit bist du ganz schön frech geworden. Wo soll das bloß noch hinführen?«

»Stört dich das?«, necke ich ihn.

»Eher im Gegenteil. Ich fühle mich dadurch geehrt.«

»Das solltest du auch«, gebe ich bestimmt zurück, was ihn laut auflachen lässt.

Als er den Wagen in die Einfahrt bugsiert, klopft mein Herz wie nach einem Marathon. Ein wunderschöner Sommerabend wartet auf uns, mit Kerzenlicht auf der

Terrasse, einem wolkenlosen Sternenhimmel, einem Glas Wein oder zwei und einer größer gewordenen Zahl an Tanzschritten, die wir auf den Rasen zaubern können. Ich in Dennis' Arm, mit seinem Geruch in der Nase, meiner Hand in seiner, in einer Haltung, die im Grunde genommen nichts anderes ist als eine förmlichere Variante einer Umarmung. Was kann es Schöneres geben?

Außerdem habe ich etwas vor.

Etwas, das ich in die Tat umzusetzen gedenke.

Während Dennis in der Küche eine Weinflasche entkorkt und Gläser aus dem Regal angelt, greife ich nach dem Feuerzeug und entzünde die Windlichter und die Lampions, die bereits frisch mit Kerzen bestückt sind.

»Oh, du sorgst für eine romantische Stimmung«, schmunzelt Dennis und zwinkert mir zu, als er wieder hinaus auf die Terrasse tritt.

»Hm. Vollkommen zufällig ist ja hier alles mit neuen Teelichtern ausgestattet.«

»Unterstellst du mir etwa unlautere Absichten?«

»Aber nicht doch, Herr Nachbar.«

»Dann bin ich beruhigt. Lass uns auf die schönste Nachbarschaft der Welt trinken.«

»Ich bin dabei.«

Wir stoßen an und sehen uns tief in die Augen. »Darf ich bitten, Frau Nachbarin?«, fragt Dennis, nachdem wir beide einmal kurz genippt haben, und erhebt sich von dem Stuhl, auf dem er gerade erst Platz genommen hat.

»Selbstverständlich.«

Er reicht mir die Hand und verschränkt seine Finger mit meinen, während er mich liebevoll auf den Rasen bugsiert. Aus der Soundbar klingt leise Musik, und wir kreisen schwungvoll durch die Nacht. Nach einer Weile werden unsere Bewegungen langsamer. Wir tanzen eher stehend und wiegen uns dabei sanft hin und her. Immer näher rücken wir zusammen, bis meine Wange an seiner Brust liegt und seine Hand in meinen Nacken wandert. Ich fühle mich wie ein Baby, das zärtlich geschaukelt wird. Zugleich erwacht eine Sehnsucht in mir, die ich nie zuvor in dieser Intensität gespürt habe. Als Dennis wohlig seufzt, drücke ich mich entschlossen weg.

»Was ist los?« Entsetzt studiert er meine Miene. »War das zu nah?«

»Nein, das war nicht nah genug«, raune ich und sehe so wild, wie mir gerade zumute ist, in den Sturm, der in seinen Augen tobt.

»Was?«, stammelt er. »Friederike?«

»Würdest du mich jetzt bitte endlich küssen? Dein Mund ist zu hoch. Ohne Hilfe komme ich da nicht hin.«

»Im Ernst?«, murmelt er und starrt mich ungläubig an.

»Über so etwas scherze ich nicht.«

Ein weiterer Moment vergeht, in dem er mich fassungslos betrachtet und seine Iris einen zunehmend dunklen Schimmer annimmt. Dann beugt er sich zögerlich in meine Richtung, als ob er mir jederzeit noch einen Fluchtweg lassen wollte. Doch ich brauche keinen Fluchtweg mehr.

Nie mehr.

Als sich unsere Lippen endlich berühren und forschend miteinander spielen, entweicht uns beiden gleichzeitig ein Stöhnen und wir kichern los.

»Hey, was soll das? Das ist ein erhabener Augenblick. Ich bin sechsunddreißig Jahre alt und bekomme gerade meinen ersten Kuss. Wie kannst du da lachen?«

»Süße, ich will mich ja nicht gleich beim ersten Kuss mit dir streiten, aber du hast auch gelacht.«

»Hör auf, zu quatschen!«

Dennis kommt meiner Bitte nach, und ich habe das Gefühl, dass er noch nie etwas so gern getan hat.

Wir küssen und küssen und küssen uns, als müsste ich das verpasste Kussquantum der vergangenen zwanzig Jahre nachholen. Am liebsten würde ich nie wieder damit aufhören. Und je länger wir miteinander verschmelzen, desto heftiger möchte ich mehr von ihm erkunden. Meine Hände wandern über seinen Rücken, spüren den Muskelsträngen und Rippen nach. Lieber Himmel, warum hat mir niemand gesagt, dass sich so selbstverständliche anatomische Gegebenheiten dermaßen sinnlich anfühlen können? Ich bekomme gar nicht genug davon, jede noch so kleine Erhebung zu ertasten.

»Meine Güte, Friederike«, stammelt Dennis. »Wenn du so weiter machst, kann ich für nichts mehr garantieren.«

»Wofür kannst du nicht mehr garantieren?«, flüstere ich.

»Dass ich dich heute Nacht in deinem eigenen Bett schlafen lasse.«

»Wer sagt, dass ich in meinem eigenen Bett schlafen will? Wir hatten das eben schon. Ich habe sechsunddreißig Jahre in meinem eigenen Bett geschlafen. Zeit für etwas Neues.«

Er drückt mich von sich und forscht in meinen Augen, als könne er nicht glauben, was ich gerade gesagt habe. »Sicher?«, höre ich ihn murmeln.

»Ganz sicher.«

Dennis zögert keine Sekunde, greift nach meiner Hand und führt mich ins Innere des Hauses. Maisie bellt kurz, kommt schwanzwedelnd auf uns zu und verschwindet nach einer ungewöhnlich knappen Streicheleinheit wieder in ihrer Hundehütte.

Ja, ich will das unbedingt, und dennoch kriecht mit jedem Schritt, den wir weitergehen, mehr Angst in mir herauf. Dennis ist erfahren, ich bin es nicht. Was, wenn ich mich blamiere? Was, wenn ich ihm nicht das geben kann, was er sich wünscht – und noch schlimmer, was er schon bekommen hat? Ohne es zu wollen, beginne ich zu zittern.

»Liebes, was ist los?«, fragt er, bleibt stehen und zieht mich an sich. »Wir müssen nicht. Wir können uns alle Zeit der Welt lassen.«

Ich schüttele den Kopf. »Nein, ich will es wirklich. Nur: Du hast das bereits gemacht, ich nicht. Ich komme mir so unbeholfen vor.«

»Glaub mir, Süße, in der letzten Stunde konnte ich absolut nichts Unbeholfenes an dir entdecken«, flüstert er mir mit sanfter Stimme ins Ohr und auf meiner Haut bildet sich eine Gänsehaut. »Ja, ich habe das schon gemacht. Allerdings nicht mit dir. Und deswegen ist es für mich genauso neu wie für dich. Auch ich habe Grund genug, ängstlich und aufgeregt zu sein. Aufgeregt bin ich tatsächlich, aber ich möchte nicht ängstlich sein. Ich möchte es einfach in vollen Zügen genießen, dieses unfassbare Geschenk, das uns das Leben macht. Von der ersten Sekunde an und von da an für immer.«

Seine Finger streicheln behutsam über meine Schultern und meinen Nacken. Wieder entweicht mir ein Stöhnen, das ich nicht zurückhalten kann. »Wir zwei, mein Herz, du und ich, wir finden heraus, was wir beide mögen und das geben wir uns. Das, was einer von uns nicht mag, tun wir nicht. Vertrau mir und lass dich fallen. Der Rest kommt von allein.«

Unendlich zart wandern seine Hände über meine Haut, und ich merke, dass mit jeder Berührung der Kontrollzwang ein Stück nachlässt. Irgendwann ist er verschwunden. Ich bin nur noch ich, Friederike Bartholdy. All das, was sie einmal war, und das, was aus ihr gemacht wurde, löst sich auf, als wäre es nie dagewesen. Zurück bleibt ein heiles, vollständiges Selbst.

Ich bin ich.

Gut genug.

Gut genug für mich, gut genug für Dennis, gut genug für diese Welt, gut genug für alles und jeden.

Eine Weile später verschwindet auch noch das »genug«. Ich bin nicht mehr bloß gut genug, sondern rundherum gut. Perfekt, so wie ich bin, wie mich das Leben geschliffen hat und mit dem wahren Kern in der Mitte, der schon immer da war und der jetzt endlich wieder freigelegt wird.

Dieser Kern tut lediglich eines: Er genießt, lässt sich fallen und versinkt in einem Meer voller Wonne, Glück, süßem Schmerz, Lebendigkeit und Freiheit.

Kindliche Offenbarungen

Kaffeeduft zieht in meine Nase und weckt mich aus einem erschöpften und traumlosen Schlaf. Genüsslich strecke ich mich und öffne blinzelnd die Augen. Ich liege in Dennis' Schlafzimmer und die Sonne scheint mir mit verlockenden Strahlen ins Gesicht. Die Erlebnisse der letzten Nacht dringen in mein Bewusstsein. Unweigerlich entweicht mir ein zufriedenes Seufzen. Nun ist es tatsächlich geschehen: Friederike Bartholdy ist in einem »normalen« Erwachsenenleben angekommen. Wobei, was ist schon »normal«? Ich kann nicht glauben, dass diese Hingabe, die wir einander geschenkt haben, und die Berührungen unserer Seelen, die sich anfühlten, als hätten wir von jeher aufeinander gewartet, der Durchschnittsnorm entsprechen. Dennis und ich sind ein Paar, und abseits der überbordenden Verliebtheit bin ich mir sicher, dass wir eines bleiben werden. Bis ans Ende unserer Tage, das hoffentlich in sehr weiter Ferne liegt. Ich bin dem Leben, dem Schicksal oder was es da auch immer geben mag, unendlich dankbar, dass ich diesem Mann begegnen durfte, der mich auf eine Weise ergänzt, die ich mir niemals hätte erträumen können.

Mit einem letzten wohligen Stöhnen schwinge ich die Beine über die Bettkante, schlüpfe in Dennis Bademantel, der am Schrank hängt und mich umhüllt wie ein viel zu üppiges langes Abendkleid, und marschiere auf den nackten Fußsohlen die Treppe nach unten.

»Hey«, murmele ich ein wenig schüchtern, als ich seine Küche betrete, in der er gerade hantiert, um ein Frühstück zu richten.

Sofort lässt er alles stehen und eilt mit einem forschenden Lächeln auf mich zu. »Wie geht es dir, Süße?«

»Hervorragend«, raune ich und lasse mich in seine Umarmung fallen. »Und dir?«

»Es ging mir nie besser.«

»Das ist schön.«

Wir halten uns eine Weile, dann wandern wir eng umschlungen auf die Terrasse, die bereits von den Sonnenstrahlen beschienen wird. Maisie kommt gleich angesprungen und begrüßt uns mit einem freudigen Bellen. Nachdem wir sie mit ausreichend Streicheleinheiten versorgt haben, trägt Dennis das Frühstück auf einem Tablett nach draußen. Auch Maisie bekommt ihre erste Mahlzeit. In friedlicher Eintracht knabbern wir an den jeweiligen Leckereien herum und lassen uns von der Sonne verwöhnen. Das Bild, das wir abgeben, könnte unter dem Motto »Verliebte Landidylle mit Hund« stehen. Was für ein Start in den Tag!

Eine halbe Stunde später sitzen wir immer noch träge auf der Terrasse. Allerdings haben wir den Platz gewechselt. Dennis und ich haben uns in die Gartenmuschel gekuschelt. Maisie liegt davor auf dem Boden, bis sie ein Geräusch, das wir gar nicht hören, aufschrecken und mit großen Sätzen durch den Garten Richtung Eingang jagen lässt.

Beruhigende Worte werden gemurmelt. »Ja, meine Feine, ist ja gut. Ja, du bekommst deine Streicheleinheiten, aber lass mich erst mal zu deinem Herrchen gehen.«

Die Laute kommen näher und schon marschiert Gottfried um die Ecke, den Strohhut wieder einmal absturzgefährdet weit nach hinten geschoben.

»Was um alles in der Welt ...«, stammelt er, nachdem er uns eng beieinandersitzend in der Gartenmuschel entdeckt, ich immer noch im viel zu großen Bademantel.

»Mein Schätzle und ein anderer Mann«, freut er sich und reibt sich fassungslos über die Stirn. »Ja, gibt's denn das?«

»Guten Morgen, Gottfried«, begrüßt Dennis unseren Nachbarn mit einem schiefen und äußerst zufriedenen Lächeln, während ich ihm verlegen, aber nicht weniger zufrieden zuwinke.

»Euch kann man nicht einen Abend allein lassen. Schon schlagt ihr über die Stränge.«

»Und was ist mit dir?«, frage ich kess.

»Mich kann man ebenfalls nicht allein lassen«, grinst er und lässt den geballten schwäbischen Charme in seiner Miene spielen. »Mal im Ernst, ihr zwei, ich freue mich unglaublich für euch, besonders für dich, Friederike. Das habe ich so gehofft, dass du trotz deiner Abwehrmaßnahmen irgendwann den passenden Deckel findest. Wurde höchste Zeit.«

»Ach, ich bin ganz froh, dass sie ihn noch nicht gefunden hatte«, schmunzelt Dennis. »Wenn ich mir vorstelle, dieses himmlische Wesen hier wäre schon vergeben, dann hätte ich ein mächtiges Problem.«

»Also alles gut, wie es ist?«, lacht Gottfried.

»Aber hallo!«, bestätigt Dennis voller Inbrunst.

Wir schauen uns alle drei mit breit lächelnden Gesichtern an. Ich kann kaum fassen, was für ein wunderbares Umfeld mir das Leben geschenkt und wie sehr es mich verändert hat.

*

Die Tage vergehen wie im Glücksrausch und die Nächte versinken in einem Meer der Lust. Mal in Dennis' Zuhause, mal bei mir. Ich fühle mich, als wäre ich in fremden Welten gestrandet – auf eine äußerst angenehme Weise. Die Arbeit lasse ich Arbeit sein (nächste Woche ist sie schließlich auch noch da) und schwebe auf meiner ganz persönlichen Wolke durch etwas, was mit dem bisherigen Alltag nichts zu tun hat. Erst am Donnerstag meldet der sich zurück mit den immer willkommenen Verpflichtungen als Tante.

In größtmöglicher Hektik kommt Kathrin bei mir an. »Hi, Friederike. Puh, wir sind spät dran. Ich muss mich sputen, um rechtzeitig bei meinem Kunden aufzuschlagen. Mädels, auf geht's, Blitzstart, ich muss weiter.«

Wie ein Wirbelwind tanzt sie durch die Gegend und haucht mir einen flüchtigen Kuss auf die Wange. Dann rast sie davon in Richtung ihres Gefährts. Mitten im Lauf stoppt sie noch einmal ab und dreht sich zu mir um. »Du siehst irgendwie anders aus«, bemerkt sie kopfschüttelnd und mustert mich kurz. Mit einer wegwerfenden Handbewegung verkündet sie: »Dem gehe ich nachher auf den Grund.« Und schon ist sie wieder verschwunden.

»Was unternehmen wir heute?«, fragt Mia eine halbe Stunde später, nachdem wir den hektischen Tagesbeginn mit einem besonders ruhigen gemeinsamen Frühstück ausgeglichen haben.

»Was möchtet ihr denn machen?«

»Eisdiele«, kräht Emma.

»Einverstanden«, gebe ich zur großen Begeisterung meiner Nichten zurück, »aber erst am Nachmittag. Und wie gestalten wir den Vormittag?«

»Wir könnten mit Maisie spazieren gehen«, schlägt Mia zögerlich vor.

»Au ja«, singt Emma begeistert. Unwillkürlich lache ich los. Vor Glück, vor Freude, vor überschäumender Lebenslust und vor Dankbarkeit über die unglaubliche Wendung, die mein Leben genommen hat und an der diese beiden Goldstücke einen erheblichen Anteil haben. Wie könnte ich ihnen je wieder eine Bitte abschlagen?

»Das klingt nach einem tollen Plan«, lächele ich.

»Können wir gleich los?«, erkundigt sich Mia.

»Sicher. Dennis ist am Vormittag unterwegs, aber wir haben abgemacht, dass wir drei einen Spaziergang mit Maisie machen können, wenn wir das möchten.«

»Och, ich will, dass Dennis mitkommt«, jammert Emma.

»Schätzchen, ich weiß. Trotzdem muss er heute Morgen arbeiten – Geld verdienen, damit wir nachher alle zusammen einen ganz großen Eisbecher verschlingen können.«

»Dann kommt Dennis da mit?«, vergewissert sich Emma mit fragendem Blick und quittiert mein Nicken mit einem fröhlichen »Juhu!«.

Den restlichen Vormittag verbringen wir mit einem ausgiebigen Spaziergang mit Maisie Richtung Wildgehege. Ich bin zwar ein wenig angespannt, weil ich hoffe, dass Maisie nicht wieder die anderen Tiere verjagt, aber diesmal gibt sie keinen Mucks von sich und lässt sich entspannt neben uns auf der Wiese nieder, auf der wir unseren Beobachtungsposten beziehen. Die kleinen Mädchen sind vollkommen im Glück und wechseln sich mit entzückten »Schau mal!«-Ausrufen ab. Ich lümmele mich auf den angewinkelten Unterarmen genießerisch zurück und hänge zuckersüßen Tagträumen nach.

»Was grinst du so, Tante Ricky?«, fragt Emma irgendwann verwundert und schüttelt missbilligend den Kopf. »Lachst du uns aus?«

»Herzchen, das würde ich doch nie tun«, entgegne ich empört. »Ich habe nur an etwas Schönes gedacht.«

»An was denn?«, will sie wissen.

»An den Eisbecher«, erkläre ich. Na gut, nicht wirklich an den Eisbecher, sondern eher an den Mann, der uns begleiten wird und der mein Herz zu wilden Tänzen verführt.

Um zwei Uhr nachmittags klingelt es an der Tür.

»Dennis«, brüllt Emma durchdringend, nachdem sie mit meiner Erlaubnis geöffnet hat.

Auch Mia lacht über beide Backen und schließt sich ihrer Schwester an, die nun seine Beine umklammert. Das Grinsen im Gesicht bekomme ich gar nicht mehr weg. *Es ist gekommen, um zu bleiben*, schießt es mir durch den Kopf. Ja, das wird es. Diesbezüglich bin ich mir so sicher, wie man sich einer Sache sicher sein kann.

Dennis' Augen finden meine und der belustigte Ausdruck weicht einem ernsten, der mir die letzte Bestätigung gibt, dass ich richtig liege. Unsere Blicke saugen sich aneinander fest und fühlen sich an wie streichelnde Berührungen auf der Haut. Mit äußerster Kraftanstrengung reiße ich mich davon los, um Dennis aus der Umklammerung der kleinen Mädchen zu befreien.

»Wie war das noch mal? Ich hatte irgendetwas von einem Eisbecher gehört ...«

»Ja, ja, ja«, krakeelt Emma. Und wieder skandieren die zwei: »Eis-die-le«.

Lachend machen wir uns auf den Weg. Mia klettert auf ihren Sitz, während ich Emma beim Anschnallen helfe. Nachdem ich die Autotür zugeknallt habe, signalisiert mir Dennis mit einer Kopfbewegung, ihm Richtung Kofferraum zu folgen. Als wir vor den Blicken der beiden sicher sind, zieht er mich in eine innige Umarmung.

»Ich habe dich so vermisst«, flüstert er mir ins Ohr.

»Wir haben uns nur fünf Stunden nicht gesehen.«

»Nur? Das ist eine Ewigkeit!« Wir lachen und nutzen die Sekunden, bis die Kinder ungeduldig werden, für einen leidenschaftlichen Kuss.

»Später gibt's mehr«, raunt er mir zu.

Eine halbe Stunde danach sitzen wir einträchtig in der Eisdiele. Die Mädchen sind noch mit der Eiskarte beschäftigt, sodass Dennis und ich Zeit haben, uns einander zu widmen, zumindest mit Blicken. Ich brauche keine Karte, und ich brauche kein Eis. Das zartschmelzendste Schokokusseis der Welt steht mir exklusiv zur Verfügung. Was will ich mehr? Auch Dennis scheint die Eisauswahl eher uninteressant zu finden.

Als Mia und Emma ihre Bestellung mit zahlreichen Extrawünschen aufgeben, sehe ich aus dem Augenwinkel, dass zwei Frauen die Räumlichkeiten betreten. Trotz der Änderungen in meinem Leben steigt mir eine Portion peinlicher Röte in die Wangen. Ausgerechnet die beiden, die die Glied-Debatte verfolgt haben. Das hätte ich mir ja denken können. Zweites Zuhause und so ... Ich versuche, sie bestmöglich zu ignorieren, was nicht so leicht ist, da sie sich an einen der Nachbartische setzen und Dennis ihnen freundlich zunickt.

Kurz darauf schaufeln die Kinder mit Hingabe das Eis in ihre Münder und unterbrechen ihre Beschäftigung nur gelegentlich für die Darbietung entsprechender Genusslaute. Dennis und ich schlürfen Kaffee, genießen unsere Nähe, schmachten uns an und erfreuen uns an dem Glück der Kleinen.

Als sie nach Vollendung ihres Werks Hand in Hand auf die Toilette verschwinden, ist unsere Chance gekommen. Dennis rutscht dicht an mich heran, berührt meine Wange und zieht mich für einen Kuss an sich. »Das wurde aber auch höchste Zeit«, flüstert er mir zwischen zwei Küssen zu.

Wir werden abrupt aus der innigen Verbindung gerissen, als vom Tisch der Stamm-Eisesserinnen ein lauter Ausruf erschallt. »Ich wusste es. Wette gewonnen!« Irritiert zucken wir zusammen und sehen gleichzeitig zu den Frauen. Dort begegnen uns zwei frech grinsende Gesichter.

»Entschuldigung«, lacht die eine, »ich wollte Sie nicht stören. Es ist nur so, dass Sie mir gerade zu einer gewonnenen Wette verholfen haben.«

»Ach ja?«, fragt Dennis und mustert die beiden interessiert. »Wie das?«

»Das ist vielleicht ein bisschen peinlich«, windet sie sich. »Wir haben Ihre Partnerin zweimal hier gesehen, einmal mit Ihnen und einmal mit so einem Widerling, den sie in die Flucht geschlagen hat.«

»Ach ja?«, erkundigt sich Dennis erneut – dieses Mal sehr überrascht und mit einem Blick in meine Richtung. Ich zucke bloß mit den Achseln. Das ist eine andere Geschichte, die ich ihm bei Gelegenheit erzählen werde. In den letzten Tagen hatten wir wichtigere und erfüllendere Dinge zu tun, als uns von nebensächlichen Ereignissen in der Vergangenheit zu berichten. Dazu war die Gegenwart einfach zu schön.

»Und ich habe gewettet, dass wir Sie beide wiedersehen und dass Sie zusammenkommen. Sie sind so ein harmonisches Paar. Meine Freundin war auf dem ›Nur-Freunde-Trip‹. Jetzt geht der nächste Eisbecher auf sie.«

»Na dann, herzlichen Glückwunsch«, lacht Dennis. »Und ich garantiere Ihnen, dass ich mich viel mehr darüber freue, dass Sie die Wette gewonnen haben, als Sie das tun.«

»Das glaube ich sofort«, gibt sie mit sichtlichem Amüsement und einem verschwörerischen Augenzwinkern zurück.

Da Dennis' Bemerkung geradezu nach einer Belohnung schreit, wende ich mich noch einmal ihm zu und drücke ihm einen innigen Kuss auf den Mund. Als plötzlich die Mädchen mit großen Augen neben uns auftauchen, fahre ich erschrocken zusammen. Stimmt, wir sind ja nicht allein hier. Das kann man in so einer Situation durchaus mal kurz vergessen.

»Tante Ricky, du hast Dennis geküsst«, stößt Emma aus. »Und sonst hast du Dennis nie geküsst.«

»Ähm, ja, das ist richtig«, gebe ich zu und räuspere mich befangen. »Jetzt küsse ich Dennis eben.«

»Öfter?«

»Äh ja, schon.«

»Seid ihr ein Paar – so wie Mama und Papa?«, erkundigt sich Mia.

Hilfesuchend schaue ich den Mann meiner Träume an. »Genau, wie Mama und Papa«, erklärt er.

»Heiratet ihr dann auch und bekommt Kinder?«

Dennis sieht mich an. Sein Blick wandert liebevoll über mein Gesicht, sodass alles in mir zu kribbeln beginnt. »Das ist vielleicht noch etwas früh. Aber ja, ich denke, wir werden heiraten und möglicherweise Kinder bekommen, wenn eure Tante das will.«

Mir treten Tränen in die Augen und ich kriege kein einziges Wort mehr heraus. Stattdessen sitze ich stumm da, sehe ihn mit all dem Glück in meinem Herzen an und drücke seine Hand. Ich weiß, dass er die Liebeserklärung, die darin steckt, erkennt.

»Legst du dich dann doch mit deinem Glied in Tante Rickys Bett?«, fragt Emma mit Kennermiene. Die beiden Wettköniginnen wiehern los und haben nach ein paar Sekunden glitzernde Lachtränen in den Augenwinkeln.

»Ich würde sagen, ja«, grinst Dennis und fügt mit einem Seitenblick auf mich hinzu: »Aber jetzt lass uns das Thema wechseln. Tante Ricky ist das unangenehm. Schau mal, ihr ist schon ganz heiß.«

Und ich tue, was ich dank Dennis gelernt habe: Ich lache darüber, dass sich jemand über mich lustig macht.

Jemand, der das darf.

Jemand, der mich liebt.

Am späten Nachmittag höre ich das Geräusch von Kathrins vorfahrendem Wagen. Sie kommt, ohne zu klingeln, am Haus vorbei gelaufen und setzt sich mit einem Schnaufen zu mir auf die Terrasse.

»Boah, was für ein Tag!«, stöhnt sie. »Und wie war es bei dir? Alles klar mit den Süßen?«

»Sicher, wie immer. Wir waren mit Maisie spazieren, hatten Gemüse zum Mittagessen, damit wir danach bei einem Eis in der Eisdiele mit gutem Gewissen sündigen durften. Sie hatten Spaß, würde ich sagen.«

Sie wirft mir einen langen Blick zu. »So, so, ihr wart mit Maisie spazieren, ist ja interessant. Hing denn da vielleicht an der Leine auch das Herrchen dran, dessen Namen ich nicht nennen darf?«

Ich rolle mit den Augen. »Nein, nur wir drei hingen abwechselnd an der Leine. Wir sind zum Wildgehege gelaufen, haben ein bisschen auf der Wiese gefaulenzt und haben Maisie im Anschluss daran zurück in ihre Hundehütte gebracht.«

»Aha. Und das machst du alles hinter dem Rücken deines Nachbarn?«

»Selbstverständlich nicht. Das war abgestimmt.«

»Aha«, kommt es ein weiteres Mal von ihrer Seite.

Ich bin hin und her gerissen. Einerseits brenne ich darauf, ihr die weltbewegendsten Neuigkeiten, die es je in meinem Leben gegeben hat, zu unterbreiten. Andererseits fürchte ich den unvermeidlichen Spott, der sich kübelweise über mich ergießen wird. Ich möchte gerade die große Beichte beginnen, da stürmt Mia aus der Wildnis meines Gartens herbei.

»Mama, Mama, du bist wieder da«, ruft sie begeistert und wirft sich Kathrin in die Arme.

»Mama!«, erklingt es nun von Emma, die verzweifelt versucht, mit ihrer Schwester Schritt zu halten.

Die drei vertiefen sich in ein fröhliches Mutter-Töchter-Gespräch und berichten sich gegenseitig von den Erlebnissen des Tages.

Als ich bereits denke, dass sie fertig sind, platzt Emma heraus: »Und Tante Ricky hat Dennis geküsst.«

»Wie kommst du denn auf die Idee, Emma?«, lacht ihre Mutter. »Da hast du sicher etwas falsch verstanden.«

»Hab ich gar nicht«, erklärt ihre Tochter wütend und stampft mit dem Fuß auf. »Ich bin nämlich schon groß und weiß so was. Außerdem legt sich Dennis mit seinem Glied zu Tante Ricky ins Bett. Das hat er selbst gesagt.« Sie verschränkt die Ärmchen vor ihrem Körper und baut sich trotzig vor ihrer Mutter auf.

Kathrin starrt sie ungläubig an und schüttelt den Kopf, als müsse sie sich vergewissern, ob sie richtig gehört hat. Dann wandert ein entschuldigender Blick zu mir. »Tut mir leid, Ricky. Vielleicht hast du ja recht und das mit dem Aufklärungsbuch war keine gute Idee. Im Übrigen sollte ich mich wohl mal mit den beiden darüber unterhalten, welche Gesprächsthemen privat sind und nicht in die Öffentlichkeit gehören.« Sie zuckt hilflos und sichtlich bedrückt mit den Achseln.

Doch nun schaltet sich Mia ein. »Emma hat nichts falsch verstanden. Tante Ricky und Dennis haben sich wirklich geküsst. Als wir im Auto gesessen haben, am Tisch an der Eisdiele und als Dennis nach Hause gegangen ist noch mal. Ganz oft. Und Dennis hat gesagt, dass sie heiraten wollen und dass sie Kinder machen wollen. Da hat Tante Ricky geweint und ganz doll glücklich ausgesehen.«

Kathrin sitzt starr auf ihrem Platz, die Augen weit aufgerissen, der Mund steht offen. *Ein bisschen sieht sie aus wie eine unter einem Schockzauber stehende Hogwarts-Schülerin*, geht es mir durch den Kopf. Es dauert eine Weile, bis sie aus dem Bann erwacht und ihre Blicke zwischen ihren Töchtern und mir hin und her wandern lässt. Dann kommt nur ein »Was?« aus ihrer Kehle.

Ich räuspere mich. »Ja, im Prinzip stimmt das schon«, stammele ich. »Dennis und ich, wir, also wir ... Na ja, wie soll ich sagen? Wir ...«

Meinen kleinen Nichten scheint das Gespräch an dieser Stelle langweilig zu werden, denn sie verschwinden wieder im Garten.

»Dennis und du, ihr seid ein Paar? Das kann einfach nicht wahr sein. Das glaube ich nicht.« Sie sieht mich an, als wären gerade Außerirdische gelandet und hätten ihr Geheimnisse des Universums enthüllt.

»Na ja, im Grunde genommen ist das richtig.«

»Und ihr redet übers Heiraten und Kinderkriegen?«

»Nein, natürlich nicht so direkt. Das war ja nur, weil Emma gefragt hat, ob sich Dennis jetzt mit ... na, du weißt schon ... in mein Bett legt.«

»Du hast mit ihm ... Ernsthaft?«

»In gewisser Weise.«

»Mensch, Ricky«, stöhnt sie. »Das ist im Moment alles ein bisschen viel für mich. Bitte drück dich klar aus. Ja oder nein? Mit ›in gewisser Weise‹ fange ich nichts an.«

»Also gut, ja.«

»Lieber Himmel, Ricky!«, ruft sie aus – mit sich, der Welt und den Nerven am Ende. »Ich glaube es nicht, ich glaube es einfach nicht.«

Vollkommen geschockt wirft sie sich in ihrem Stuhl zurück und drückt ihren Körper kopfschüttelnd mit entgleistem Gesichtsausdruck gegen die Rückenlehne. Es dauert eine Weile, bis sie sich aus diesem Zustand befreien kann und urplötzlich ein ungezügeltes Strahlen auf ihrer Miene auftaucht.

»Ricky, Ricky, ich kann dir gar nicht sagen, wie unfassbar doll ich mich für dich freue. Es kommt mir nur vor, als hätte ich mich in einem völlig irren Traum verfangen. Du und Dennis, das ist ... Das ist sensationell! Der Perfect-Match. Also habe ich doch richtig gelegen.« So langsam kehrt ihr gewohntes Temperament zurück. »Ha! Ich wusste es, ich wusste es!«, jubelt sie, springt aus ihrem Stuhl empor, zieht mich ebenfalls nach oben und fängt an, mit ihren Händen in meinen wie verrückt durch die Gegend zu tanzen. Wie damals als kleine Mädchen toben wir juchzend durch den Garten, was den derzeitigen kleinen Mädchen nicht lange verborgen bleibt, sodass wir den Reigen einfach zu viert fortsetzen – vier Mädchen mit Herzen voller Liebe.

»Was ist denn hier los?«, erklingt plötzlich eine amüsierte Stimme – die Stimme, die ich für den Rest meines Lebens jeden Tag so oft wie möglich hören möchte.

»Nichts«, jubele ich, renne auf Dennis zu und schmeiße mich in seine ausgebreiteten Arme. »Und gleichzeitig alles. Wir feiern das Leben und die Liebe. Und wir feiern dich.«

Ich drücke mich an ihn und weiß, es wird alles gut.

Für immer.

Nein, korrigiere ich mich, *es* ***ist*** *alles gut.*

Alles gut

Ich fühle mich so wohl wie nie zuvor. Dennoch habe ich eine Entscheidung gefällt: Seit einem Vierteljahr gönne ich mir alle zwei Wochen eine Therapiestunde. Ich bin Kathrins Empfehlung gefolgt und besuche die Psychologin in Tübingen, von der sie mir wiederholt vorgeschwärmt hatte. Mit einem überraschten Schmunzeln durfte ich feststellen, dass sie die Lebenspartnerin des Autors der zauberhaften Bücher rund um Feodora und Fritzchen ist, die meine entzückenden Nichten so lieben. Dadurch konnte ich gar nicht anders, als ihr augenblicklich zu vertrauen.

Bislang war ich davon ausgegangen, ein Trauma werde durch ein einmaliges, extremes Erlebnis ausgelöst. Inzwischen habe ich gelernt, dass es genauso die Form gibt, die sich über einen längeren Zeitraum aufbaut und dass ich so etwas mit mir herumtrage. Seit sich Dennis mit seiner ruhigen Kraft in mein Leben geschlichen hat, bin ich bereits über mich hinausgewachsen und durfte die himmlischste Belohnung überhaupt einfahren: zu erleben, was es bedeutet, glücklich zu sein und geliebt zu werden. Doch ich möchte auch noch all das auflösen, an das ich ohne professionelle Hilfe nicht herankomme, um die weitere Lebenszeit in unbeeinträchtigter Normalität zu verbringen. Und um mich auf die Aufgabe vorzubereiten, die ich mir inzwischen inniglich herbeisehne.

Mit jeder Woche, die verstreicht, merke ich, was ich für unglaubliche Fortschritte mache. Ich komme leichter in Kontakt mit Unbekannten, als ich es je für möglich gehalten hätte. Und ja, das ist die größte Veränderung: Ich bin an dem Punkt angelangt, an dem ich mir Kinder wünsche. Die Therapeutin hilft mir dabei, das Vertrauen in meine Fähigkeiten aufzubauen, einen oder zwei kleine Menschen in diese komplexe Welt begleiten zu können. Etwas tief in mir – ein Gefühl, eine Sicherheit, ein eindeutiges Spüren – verrät mir, dass es klappen wird. Dass wir mindestens ein Baby bekommen und es glücklich großziehen werden. Und dass sich über diesen Prozess die verbliebenen Wunden verschließen werden.

Mit meiner Geschichte im Rücken kann ich einem neuen Erdenbürger all das mitgeben, was er oder sie braucht, um ein selbstbewusstes Mitglied in der Gemeinschaft zu werden. Inzwischen ist mir klargeworden, dass Kathrin recht hatte, als sie mir sagte, ich wisse genau, was es im Umgang mit einem Kind zu kreieren und was es zu vermeiden gilt. Der Gedanke euphorisiert mich geradezu, einen kleinen Menschen, das Resultat unserer Liebe, dabei zu begleiten, Herausforderungen mit innerer Stärke zu bewältigen, ohne sich zwanghaft anpassen zu müssen. Und ihn auf die Reise mitzunehmen, mit sich selbst, mit den eigenen Fähigkeiten und mit dem Umfeld im Einklang zu sein.

Mit Dennis werde ich einen kraftvollen Partner an der Seite haben, der mich dort stützen wird, wo ich schwach bin. Und außerdem gibt es noch seine Eltern, die immer für uns da sind. Juliane war völlig außer Rand und Band, als wir sie besuchen kamen, um ihnen zu offenbaren, dass sich unser Beziehungsstatus geändert hat. Sie wollte gar nicht aufhören, Glückstränen zu weinen, hat Dennis und mich abwechselnd umarmt und dabei beinahe erdrückt. Auch bei Jürgen standen ein paar Tränen in den Augen. Er nahm mich in den Arm und gestand mir, wie sehr er sich freut, mich in der Familie begrüßen zu dürfen.

Jeder Tag, den ich mit Dennis verbringen darf, stellt ein unglaubliches Geschenk dar, dem wir beide immer wieder fassungslos gegenüberstehen. Ich hätte nie gedacht, mich verlieben, geschweige denn das Herz eines Mannes erobern zu können. Und für ihn war es nicht vorstellbar, noch einmal mit einer Frau das Glück zu finden und einen Neuanfang zu starten. Nicht ein kleines Glück, sondern das ganz, ganz große.

Dadurch, dass wir wissen, was wir aneinander haben, gehen wir achtsam und voller Liebe miteinander um. Wir schweigen, wir reden, wir lachen, wir weinen, wir küssen, wir tanzen, wir lieben – alles in einem wundervollen Einklang, als wären wir ein Herz, eine Seele, eine Stimme, ein Körper. Ach, und bevor ich das vergesse: Wir spielen Gitarre. Ich habe mir eine eigene gekauft und Dennis unterrichtet mich. Seitdem genießen wir es, zusammenzusitzen und eine spontane Jam-Session abzuhalten, auch wenn meine Fähigkeiten natürlich bis jetzt begrenzt sind.

Alter schützt vor Liebe nicht

Was das gesellige Leben anbelangt, lassen wir nur Menschen an uns heran, die uns guttun. Den Kontakt zu Marie und Jonathan hat Dennis abgebrochen. Er hatte noch ein ausgiebiges Telefonat mit seinem alten Freund, bei dem sich dieser ein weiteres Mal für das Verhalten seiner Frau entschuldigt hat, doch am Ende sind sie zu dem Ergebnis gekommen, dass die Zeit ihrer Freundschaft abgelaufen ist. Marie steckt in der Vergangenheit fest und kann den Verlust ihrer Freundin nicht verkraften. Es tut mir leid für sie, wirklich. Aber ich bin dafür nicht verantwortlich.

Dennis sagte im Traumland zu mir, dass man niemanden retten könne, der nicht gerettet werden will. Und ich denke, er hat recht damit. Wenn sich Marie selbst davon abhält, das Vergangene loszulassen und das Bestmögliche aus ihrer Gegenwart zu machen, dann ist das ihre freie Entscheidung. Allerdings liegt das Tragen der Konsequenzen genauso bei ihr.

Mit Annemarie und Gottfried verleben wir wundervolle, inspirierende Stunden. Und mit einer noch größeren Regelmäßigkeit treffen wir uns mit Kathrin, Marcel, Mia und Emma. Ab einem bestimmten Punkt der Intensivierung unserer Beziehung konnte ich es nicht mehr mit meinem Gewissen vereinbaren, Geheimnisse vor meiner Schwester zu haben. Das Mysterium um Larissa Green ist zumindest für sie inzwischen gelüftet. Ihre Reaktion darauf muss ich hier gar nicht ausführlicher beschreiben. Es war die tupfengleiche wie bei meinem Liebesgeständnis – sogar mit den identischen

Phasen. Tja, wir haben eben alle unsere Standard-Verhaltensmuster ...

Anita habe ich innerlich von der Beinahe-Freundin zur Freundin befördert, was sie bereits längst, nein, eher schon immer, verdient gehabt hätte. Wir haben den Kontakt verstärkt und treffen uns mittlerweile privat. Sie und ihr Mann Luca verstehen sich glänzend mit Dennis. Hey, alles andere wäre ja auch vollkommen abwegig!

So sind wir von einem kleinen, aber sehr feinen Kreis aus Menschen umgeben, die das achten, was wir miteinander haben, und die an unseren Werten andocken können.

»Oh ja, Maisie, wie konnte ich dich vergessen? Natürlich bist du genauso wichtig. Du kannst ruhig aufhören, so empört zu bellen!«

♡ Happy End ♡

Inspiration und Besessenheit

Bevor ich mich mit ein paar mir sehr wichtigen Offenbarungen bis zur nächsten Geschichte verabschiede, möchte ich eine Sache erklären, die den Stammleser*innen sicher aufgefallen ist.

Bislang habe ich meine Romane immer in der Vergangenheitsform verfasst. Dieses Mal bin ich davon abgewichen. Am Anfang war das keine bewusste Entscheidung. Ich schrieb und schrieb und merkte erst im Nachhinein, dass ich plötzlich in die Gegenwartsform gerutscht bin. Als ich den bis dahin entstandenen Text durchlas, erschienen mir diese Passagen auf einmal viel stimmiger als die anderen.

Friederike erlebt eine gewaltige Transformation, die sie, ihr Umfeld und ihr Weltbild neu zusammensetzt. Mir gefiel die Vorstellung, die Leserin und den Leser hautnah dabei sein zu lassen, ihre Gedanken und Gefühle *jetzt* und nicht aus einer Rückschau, die distanziertere Blicke auf das Geschehene wirft, erlebbar zu machen.

Ich wünsche mir von ganzem Herzen, dass ich Dich, liebe Leserin, lieber Leser, mit dieser Geschichte trotz oder gerade wegen der ungewohnten Zeitform erreichen konnte. Mir selbst bedeutet dieser Roman unglaublich viel. In manchen Passagen trug er durchaus Züge von Vergangenheitsbewältigung. Dazu später mehr.

Was immer wieder gegenüber Autor*innen auftaucht, ist der Vorwurf der mangelnden Recherche. Für mich als Perfektionistin schmerzhaft, zumal ich weiß, wie intensiv (und zeitaufwändig) ich recherchiere. Am liebsten schreibe ich ohnehin über Themen, denen ich bereits im realen Kontext begegnet bin.

Wer jetzt glaubt, die Kapitel rund um das Aufklärungsbuch seien aus der Luft gegriffen und die kindlichen Reaktionen darauf hanebüchen, dem trete ich mit einem energischen und lächelnden Kopfschütteln entgegen. Zumindest in meiner Realität hat sich das genau so abgespielt. Das Buch gibt es wirklich (auch heute noch – es heißt nur minimal anders). Und es wurde uns tatsächlich bei einem Elternabend wärmstens ans Herz gelegt. Die Zeichnungen darin sind eigentümlich, doch Pädagogen schwören darauf. Und ähnliche Bemerkungen, Erklärungen oder Fragen wie bei Mia und Emma kamen vor vielen Jahren von Seiten meiner Söhne. Außerdem durfte ich mit einem gehörigen Amüsement Gespräche zwischen ihnen und anderen Kindergartenkindern, deren Eltern dasselbe Buch gekauft hatten, mit anhören.

Die Frage, die mir von meinen Leserinnen und Lesern am häufigsten gestellt wird, ist die nach der Ideenfindung. Eine kleine Antwort darauf habe ich bereits im vorangegangenen Abschnitt gegeben. Aber sie wird noch nicht der Vielfalt der Antwortmöglichkeiten gerecht. Manchmal tauchen Ideen scheinbar aus dem Nichts auf, manchmal entstehen sie beim Schreiben und manchmal durch eine Inspiration von außen. Das kann eine Bemerkung eines Mitmenschen sein, ein Satz in einem Roman, ein Artikel in einer Zeitung oder ein Song. Mitunter sind diese Inspirationen extrem. So extrem, dass ich alles stehen und liegen lasse, weil ich wie besessen bin von dem, was mich da überrollt. Dann krallt sich eine Romanfigur so tief in mir fest, dass ich ihr nicht mehr entrinnen kann. Ich *muss* ihre Geschichte erzählen, um wieder zu innerem Frieden zu finden. Genau so verhielt es sich, als Friederike meine Gedanken erobert hat.

Eigentlich hatte ich eine präzise Planung: Zunächst die ersten beiden Bände der »Doro spielt Amor«-Reihe schreiben (schließlich waren da sogar schon die Cover fertig), danach einen Roman rund um Lydia stricken, die zuvor in zweien meiner Bücher aufgetaucht war.

All das wurde hinfällig, als ich mit meinem Mann »Sing meinen Song« sah. Die Sänger der bekanntesten unbekannten Band der Welt (diese Formulierung stammt von ihnen, nicht von mir), SDP, waren dort und sprachen über ihren Song »Unikat«. Allein das berührte mich bereits, doch als Floor Jansen zunächst davon berichtete, was ihr der Titel bedeutet, und dann zu singen begann, war es um meine Fassung geschehen. Am Ende des Liedes saß ich tränenüberströmt da. Und schlagartig tobte Friederike durch mein Inneres.

Ich wusste, dass ich eine Geschichte schreiben will über eine Außenseiterin, die mit sich und ihrer Umwelt hadert. Genauso schlagartig war mir klar, mit wem sie es zu tun bekommen würde und warum. Ihr neuer Nachbar erschien vor mir, als stünde er mitten im Raum – in Motorradkluft, beliebt, mit einem selbstsicheren Lächeln. Ein Typ, dem man nicht auf den ersten und auch nicht auf den zweiten Blick ansieht, was sich alles hinter der Fassade verbirgt. Und es lag glasklar vor meinem inneren Auge, dass sich zwischen den beiden eine langsame, zarte, ängstliche Liebesgeschichte entspinnen soll, von der ich von Herzen hoffte, dass es mir gelingen würde, sie zu schreiben.

Ich war zwar nie eine Einsiedlerin, dennoch kann ich mich gut in Friederikes Welt einfühlen. Wie sie war ich keine der Schülerinnen, die zur angesagtesten Clique gehörten, fand mich selbst zu wenig cool, zu wenig Mainstream. Und ich wollte – wie Friederike – Gitarre spielen und wurde zur Geige überredet. Sogar das Thema des eigentümlichen Kleidungsstils ist mir vertraut ... Allerdings stand ich auch nicht am untersten Ende der Hackordnung – so wie meine Klassenkameradin Ulrike. Mit ihrem Aussehen wirkte sie wie eine Zeitreisende, und ihr Status als Klassenbeste erschwerte ihre Situation zusätzlich. Wir alle haben Fehler gemacht im Umgang mit ihr. Ob diese Fehler dazu geführt haben, dass sie die Zeit nach ihrem Einser-Abitur durchgängig in psychiatrischen Einrichtungen verbrachte, oder ob etwas anderes dafür verantwortlich war, vermag vermutlich niemand zu sagen. Jedenfalls hat es mich tief erschüttert, als sie im Alter von sechsundzwanzig Jahren an den Folgen ihrer Unterernährung starb.

Das und einiges mehr hat mich dahin gebracht, heute klare Vorstellungen zu haben, wie Menschen mit Menschen umgehen sollten. Manchmal werden diese Erwartungen von der Realität erfüllt, manchmal nicht. Und manchmal kann ich sie nicht einmal selbst erfüllen. Doch im Gegensatz zu Friederike, die mein Herz beim Schreiben sehr berührt hat, habe ich den Glauben an das Gute im Menschen nie verloren. Und ich habe das Gute gefunden – nicht bei allen, aber bei vielen und es werden immer mehr!

Eine der selbsternannten Buchkritikerinnen, die für sich das Recht beanspruchen, andere abwerten und ihr Schaffen respektlos zerpflücken zu dürfen, warf mir einmal »positive Aggressivität« vor. Ja, das ist die einzige Form von Aggressivität, die ich theoretisch gutheißen könnte, auch wenn ich dieses Wort ungern mit mir in Verbindung bringen lasse. Zur Positivität bekenne ich mich hingegen gern. Ich werde weiter Geschichten erzählen in genau dieser Haltung, mit dem Glauben an das Gute und mit der Hoffnung, dass wir als Menschheit irgendwann auf einen Weg einschwenken werden, auf dem es die vorherrschende Kraft ist.

Alle, die ihr Wirken, ihre Gedanken, ihre Gefühle öffentlich machen, brauchen Mut, sich dem zu stellen, was Teile der Außenwelt in der Anonymität des Internets von sich geben. Dafür werden sie – zum Glück um ein Vielfaches häufiger – aber auch mit wohlwollenden, herzerwärmenden und oft sehr berührenden Äußerungen beschenkt. Manches davon setzt sich so tief in mir fest, dass es mich bei sämtlichen Zeilen, die ich verfasse, begleitet. Bernike, dank Dir habe ich bei jedem Schmunzeln, das ich in die Tasten tippe, ein ebensolches im Gesicht. (Bernike ist Niederländerin und liebt dieses deutsche Wort, das ich plötzlich selbst mit viel mehr Wertschätzung betrachten darf.)

Immer, wenn ich einen Text in die Öffentlichkeit entlasse, spüre ich eine gewaltige Verantwortung all denen gegenüber, die sich ernsthaft auf die Botschaften meiner Seele einlassen. Vermutlich geht es den meisten so, die kreativ tätig sind. Jeder Song, jedes Buch, jeder Post lösen etwas in den Menschen aus, an die sie sich richten. Ich wünsche mir, dass dieser Roman ebenso nachdenklich stimmende und Hoffnung schaffende Emotionen bei Dir auslöst wie der Song von SDP bei mir.

An alle Stammleser*innen und an alle neu hinzugekommenen: Tausend Dank für das Interesse und für die Bereitschaft, in das, was meiner »Feder« entspringt, mit Zugewandtheit einzutauchen! Wer mich kennt weiß, dass ich manche Protagonist*innen beim Schreiben so lieb gewinne, dass ich sie danach nicht loslassen kann. Bei Friederike und Dennis ist das in besonderem Maße der Fall. Ich will sie unbedingt wiedersehen. Und mir ist auch schon klar, wann und wo das auf eine stimmige Weise möglich sein wird. Allerdings kann das noch »ein paar Bücher lang« dauern. Im Moment freue ich mich erst einmal auf Dich bei »Mandelblüte auf Mallorca« (Auftakt der »Doro spielt Amor«-Reihe) ...